"FOURTH MANSIONS" R.A. LAFFERTY

第四の館

R・A・ラファティ

柳下毅一郎 訳

未来の文学

FUTURE/LITERATURE

国書刊行会

FOURTH MANSIONS by R.A.LAFFERTY
1969

第四の館　目次

装幀　下田法晴（s.f.d.）

第四の館

第一章　おれはこの手で世界を引き裂くぞ

わたしたちの行く手にはさまざまな危難が待ちかまえており、
その上、蛇という誘惑の危険もあるのです。
——アビラの聖女テレサ『霊魂の城』

稲妻の七本脚が絡みあう。炎の塊、炎の布、炎の腕。七色が闇夜にのたうつ。電撃的に生命を持つ。脈を打ち、送り出し、火花を放ち、目も眩む！

破裂する！

七匹の怖ろしい雷蛇がてんでばらばら七つの向きに地面に嚙みつく！　**目も眩むような速さ！**

きみの足元に！　ほら！　きみに！

そしてきみ！　今一瞬浮かび上がったきみ、きみはもう嚙まれている！

いまさら身を引いても遅すぎる。もう毒を受けてしまった。口にほのかに残る嫌な味、ほんのかすかに感じたおののき、それは蛇の毒のしるしだ。

ほんのちょっぴり死ぬといい。そうすべき理由はたんとある。

とってもいい目をしているが、おつむが足りない若者がいた。完璧な人間などいない。若者の名はフレディ・フォーリー。タンカースリーという名の上司と口論していた。

「いったいどれだけ馬鹿をさらせば気が済むんだ、フォーリー？」タンカースリーは鋭く訊ねた。親身なタンカースリーだが、舌鋒は鞭のように鋭利だ。

「真剣な記者は少なくとも週に一度は馬鹿をさらすべきです。じゃなきゃ街場の取材はできません」フレッド・フォーリーは真剣に言った。

「おまえはもっと頻繁にさらしてるじゃないか」とタンカースリーは言った。「フォーリー、なんで鼻血を出してるんだ？」

「頻繁にさらしてるのは、他の記者よりも真剣だからです。ああ、鼻血は一発くらうたびに出るんですよ」

猫はみな（とりわけ虎は）毛皮に余裕があるが、フレディ・フォーリーは顔に余裕がある。無邪気なウィンクとお気楽な笑顔では埋めきれない空間があった。まだ開花してない多重的性格、使っていない表情のための場所があった。耕されていない顔だったが、今は血まみれだった。

「今度のは数回分にカウントするぞ」とタンカースリーは続けた。「今回ばかりは完全な馬鹿さえ越えている。カーモディ・オーヴァーラークがどういう人間かわかってるのか？」

「国務長官特別補佐です」

「そのとおりだ、フォーリー。その相手にそんな眉唾物の話を――」

「というよりは去勢済みの話です。マムルーク朝がなんだかはご存じでしょ？」

「それでカーモディって名前で、五百年前にカー・イブン・モッドという奴がいたからって――おいおい、頭もぱっくり割れてるじゃないか！　まさか、そいつら本気で？」

「ええ、たぶん殺す気でしたよ。それにカー・イブン・モッドの顔はカーモディ・オーヴァーラークとそっくりなんです。あんな顔は一度しか世にあらわれません」

「たいした〝そっくり〟だな。古い木彫り像と、新聞やテレビでしか見たことない顔とをどう比べるんだ？　フォーリー、誰に殺されかけたんだ？」

「正確なところはわかりません。調べればわかるでしょうが。でもカーモディ・オーヴァーラークの記事のほうがずっと重要ですよ。掘り下げる許可をください」

「その希望はほぼ確実に却下だ。一体全体どういうわけで五百年前に死んだ男が――」

「死んだかどうかはわかりません。なぜか歴史では語られていないんです」

「歴史ではどうでもいいことは語られないんだよ。その男が死んでないなら、そのほうがよほど語られているだろう。話はそれで終わりか？」

「いえ、まだあります。補強証拠はいくつもあるんです。問題はどれも本当らしく聞こえないってところで。カーモディ・オーヴァーラークとカー・イブン・モッドが同一人物だという可能性を拒否されるなら、さらに突飛な証拠は論外でしょう。そっちを聞いたら、この話が時報みたいに現実的に思えてきますよ」

「じゃあ、現実的な命令をしてやろう、フォーリー。地震騒動の取材をしてこい」

「いえ、結構です。もうそのことならよくわかってます。わかってることを取材してもつまらないですから」

「ここのところ街の北西の丘で続発してる軽い地震性微動の理由がわかってるだと？　本当なら、賢人たちにもわからないことを知ってることになる。フォーリー、話してみろ」

「ご遠慮します。カーモディの件以上に嘘みたいな話ですから、どうせ信じちゃもらえませんよ。あれは軽い揺れなんかじゃないんです。あいつらはかなりひねくれた連中で、とうてい軽くなんかない。物理的なものですらない。あの軽い地震は精神的な揺れなんですけど、感じる側が騙されてるんです」

「フォーリー、軽いという言葉の意味はわかってるのか？　だがあれはまちがいなく物理的揺れだ。精神的な揺れは何も騙せないし影響も与えられない」

「できますよ。ぼくはできると思います。でも、ぼくはカーモディのネタを追いかけたいんです。誰かに血や霊液を啜られ、干涸らびてただ生きてるだけの存在になってしまいそうだと思ったことはありませんか？　それとも自分の身に網が投げられ、いまだ姿の見えない蜘蛛の糸にとらわれていると感じたことは？」

「その蜘蛛ってのはうちの記者たちのことだろ。あいつらは細く丈夫な糸を吐く。ひとつ教えてやろう。五百年以上のあいだ死んでいたのに再出現する、同じ顔を持つ人間というネタはこれがはじめてじゃない。再出現する連中にまつわる再出現するネタにはひとつ大事なおまけがある。そのネタを追及した者はかならず消される。なぜだかわからないが、そうなるんだよ。もしかするともうはじまってるのに、おまえが鈍いから気づいてないとか？」

「いえ、気づかないほど鈍いわけでは。あいつらがぼくを殺そうとしてるか、でなければ怖がらせて手を引かそうとしてるのはわかってます」

「フォーリー、今日はもう帰れ。酒でも飲みに行くといい」

「その忠告には月曜日に従いましたよ。ぼくとしてはこの件を追いかけたいんですが」

「まあ、ノールのネタのときよりはマシか。あのときは文字通り街中の笑いものになったもんだ。そして今度はこれか、もう忘れちまえ！　カーモディの件は禁止だ。何世紀も生きてる男の話も、二度以上生きる男の話もなし。悪いことは言わないからうさ晴らしに飲みに行け。明日の朝になったら、真っ赤な目と千鳥足で、あー、正気を取り戻して仕事をはじめるといい。さあ、とっとと出ていくんだ」

「わかりました」とフレディ・フォーリーは言い、とっとと出ていった。

目はいいけれど、おつむが足りない。フォーリーというのはそんな若者だった。実際、フォーリーにはほとんどの人には見えないレベルのものが見えた。タンカースリーには見えないものが。ジム・バウアーにすら見えないものさえも。

その夜、収穫者《ハーヴェスター》たちはジェームズ・バウアーの家に集まっていた。バウアーは湖を見下ろす丘に建つ立派な館をモラーダ、すなわち邸宅と名付けていた。

（「モラーダには」と蒼ざめた声は告げた。「住む場所という以外に一時居留という意味もあります。加えてモラーダはマルベリー色、あるいはスミレ色、または紫色も意味するのです。真冬の夕暮れの空の色、日陰の蛇の色」）

収穫者《ハーヴェスター》たちは七人いた。少なくとも七人いないと一番のお気に入り、脳波編みのゲームができない。夜に集まることが多かったが、ときどき昼間にも会っていた。お互いさまざまな思惑をいだいていたからだ。一人一人それぞれが力強い人間だった。ひとつに合わさると臨界点に達した。

モラーダはジム・バウアーと妻のレティシアの家だった。マニオン夫妻とシルヴェリオ夫妻はすぐ近くに住んでおり、これで六人になる——あとほんのわずかで臨界量だ。ベデリア・ベンチャーはいつでもどこでも自由自在にあらわれた。最近はほとんど毎晩モラーダにやってくる。彼女が網を編みあげた。それゆえそこで低レベルの地震性擾乱、精神的なものであるが機器も人も騙す地震性微動が生み出されたのだ。

その網はとっても特別で完璧なグループだった——ふたつ別々の中心がある。ひとつは陽気なベデリア・ベンチャー。もう一方はがっしりしたジム・バウアーだ。

ジム・バウアーはまるで油絵。トーマス・エイキンスが得意とする、斑点だらけの油絵に似たタイプで、当然大雑把なデッサン風になるべきものだが、そうではなかった。

（ちょっと待った——バウアーからほんの二十五メートルと離れていないところに鳥が落ちてきた。地面に落ちて、体中のすべての骨が折れていた。ヨタカと呼ばれる黄昏時に飛ぶ大きな鳥で、地面に衝突して大きな音をたてた。あんな鈍重に落ちるのは空中ですでに死んだ鳥だけだろう。死んでいてはどうしようもない。では続けよう）

動いているときでさえ、ジェイムズ・バウアーはそんな肖像画のように見えた。バウアーは大柄で若々しく、骨にぶらさがってる肉はすべて上物だった。豊かな声を持ち、かつては豊かな少年だった。それはそこにいる（あるいはいようとしつつある）二人の男性にとってはいまだ意味あることだった。いまでは三人とも金持ちで通る身なのだが。三人はセント・マイケルズ小学校に一緒に通った仲間で、長い年月と立場の違いにもかかわらず付き合いが続いていた。違っていたのはジム・バウアーが金持ちの子供で、幼くしてヨーロッパやリオ・デ・ジャネイロへ出かけ、何年も金持ち少年の寄宿舎に預けられていたことだ。そしてジムがオペラやなんやらの名前を知っており、フランス製パッケージに入ったフランスの煙草を吸っていたこと。普通の十歳児は一週間に一本シケモクを吸えれば御の字だったころに。

ジムはいまだにそんな金持ちの空気をまとっていた。彼のオーラと霊能力は大部分、そうした集合的記憶から生まれていた。実のところ、人の影響力というのはまといついている些細なものから生まれるのではなかろうか？

〝バウアー〟は農夫あるいは百姓を意味するが、ジムはもちろん違う。バウアーはならず者という意味でもあった。チェスの歩兵《ポーン》という意味もあるが、ジム・バウアーは誰の歩兵になるつもりもなかった。バウアーは米国生物学研究所所属の生物学者だった。新左翼の活動家だった――彼の父親もそうだったし、祖父もそうだった。自分では中道主義者のつもりだったが、実際には極端だった。

彼は知的だった。少なくともたいそうタフな脳味噌と、めざましい精神的スタミナと、しっかりした記憶力の持ち主だった。汎数学的な宣伝コピーの名手だった。司教《ビショップ》の左腕だった。ジム自身は特権的突然変異だと主張している。全世界が変異中だったが、収穫者《ハーヴェスター》たちのような特権的突然変異だけが世界を救えるのだ。

バウアーが七人制の脳波網をあみだした。気軽な手出しは禁物だ！　こいつは七本刃の剣、伊達や酔狂でやることじゃない。現実に効果があり、だから怖ろしいのだ。バウアーはパティオでやるゲームだと称する。さらに全世界の健康とバランスは七人がこのゲームをうまくプレイできるかどうかにかかっているのだとも言う。バウアーは精妙で彩り豊かな銅羅声で喋った。銅羅声自体は他人を真似たものだがバウアーは練習して進化させ、今では霊能力の一部となっていた。それは名士の銅羅声だった。

ベデリア・ベンチャーがモラーダのパティオに出てくると、鉢に刺した花の何本かが頭をもたげて振り向いた。

「これって造花だと思ってたのに」とベデリアは文句を言った。

「もちろん造花です」とレティシア・バウアーが言った。「でもあなたが来ると本物の花みたいに頭をもたげるくせがある」

「ベデリア、きみの可愛いフレディは奴さんにかみついたのか？」バウアーはお得意のけたたましい銅羅声で吠えた。バウアーもベデリアが近づくと頭をもたげた。「カーモディ・オーヴァーラークにかみついたこだまは聞こえたかな？　いやはや、フレディって奴はいいカモで、最高の実験材料だよ！　おれたちが心をひとつにしたら、遠く離れた場所の精神に影響を与えられる。その点は疑いない。おれたちは小麦みたいにフレディ・フォーリーをふるいにかけてやった。じきに全世界をふるいにかけるようになる。ついに収穫のときがきたぞ、収穫者《ハーヴエスター》たちよ！　おれたちは脳の網を編む。おれたちは影響を与える。『カーモディ・オーヴァーラークって奴にがつんとかみつけ』と編んだら、フレディが町の向こう側で受けとめる。『天晴れな阿呆になれ、フレディ！』と編めば、即座にとりこになる。カーモディ・オーヴァーラークみたいな人間には誰も手を出したがらない。でもきみのフレディはがぶりとかみついた。わかるぞ、感じるぞ！　今日の昼下がりのことだ。ベデリア、そのこだまは届いてるかい？」

「こだまですって？　地鳴りよ！」ビディー・ベンチャーは顔をしかめた。「タンカースリーがパパに電話してきたのよ。そしたらパパはあたしに電話して『おまえの遊び相手にはふさわしくないな』ですって。『じゃあ、もっと楽しい人を見つけてちょうだいな』って言ってやったわよ。今度はタンカースリーが直接電話してきたわ。『お父上がこの新聞社の大株主でなかったら、さっさとあいつをクビにするんだが』ですって。『ビディー、なんだってあんな阿呆相手に遊んでるんだ？』って言うの。『フォーリーの小僧、すっかり気が触れてる。なのに自分じゃ気づいてもいない。あんな与太話、犬相手でも通用しない』『タンカースリーさん、どういうことかしら？』あたしは無邪気に訊ねてやったわ。『お転婆娘に訊ねられても教えられないよ、ビディー。あんな与太話、犬相手でも通用しない。ましてやカーモディ・オーヴァーラークみたいな手出し無用の大物相手になんて』結局どんな与太話だったのかわからずじまい」

ベデリア（ビディー）・ベンチャーはマチスが赤いチョークで描いた素描のようだった。赤毛で、そばかすが散らばり、美しく骨張っていた（最後のはベデリア自身による評）。欲望をそそる唇と無垢な目を持ち、よこしまな情熱にあふれていた。十九歳だが、長いこと十九歳のままだった。

「なぜおまえのような馬鹿が〝ほぼ天才〟と評価される？」以前父親が怒鳴ったことがある。「知能判定人の頭がおかしいんだ」

「でもあたしは昔からほぼ天才なのよ、パパ」とビディーは答えた。「あたしたちはいつだって〝ほぼ〟なの」

ビディーには母親がいなかった。彼女曰く、ほぼ成長しきった大人の姿で父親の額から生まれてきたのだという。「ほら、額に傷跡があるでしょ」とビディーは言い、たしかに父親のリチャード・ベンチャーは額に青黒い傷があった。ただし父親に訊ねると別の説明をしてくれる。とはいえ、ビディーにはまちがいなく脳味噌があったし、七つ頭の脳編物ゲームは彼女抜きでは不可能だった。

「見つけなさい、ビディー。フレディちゃんがどこの紐を引っ張っちゃったのか！」サルツィー（高揚《エンサルサミエンタ》）・シルヴェリオは中庭に実体化すると同時に叫んだ。サルツィーにはちょっぴりドガが入っていたが、ドガにはこの暗く、陽気で、むっつりした若い娘のねじ曲がった情熱は決して描けなかったろう。「ねじ曲がってなんかないわよ」とサルツィーは自分の情熱について釈明した。「螺旋式なのよ。そのほうが聞こえがいいでしょ」

（サルツィーから三メートル先のミモザの根っこにいたネズミが目から血を流し、脳を破裂させて死んだ。でも不思議。ネズミは笑顔を浮かべて死んでいたのだ。オーラをまとったサルツィーは、

周囲の小動物を無意識に優しく殺すのだ）

「もうカーモディ・オーヴァーラークを巻きこむのはやめよう」アルーエット・マニオンの言葉はうすぼんやりとしていた。二人がモラーダにやってきた気配はなかったし、パティオに入ってきたようには見えなかった。むしろ可能性として最初からそこに存在しており、それが順番に実体化したように見えた。「わたしたちはカーモディを名指し顔指しで攻撃した。カーモディ本人に、外交上の大失態をしでかさせようとしてみた。するとあいつは逆襲してきて、あわやこちらの脳味噌が吹き飛ばされそうになった。にもかかわらず、あの男は真空なのだ。あれは本物じゃない。脳編物を見つけたのは我々だけじゃないらしい。まだ心の中でカーモディの嘲笑が聞こえる。千キロも離れたところで高笑いがつづいている。そしてフォーリーの愚行につないでやったとき、あいつはまたこちらに触れた。『フレディ、天晴れな阿呆になれ！』とわたしたちは編んだが、その網にカーモディ自身が何かをつけくわえた。フレディが今度はどんな馬鹿なことをしでかしたのか、知るのが怖いぐらいだ」

　アルーエット・マニオンはレノルズの肖像画だった。レノルズが描いたので実際よりも深遠に見えた。だが画家は多くの性格を皮肉をこめて描いていた。**（百メートル先で善人が一瞬にして恩寵から滑り落ち、ひそかに自分自身に罪をおかし、それから電話に手を伸ばして罪を実行した。それは中傷の罪だった。外部から届いた不愉快な悪の波動の影響だった。）**マニオンは心身共に大きく力強かった。品質は高くなくとも量はたっぷりで、無限のエネルギーに裏打ちされている。マニオンは医師、それも精神科医だった。セミプロの心理学者で素人哲学者でもあった。同時にティヤール主義者で調和主義者だった。したがって彼はユーモアのかけらもない人間だったが、真剣なところも何ひとつなかった。仰々しくはあるが、真剣ではない。だがいま文字通り世界を動かしはじめた面々の一部なのだった。

「新しい標的を探しましょ」とウィング・マニオンがひらめいた。彼女が動くたびに空気にバチバチと火花が飛ぶ。（ウィング・マニオンってそんなに輝かしい存在だっけ？）「ねえ、新しい標的はマイケル・ファウンテンにしないこと？　彼は知るかぎりでいちばんの情報通。それに知るかぎりで、たぶん最高の人間。ただしエネルギーはひとっかけらもない。水圧の低い噴水《ファウンテン》、マイケルはそういう人間。彼にエネルギーを編んであげましょ、世界を動かせるように。マイケルを収穫の王にしてあげるのよ」

ウィング・マニオンはパウル・クレー描く魚を思わせた。もちろん実際の見てくれじゃなく、そのスタイルにおいてだ。マニオンは端正だったし、クレーは端正な魚なんて一度も描いてない。だがクレーの描く魚たちは、まちがいなく情熱にあふれていた。

（ウィング・マニオンがグループ内で凝集して臨界量に近づくと、市内の地震研究所の地震計は、低レベルの地震性微動を計測した。何夜も続いている奇妙な地震性微動は研究所の連中にとっては悩みの種だった。本当のところ、あれは本物ではなかったのだ。「中身のない衝撃」というのが地震計の記録を解釈した結果だった。中身がないだって？　ウィング・マニオンに？　頭が空っぽなのは機械のほうだろう！）

ウィング・マニオンは献身的で、親切だった。子供を愛し、岩まで愛した。ビディー・ベンチャーに言わせれば、マニオンはたまたま聖人に生まれついてしまった色情狂で、だから本性に反して複雑なのだ。無能な心理学者との結婚はいささかもその解決の助けにならなかった。

「こうしたことに関して、我々は少々神のごとくに傲慢だと思わないか？」ホンドー・シルヴェリオは仲間たちに訊ねた。ホンドーがあらわれるたびにみな驚きをあらたにする。恐怖のおののき、または少なくとも、不穏さを感じて。だがなおホンドーより優れた人間などいるわけがない。「神は我らに収穫者《ハーヴェスター》になれと呼ばわっただろうか？」ジム・バウアーは神に呼ばれたと言う。アルーエット・マニオンは進行中の神に呼ばれたと言う。わたしは自分の深奥からわき上がってくるもの以外の声は何ひとつ聞いていないし、あの深い洞窟はどうも信用できない。我々はへまをしでかして怯えている。たしかに人やものを動かすことはできる。世界がどうなるか、ある程度までは決定できる。ならば奪うのではなく、与えるべきじゃないのか？」

「いや、おれたちはつねに奪うべきだ」とジム・バウアーは言った。「おれたちは収穫者《ハーヴェスター》だ。だから収穫《ハーヴェスト》するんだ」

「我々は精神エネルギーを増幅し、投影する仕組みを編みだした」とホンドーは続けた。「気をつけろ！　仕掛けのせいか偶然か、ここにいる全員が力強い情熱を無頓着に垂れ流している。今度やったら盛りのついた獣になるやもしれん。我々は精神力こそ強いが、誰一人あまり賢明でもなければ善人でもない。マイケル・ファウンテンに、いやそれを言うなら誰に対してだって、炎のエネルギーを注ぎこむような真似をしていいのか？　フレディ・フォーリーはたやすく無害に乗りこなした。何が起こってるかわかってなかったろうが、自分でも道化役を楽しんでただろう。だがカーモディ・オーヴァーラーク本人と取っ組みあったとき、そこにあったのは生々しく馬鹿げた謎だった。カーモディはまるで生身の体がない精神のようだ。その気になれば、我々だって消し去れるだろう。用心しなければ」

　ホンドー・シルヴェリオをアングルが描いていてもおかしくなかった。**（セント・ジョンズ病院に五歳の瀕死の少年がいた。だがその子は死ななかった。体温は六秒間で六度下がった。すっかり良くなった。「でっかい蛇だよ、ぼくの友達のでっかい蛇だ。蛇がぼくを治してくれた。どうしてでっかい蛇をお医者さんにして、ちっちゃなお医者さんを蛇に変えちゃわないの？」）**ホンドーは石油地質学者で掘削技師だった。だが彼は歴史地質学者でも考古学者でもあった。ホンドーによれば妻のサルツィーとはメキシコシティーで出会った。しかしサルツィーに言わせれば、蛇やトカゲと一緒に古く邪悪な地層にいたらメキシコ頁岩油層から暴噴させられたのだ。このカップルには怖ろしいほど快活なところがあった。蛇のような緑色まだらのユーモア、禁じられた鉱物がしみだした被圧水泉から暴噴する、制御不能でむこうみずな地下水脈のようなものが。ああ、ホンドーが用心しなければと言うのは本気だった。とりわけ自分は用心しなければ、という意味でもあった。

「こうしたものを解き放つのは危険をともなうことだ、とわたしたちは期待していました」レティシア・バウアーはきわめて真剣に言った。「わたしたちは収穫者《ハーヴェスター》と名乗り、よりよき世界を収穫しようとしています。わたしが求めるのはさらに活き活きとしてさらに深い世界、生きるに足る生と死ぬに足る死。もしも世界にわずかでも深みが加わるなら、今の安逸と快楽が一瞬で白いあぶくとなってはじけてもかまいません」**（丘の向こう、そう遠くないところで、中年のカップルが恐怖に**

震えて飛び上がった。またしてもあの忌々しいハープ！　突然響くあの音は、実のところハープとは似ても似つかぬ音だった。それはこの世ならぬ、無調の、今は無音の、今は轟きわたる、怖ろしくも魅力的なハープ音楽だった。三夜にわたり鳴りつづける音楽は死者をも怯えさせる。最近購入したばかりの骨董ハープは部屋に放置されたままだった。ハープは鳴ったが、奏者はどこにもおらず、そもそも弦も張られていなかった。）「まあ、寡婦と孤児と弱者と障碍者は貧困から救いだしてあげましょう」とレティシアは続けた（その声は弦のないハープそっくりだった）。「でも強き者は闘争させなければ！　危険への希望をなくしてしまったら、すべてが沼に沈んで失われてしまう。わたしたちはみな危険な力をもっています。網を編めば、一人の七倍以上の力を発揮できる。危険な力も実際に使うまでは危険じゃない。なら使ってやりましょう！　今宵、わたしたちはマイケル・ファウンテンに持てるかぎりの火と危険を注ぎこみます。あの人は誰よりもそれを必要としてるんですから」

レティシア・バウアーは蒼白あるいは月色をした痩身の女性で、バーン＝ジョーンズがたびたび絵にしていた。乞食娘として、北方の女神として、さまざまに。

世界が痙攣した。地震計は大型の地震性微動を計測した。脳波網が軽快かつ危険きわまりなく編まれはじめ、広がりゆく七人はときにはくつろぎ、ときには情熱的に、ときには他のことをしたり、何もしなかったりしていた。だが七人はいまや精神的臨界に達しており、何をやろうとその行為は世界をぐらぐら揺さぶるのだ。

脳波網の仕組みは、発明した収穫者《ハーヴェスター》たち自身もちゃんと理解していなかった。彼らは力と目標をひとつに集め、網を投影した。個人では誰も理解していないが、七人全員がつながったときにはきわめて明確に理解していた。まちがいなく、より強い人間とつながったときにはさらに完璧に近く理解できるだろう。七人それぞれが人格を投影し、自分自身の影響が染みとおるのを感じていた。

ジム・バウアーはパティオの小さな回転バーでカクテルをこしらえながら、力強い銅羅声で歌いはじめた。バウアーの太い腹に支えられた厚い胸で支えられた野太く荒くれた歌だった。旺盛すぎるほどの活動をこなす力強く重たい頭を支えるのは、力強い首だったのだ。バウアーの巨体にはすべてちゃんと意味があった。

バウアーは大きな手、聖なる手で投影した。カクテルを作る手は、世界にかざす神の手であった。バウアーは手において収穫者《ハーヴェスター》であり、それだけのことはある。バウアーはマイケル・ファウンテンの心にたどりつき、大きな頭と樽のような胸、大いなる手と銅羅のように鳴る精神でつかみかかり、つかみ損ねた。もう一度手を伸ばし、またしてもつかみ損ねて、陽気な銅羅声で毒づき、ふたたびマイケルの名前を力強い歌声に混ぜこんで近づき、マイケル・ファウンテンの中にあるとは知らなかった不思議なものに出くわし、その不思議な泉に身を投じて格闘した。

バウアーはライムと砂糖と軽やかに鳴るガラス棒でカクテルを作りながら、同時に千三百キロ離れた場所の精神に侵入していた。だがマイケル・ファウンテンはここ、この町に住んでいたんじゃなかったか？

どこか、この町ではないところで、当惑顔の若者が寝乱れたベッドに起き上がり、頭を両手で抱えて、深い呻き声をもらし、同時に放蕩児のような笑みを浮かべた。若者は刺激的な出会いを気に入ったし、脳内の新しく暴力的な苦痛も気に入った。新しく暴力的なことはなんであれ好きだったのだ。「頭の中で雄牛が角をふりたててやがる」と若者は言った。痛みに首をふりながら、なおも小鬼のような笑みを浮かべた。

ウィング・マニオンはローブを脱ぎ、朽ちかけた急な鉄筋コンクリートの階段を中庭から湖まで降りていった。十二月の冷たい湖水に入り、それから湖底まで潜って秘密の泥の中にうずくまった。マニオンは友人でもある謎を秘めた男、彼女が友情を結べるかぎりにおいて友人にいちばん近い相手の名前を唱えた。その男マイケルに炎の剣を渡せば、いかようにもふるえるだろう。この泉《ファウンテン》から水をあふれさせよう！　マニオンは乱雑な家の乱雑な部屋を訪れた。

マイケル・ファウンテンはすぐにマニオンの心に気がついた。たぶん、ウィング・マニオンのことが、他のメンバーよりは好きだったからだ。だが即座に、マニオンにほとんど触れる間も与えずに逃れた。マイケルは昔からつきあいの悪い相手だった。波の中のマニオンは困惑していた。そこにはジェイムズ・バウアーはいなかった。だがジェイムズは心に入りこんだとはっきり伝えてきたからだ。マニオンは水面に出て、一瞬のうちに全世界を見渡し記憶した。それからもう一度潜り、線状岩層をくぐってナマズの巣に入りこんだ。ふたたびマイケル・ファウンテンの心に火と鉄と水を携えてつかみかかり、またしても勢いよく滑りおちた。もう一回つかみかかり、また手を滑らせて、そこでジェイムズ・バウアーの精神痕跡を見つけ、入り口を求めてその跡をたどった。すると、思いもよらないところに入り口があった。

そこは見知らぬ領域、ウィング・マニオンにとってすら奇怪に思える場所で、マニオンは自分の興奮と怪奇をつけ加えた。乾ききったマイケル・ファウンテンの中に、こんなにも魅力的でひねくれた場所があったとは！　ジム・バウアーもそこにおり、網の最初の結節点が生まれた。

「マイケル・ファウンテンの内側にこんな男が隠れてたなんて！」ウィングはナマズが吐く泡のように考えた。「これって、わたしたちが求めてた彼そのものじゃない。内なる彼に剣をあげよう。あふれ流れる術を教えよう。ああ、この人にたっぷり教えて、この人からたっぷり教わるのよ！なんという水脈！　なんと新鮮な泉！」

「どうやら頭の中に新しい魔女《ブルーハ》がきたようだ」と若者は言った。「炎の魔女は気にいった。どっちが先に焼き尽くされるかな？　雄牛と魔女、そしておれは立ちあがる。おれみたいな田舎者にもやるべき使命がある」


　乾いた男マイケル・ファウンテンは散らかった居間を歩きまわり、不安を感じはじめていた。二人の若者が無理矢理押し入ろうとしたが、ファウンテンは追い払った。だが連中は彼の内か外にいる何者かにしがみついていた。お節介な精神干渉抜きでも十分に野蛮な相手につながっていた。そしてそのついでにたまたま第三の相手にも触れてしまい――新しい雄牛と新しい魔女を頭に入れて、今目覚めつつある、グロテスクな笑みを浮かべる力強い若者（その若者が自分の内か外かどこかにいるのを、マイケルはなぜか知っていた）とは別人で、そこまで強くなかった彼は十字砲火のただ中で死んでしまった。「あいつら、うっかり殺人をしでかした」とマイケル・ファウンテンは言った。「誰が殺されたのか、明日には調べよう。いずれにせよ、乱暴者どもの狼藉を止めさせなければ」

サルツィー・シルヴェリオは小さな湖の山肩を降り、崖の下の奥まった自然の石庭を訪れた。苔むす蛇性の頁岩にとぐろを巻いて座りこみ、滴り落ちる雫を受けた。サルツィーは螺旋式の、あるいはひねくれた情熱に満ちていた。夫のホンドーは飲み物を手にサルツィーを探していた。二人のオーラが触れあうと、緑色のまだらな閃光が飛んだ。おお、なんと慈愛あふれ、優しく洗練されている二人だろう、慈しみふかくあふれ！　知性と活力と親切をそなえ、とぐろをまく強い情熱の中心にあるのは同情だ。二人はお話に出てくる遠い世界を支配する、偉大で知的で優れて高貴な蛇なのだ。サルツィーは以前、二重螺旋的なつむじ曲がり気分で、夫のホンドーは蛇のように二本のペニスを持っている、と言ったことがある。「あら、それ本当？」レティシア・バウアーは問いかえした。「冗談なのか、本当なのか調べてみなくちゃ。だって、本当かもしれませんし」「本当かもよ」サルツィーは蛇悪な笑みを浮かべた。

ホンドーとサルツィーが脳波網に入り、新たに五つの結節点が付け加わった。「泉《ファウンテン》に炎を、古い蛇穴に新しい蛇を！」彼らは網を編んだ。保守的なマイケル・ファウンテンにほんの軽く触れ、マイケルの背筋を冷やしたがつかみ損ね、そのままマイケルの中にいるかもしれない相手、遠くにいるのかもしれないが存在は伝わっているおかしな若者に入っていった。そして若者は立ちあがって走りだした。この種族の巨人特有の、不恰好だが早い足、疲れ知らずの大きな歩幅で。軽やかな足取りで、暮れなずむ暖かな十二月の道を川に向かって駆けてゆく。煌々と爆発する頭の中には、男と同じく高貴なる種族の雌蛇が、古代の頁岩層から暴噴したものがいた。そして雌蛇とともに、深掘り井戸ほど奥深くて高貴な生き物もいた。

アルーエット・マニオンは汎神的に優雅な物腰で脳波網へと加わった。アルーエットは火ではなく古代の氷を持って泉にやってきた。アルーエットは精神的父親たちから教えられていた天の光を消すのが至高の目標だが、次に目指すべきは地球を称揚することなのだ。実際に地球と神秘的結合をしており、話しあいさえした。脳波網にも確固たる場所を占めており、彼抜きでは網は真価を発揮しえない。アルーエットは網を倒錯させたが、その倒錯は必須だ。アルーエットはマイケルの表面には触れることなく、直接若者の中に飛びこんだ。

アルーエットは心の網の、燃え盛る力と暴力的衝動をおさえようとはしなかった。水泡音と細動を網に伝え、それから大きな反作用を送りこんだ。それは爆発し破砕する氷のようで、あとには無情で法外な沈殿が残った。邪悪さが唸り声をあげる緊張と怒りたける失望を引き起こしたが、それはかえって侵入力を強めた。新たなる生、高揚する塊を、まがいものの秘法が色をつけ揺り動かす。悪魔的な虚無の穴が加わり、それに対する反応はまじろい怒りだ。アルーエット・マニオンの心は空虚の回りをうずまく巨大な自然エネルギーであり、新しい角速度とストレンジ粒子の雨を降らせた。脳波網はアルーエット抜きでは完全に機能しなかった。七人の誰が欠けても完全には機能しないだろう。「うまく機能しませんように、まるで機能しませんように」マイケル・ファウンテンはあえいだ。間近で網に触れられ、蒼白になり震えていた。

結節点が倍増し、そしてレティシア・バウアーが蒼白で強情な情熱と危険への期待をたずさえて加わるとさらに倍増した。脳波網はマイケル・ファウンテンという名の新たな、制御不能な人格をこしらえつつあったが、当人にはわかっていたのだろうか？　当人は恐怖と苦痛を覚えつつ悟り、くりかえし逃れた。偶然ひっかかった一人の男が死んだのを感じ、別の一人が完全に貫かれるのを感じた。だがどちらも、ある意味では彼自身ではなかったのか？

脳波網が深く決定的に貫いたのはマイケル・ファウンテンの下にある心だったが、その心はマイケルのものとも結びついていたのだ。脳波網は新しい心をもつ新しい人間を作りだし、マイケル・ファウンテンと名づけたのだろうか？

赤いチョークで描かれた幽霊が脳波網を完成させた。心安らかなる単純さと、相手を打ち砕く深遠さを兼ね備えた真っ赤な死霊。若すぎるアニマ、いまだ思春期のポルターガイスト的顕現をひきずっている。神秘的なピンク色の幽霊、夏の稲妻のようにけだるく、血まみれのお祭り騒ぎのように即発的で、内気で殺人的。水晶が割れるような笑いをひびかせ、不気味にして不思議——若き赤の魔女ビディー・ベンチャーだった。

七人の織物、七人組《ヘプタルムス》が完成した。満ちてあふれだし、あふれだして稲光となった。

ぐうたらな愚者は全身苦痛で半分がた気を失いかけ、どんよりまなこで血を流しつつ橋の欄干にもたれていた。稲光に打たれた若者の薄い靴底からは煙が上がっていた。普通の稲光なら死んでいただろうが、そいつは若者を刺し貫き、生命を吹きこんだのだ。

男は本物のカルカハダ、すなわち馬鹿笑いを、象のような笑いを放った。男は立ちあがった。まだよろめいていたが、それは尊大なよろめきだった。男の名前はミゲル・フエンテス、今この世界の中心人物になったばかりだった。

「さあて、おれの頭にカナロンが、シナモン・クッキーが飛び込んできたぞ」若者は分厚い舌でジョークを飛ばした。カナロンはシナモン・クッキーと同時にガーゴイル像も意味するが、ビディー・ベンチャーはその両方だった。

「とっとと出ていけ！」育ちはじめた男は命令した。「やってのけたよ！　おまえらのせいで大人になったから、今にも自分のやるべきことを思いだすとも。おれはこの手で世界を引き裂くぞ。カブリート、串焼きの子ヤギを引き裂くみたいに。おれはでっかいことを思いだし、そいつを実行してみせる」

時ならぬ時に目覚めたこの男（ついさっきまで若者だった男）は国境の橋の上でよろめきながら、世界の出来事にしっかり影響を与えはじめた。

第二章　すっごく死んでるか、すっごく年取ってるか

単純馬鹿は裸で世界に入りこむ
武器なし、用心なし、知恵なし、芸なしの道化
とぐろまく大蛇を両手でつかむ
ドラゴンを引きずって町をいけ

――オルスカット『単純歌』

その夜遅く、ビディー・ベンチャーは〈粗忽者《スキャッターブレイン》ラウンジ〉を訪れた。疲れきって熱が出ていたが、目は冴えて遊び心満々だった。

〈粗忽者ラウンジ〉の床にはブロンズの皿が釘で打ちつけられており、**ここが正確に世界の中心**と説明がついていた。本当に世界の中心かどうかの議論には決着がついていない。〈粗忽者ラウンジ〉の経営者兼バーテンのヒュー・ハムトゥリーに言わせれば、彼が店を買い取ったときにはもう皿はあった。前のオーナー、バーディー・マウンティーグルは奇行で有名だった。

「フレディ、フクロウの左眼ちゃん！」若きフレディを見つけたビディーは金切り声をあげた。「今日はびっくりするような思いつきはないの？　聞いたわよ、いや感じたんだわ、あんたが何かやってるって。万に一つのネタがあるんじゃない？」情欲をそそる唇と無垢な瞳のビディーは、砒素がたっぷり仕込まれたシナモン・クッキーだった。

「ビディー、たしかにネタを抱えてるけど、どうしてきみが知ってるんだい？　きみたちはなんだってぼくをおもちゃにするんだ？」

「おもちゃになんかしないわよ。生の密造酒と緑色の稲光の力で押し入るの。どうしても知りたいんだけど。その珍しい思いつきってなんなの、あたしのカエルのかかとちゃん、どこに行き着いたわけ？」

「これまでつかんだ万に一つの思いつきと同じ運命さ。取材禁止だよ。考えることすら許されない」耕されていなかったフォーリーの顔に、うっすらと畦が掘られはじめていた。

「老いぼれタンカースリーに酔って忘れちまえって命令されたの？」

「されたよ。薬と思って飲むとあんまりおいしくないね」

「ちゃんとした地位にありながら、驚くべき思いつきを受け入れないなんて！　で、どういう思いつきなわけ？」

「ビディー、話したくないんだってば」フレディは頑固に言いはった。

「真っ赤な大嘘よ。あなたはどうしたって話したいはず。少なくともあたしは話したいわ。あたしたちって一心同体じゃないこと、かわいいミミナグサちゃん！」

「きみが言うならいつだって同体になるよ、ビディー。ええと、ぼくはひょっとしてカーモディ・オーヴァーラーク（ここ数年で大いに有名になった）がカー・イブン・モッド、ちょっと前にマムルーク朝のエジプトのカリフに仕えてた外交官と同一人物じゃないかと考えたんだ」

「ちょっと前、って何年前？」（この目は本当に無垢な瞳だろうか？）

「おおよそ五百年ほど前だよ、ビディー。口に出してみるとますますバカバカしく聞こえるな」

「あら、そんなのバカバカしくもなんともないわよ、可愛いコケモモちゃん」

「だったらなんで笑いをこらえてるんだい、ビディー？」（この娘に子供扱いされてるようじゃ、とうてい大人にはなれまいて）

「今ダイエット中なのよ、フレディ。あぶくしか食べないことにしてるの。でもタンカースリーさんじゃあ、後ろから突き飛ばされでもしないかぎり、その話には飛びつかないわね。どうしてその二人が同一人物だなんて思いついたの、ふにゃふにゃプレッツェルちゃん？」

「顔がそっくりだし、名前もなんとなく似てるし」

「根拠というならもっとゆるい理論だってあるし。そういうのはどれも根元からぐらぐらだけどね。アメリカサイカチちゃん、カーモディはなんで五百年もうろついてられるわけ？　すっごく死んでるか、すっごく年取ってるかじゃないの？」

「ビディー、もうひとつ可能性があるけど、そうほのめかすだけでも身震いする。愛する人の笑いは残酷だからね。きみが陰でぼくをあざ笑ってるって言いたいわけじゃないけど」

「あら、一緒にいないときには愛してくれないわけ？　一度で話してくれる？　それとも小出しにするつもり？」

「小出しにするよ、ビディー。ぼくはきみを愛しているけど、信用してるわけじゃないんだ。ぼくがやったことを知って、バウアーとマニオンがあざ笑ってるのが聞こえる。でもビディー、ここには何かある。まちがいなく何かがあるんだよ。きみたちのお節介のせいで、本物にぶち当たっちまったんだ。ビディー、カーモディ・オーヴァーラークについてわかるかぎり掘りだしておくれ。あいつが何をどうやってるのか、必ず暴いてみせるとも」

「エジプトの川とかで氷山に閉じこめられてたのかも」オーナーのヒュー・ハムトゥリーが口を出した。「それが数年前に見つかって、解凍されたのかもしれない。最近じゃあ、いろんなものを冷凍するからな。しかもほとんど風味は失われないんだ。そいつも急速冷凍されて——」

「ハムトゥリー、口出ししないでよ」とビディー。「内輪の話なんだから、聞き耳もデカ耳もお断り。ほら、バーのお客が一杯頼みたそうにしてるわよ。レジの若いのは超ヤバめの小切手を受けとりそうだし、ボーイは今この瞬間にも勘定をごまかしてる。あっち行きなさいよ。さもないと製氷機に押しこんで、あんたを急速冷凍しちゃうわよ。

可愛いカッペのフレディちゃん、あたしは最後まであなたのもの。そう長くないかもしれないけどね。たとえ脳の中に誰かの腎臓が入ってても、やっぱりあなたはあたしの彼氏。これまでも何度かあったものね、本当である理由はひとつもないのになぜかあなたの言うとおりだったことが。あたしはいつも負け犬びいきだけど、ワンコちゃん、あなたほど負けっぱなしの人はいない。なにか手伝えることはあって？」

「カーモディ・オーヴァーラークについてわかるかぎり調べておくれ、ビディー。お父さんやきみの友達は政府の人間にも詳しいだろ？　カーモディ・オーヴァーラークに関するおかしな話があればなんでも知りたいんだ。とりわけここ一、二年で出てきた新しい噂話を」

「わかったわ、ちっちゃな牡蠣のフレディちゃん。できるかぎりやってみましょ。さてと、もうお別れして男の人の部屋に行かなくちゃ。妬いちゃだめよ。ただの魅力的な年上のおじさまなんだし」

「ビディー、ぼくも会わなきゃならない人がいるんだ。もう寝てるかもしれない。叩き起こしたらかんかんになるかもしれないな。火がついてかんかんになるかも。タクシーを呼ぼうか？」

「けっこうよ。ここからなら歩ける距離だから。一緒に歩いてく？　あたしのほうも彼にたっぷり火をつけちゃった。ねえ、口笛吹かれてるのって、あたしとあんたのどっちかしら、むくむく毛虫ちゃん？　あら、ここで曲がるの？　じゃあ、もうちょっと一緒に行きましょ。あの人のこと、とっても心配なのよ。もう何時間もたってるのに、なんのニュースも警報も届かないんだから」

「そんな予定が？　いったいなにごとだい？　ニュースになるような話？　新聞社に連絡したほうがいいかな？」

「だめよ、まず彼を訪ねてからね。振りかけた魔法の粉の量からしたら、今頃とっくに爆発してるはずなんだけど。あたしはここ。あら、あなたのお相手もこのアパートに住んでるの？　あのね、素敵な緑のメロンちゃん、今頃は虎が解き放たれてるはずなんだけど。とっくに世界をバラバラに引き裂きはじめてなきゃ。とっても頭が良くて大きな心を持つ人の中で火をたいてあげたのよ。あら、なんで七階を押したいってわかったの？　あたしの用事はそこよ。じゃああなたも同じ階ね。

だって最上階だもん。ありがと、フレディ。じゃあお目当ての人に会ってらっしゃいな」

「きみもね、ビディー。あれ、きみもマイケル・ファウンテンに用事なの？　彼はぼくが来るのは知らないはずなんだ。きみが来ることは知ってる？」

「ううん、知らないはず。なら二重にびっくりね。ノックして一歩下がりなさい、フレディ。今頃は虎に変わってるかも。いきなり嚙みつかれるかもよ」

「ビディー、鍵は開いてるよ。きっとぼくらが来るとわかってたんだよ。それとも他にお客かな」

「今ごろは世界中の名士たちが群がって――」二人は入っていった。


マイケル・ファウンテンは常夜灯しかつけていなかった。よれよれのバスローブにくるまって、安楽椅子に深く沈んでいた。ファウンテンは六十歳、瘦せて皺くちゃ、桃色の毛が頭のへりに残るだけで、角張った顔と鷲鼻は平原インディアンかアルメニア人のようだったが、それにしては色白すぎた。

「わたしはベデリアと話をしたくて、フレディはわたしに話をしたい」ファウンテンは優しい声で言った。「どっちからはじめようか？」

「あら、じゃあフレディからにしてちょうだい、耳当て《イヤマフ》おじいちゃん。あたしと話すと血の雨がふるでしょうから、フレディと話してちょっぴり気分を落ち着けて」

「ベデリア、きみはフレディの冒険をこっそり笑いものにして、わたしもおもしろがると思っているんだろう。だが、きみらの最近のやり口は笑い事じゃないぞ。フレディ、オーヴァーラークのいったい何を知りたいんだ？」

「ファウンテンさん、まず最初に、なぜオーヴァーラークのことを知りたがってるとわかったのかを知りたいですよ」

「危険な存在になりそうな道化からは目を離さないよう気をつけていたんだよ。自分では収穫者《ハーヴェスター》と名乗ってるゴミ漁りどもから、カーモディ・オーヴァーラーク相手に天晴れな阿呆になれと命じられただろう。フレディ、何をやったのかね？」

「どこか妙なところがある気がするんです。ファウンテンさんも何か感じてないかと思いまして。とりわけ知りたいのは、この一年ほどのあいだに重要な変化があったかどうかです。流星のようにめざましい成功がはじまったときに」

「流星のごとき成功というなら、それはよっぽど暗い流星に違いないな。というのはカーモディはほとんど無名の存在だからだ。もちろんマスコミや好事家のあいだでは知られてるだろうが、有名人とは言えん。ただ、ここ数年でひとつ大きな変化があったよ。名前を変えたんだ」

「なんと。何から何へ？　そしていつ？」

「チャールズからカーモディへ、ほんの二年前のことだが」

「じゃあ太古よりのカーモディは、ほんの二年ほどのカーモディでしかなかったんですね。なぜ名前を変えたんでしょう？」

「数秘術的な理由だそうだ。知的な人間は数秘術など信じないと言いたいんだろう？　だが法的には、名前を変えるのに理由など要らないんだよ」

「何か隠したいことでもあったとか？」

「チャールズ・オーヴァーラークとして？　いや、フレディ、特になかろうね。彼は無名な存在だったが、その点は今とたいして変わらない。昔も今も金持ちだ。昔から党には多額の献金をしている。生まれながらの財産を持つ身。それ以外だと、端的に言ってきわめて優れた素人だ」

「なんの素人なんですか？」

「ああ、知識人であり伝説的存在。あらゆる芸術分野の素人にしてパトロンだ」

「実際に芸術家として活躍したことがあるんですか？」

「いや、それはないな。単なるコレクターだろうね」

「じゃあ知識人として何かを生みだしたとか？」

「知るかぎり何もないな。たぶんそこでもコレクターだったんだろう。知識人を集めていたんだ。でも、彼は昔からずっと、めざましく優秀だと思われていたよ」

「ずっとですか、ファウンテンさん？　ひょっとして後知恵なのでは？　彼の評判は時代をちょっぴり遡って仕込まれたもので、成功以前にはなんの評判もなかった可能性は？」

「ああ、もちろんその可能性はあるとも、フレディ。そういうことは以前にも起こった。旧知と思っていた出来事が、実際には昨日はじめて知ったことであるようなね。実際、自分の意識をさぐってみれば、カーモディが突然限られた領域で輝きを放つ以前は名前も知らなかったと認めざるを得ない。だがカーモディがせおっている過去のおかげで、昔から知っている気になっているんだ。

　とはいえ、オーヴァーラークは新しく登場したわけじゃないぞ。きちんとまとめられた一件書類がいくつもある。生まれから、つねに最良の環境に囲まれてきた育ちをたどっていける。家系だってどこまでもたどれるんだ」

「でも流星のような留保つき急上昇以前、オーヴァーラークには財産しか誇るものがなかったんでしょうか？　ただのうすのろだと思われてた？」

「かもしれない、でも今はうすのろじゃないぞ。経験上はうすのろは何をやろうと……どうやらわたしへの質問はそれで終わりらしいな。それとも、別の人間について訊ねたいことがあるのかな？」

「いいえ。同じ人間についてです、ファウンテンさん。カー・イブン・モッドについて何かご存じですか？」

「ほとんど何も知らないね、フレディ。だが、知られているかぎりのことは知っているよ。きみがその名前を知ってたほうが驚きだよ。中世イスラム世界学を専攻してたなんて」

「どんな風に死んだかはご存じですか？」

「いや、彼の死についてはどこにも書かれてないと思うよ。どう死んだっていうのかね、フレディ？」

「ぼくは死んでないと思うんです。ケンブリッジ版『中世の歴史』に載っている木彫り像を見たことは？」

「あるとも。ちょっと待ってくれ、今思いだすから。フレディ、何を言いたいかわかったよ。たしかにカーモディ・オーヴァーラークに似たところがあるな。わたしみたいに記憶力がいいとなかなか便利だろう。天晴れな阿呆とはこの類似性のことかね、フレディ？」

「まだあるんです。もう一度思いだしてください。カー・イブン・モッドはあなたが思うところのアラビア的、あるいはエジプト的な顔をしてますか？」

「たしかにそうは見えないね、フレディ。でも特定の顔が人種的な類型に従うとはかぎらない。それにマムルーク朝の起源はヨーロッパ人キリスト教徒の奴隷の子孫たちだ。ごく幼いときに奴隷にされ、専門的教育を受けた連中だよ。顔の特徴からすると、イブン・モッドはおそらくモラヴィア人だろう。オーヴァーラークも同様だ。それに、名前も似た感じがするじゃないか、フレディ？いやいや。きみを笑ってるわけじゃないよ。わたしもそういう偶然の幽霊に出くわしたことはある。きみの追ってる男、あるいは男たちについて、まだ何かあるかね？」

「カー・イブン・モッドが喘息を患ってたかどうかは？」

「わたしは聞いたことがない。彼がいたのは喘息気候の土地ではない。だが喘息だったことはありうるし、我々が知らないだけということもありうる」

「カーモディ・オーヴァーラークは喘息持ちです——少なくとも過去二年間は。それは自力で調べたんです。ありがとうございました。ビディー、きみの番だよ」

「ええ。フレディ、席を外してちょうだい。これからファウンテンさんにお叱言を頂戴するんだけど、それは軽々に聞いていいようなことじゃないのよ。さあさあ、シリアルおまけのフレディちゃん、バイバイ」

「いやだね。今ぼくが言葉で大流血するのを、グダグダの愚行を見たばかりだろ。きみへのお叱言も聞かなくちゃ。それに、こう見えてもぼくは記者だよ。きみたち二人は今起こっているきわめて奇妙な事件の重要人物なんだから」

「ベデリア、きみたちは同名異人の、わがお気に入りの甥っ子を殺したぞ」マイケル・ファウンテンは言った。

「マイキーが？　死んじゃったの？　でも助かる見込みはなかったわ。あたしたちが殺したんじゃなくてよ。どのみち死にかけだったんだから。冷淡だなんて思わないで。死んだって知らせがあったの？」

「いや。こちらから連絡して確かめた。予兆を受けてな。あの子は死んでしまった。たしかに助かる見込みはなかったかもしれない。だが、ベデリア、きみたちがやってるのは危険なゲームだ。無知で危険なゲームと戯れてる」

「もちろん無知よ。あたしたちは単なる収穫者《ハーヴェスター》じゃなくてパイオニア、未知の領域に踏み入ってるんだから。これから選ばれた人に火をともすつもりなの。ふさわしい光が差しこむ逢魔が刻、大いなる精神の波で洗って変身させる。マイケル、あたしたちはあなたに向けたのよ。あなたを変化させてあげたから、素晴らしい才能を遠慮せず大胆に使えるようになったんだわ」

「いや、わたしは変わってないよ、ベデリア」

「そんなわけない！　あなたの心に入りこんだわ、あたしたちみんなが。あなたはかわして逃げようとしたけど下から入りこんだ。とっ捕まえて、あなたの中で炸裂したわ」

「いや、入らなかったんだ。わたしはかわして逃れ、もう一度逃れた。しょせん、きみたちは無器用なガキでしかない。だがマイキーを殺し、同名異人を召喚して、そいつの中に入ったようだ」

「いいえ。あなたよ。あたしたちは潜在意識に潜入したの。そこでお祭り騒ぎをしたのよ。今はわからなくても、いずれわかるわ。あなたに植えつけた種が、中で育っていくでしょう」

「いや、ビディー、わたしはきみたちから逃れた。これからきみたちが誰の中で浮かれ騒いだのか調べなくちゃならん。誰かになした仇を取り消さなければ。その相手はわたしじゃなく、跳弾を浴びたマイキーでもなく、どこかでわたしに結びついている誰かだ。今、それを強く感じてる。まだ何者かわからんし、名前も浮かばない。でもその心はわたしの心に触れていて、まちがいなくわたしと同調してる。若い心だが、誰のものかは不明だ。ベデリア、誰に嚙みついたか本当にわからないんだね？」

「わかってるわ、それはあなた、あなたよ！」

「違うんだ。きみたちは見知らぬ相手を、遠く離れたところから攻撃し、おそらくは死にいたらしめた。こんなことはやめねばならない」

「絶対にやめないわよ、苔むした古石のマイケル。あたしたちは新しい道を拓くの。新しい人類進化を引き起こす。次に何をしでかすか、見当もつかないでしょ」

「もちろんつくとも。今度は自分たちを変異させようとするだろう。それとも変死することになるかな。そうはうまくいかないよ」

「うまくいくの！　あたしたちは丘の上に立つ城を見たわ。あたしたちは丘を登って、はじめて登った人間になる。最初の超人類、最初の幻視者になるんだわ。そして残りの人類をその場所まで引きあげる。あなたを最初のリーダーにするつもりだったのに、がっかりだわ」

「ベデリア、やめるんだ。まちがいなくきみたちの誰か、あるいは全員が死ぬことになるぞ」

「だからって？　賭ける価値なら十分ある。軽蔑すればいい、憎めばいい！　見せてあげる。全員を贖ってあげる。知的なる、天上なる、地下なる、社会化されたる、超自然的なる、宇宙的なる〝思いだせないけどあれ〟なるところへの突破口を開けるのよ」

「いい加減にしろ、ビディー！」ファウンテンはぴしゃりと言い捨てた。「フレディ、垂れ流してる戯言ごと、この女を連れて帰ってくれ！」

　そこでフレディ・フォーリーはベデリア・ベンチャーをマイケル・ファウンテンのアパートから引きずりだした。

「かく預言者は石《ストーン》もて追われたのであーる！」二人の背後でドアは重々しく閉じられたが、ビディーは雄々しく歌い上げた。

「きみはすっかり酔っぱらってる《ストーンド》よ」とフレディはビディーに言った。「それもかなりたちの悪い密造酒で。目を覚ませよ、ビディー。最近イカレた連中とつきあいすぎだ」

「フレディ、あたしの足が地についてないの気づいた？」ビディーは少しして言った。「あたしは歩道の五センチ上空に浮かんでる。もっと高く浮かべるけど、そうすると隣を歩けないもん」

「なんにせよ、きみみたいにお高くとまってたら、とても他人と肩を並べては歩けないよ。でも、宙を歩いてるのに、なんでつまずいたんだい？」

「エアポケットよ。ああ、あたしは昇天中なの、フレディ、完全に新しい人間に生まれ変わったのよ。あたしは約束の地に行き、宇宙的存在になる。もう瞬きすらしない。実を言うともう何時間も瞬きしてないの。思うに、瞬きというのは移行期の人類特有の行動。あたしはもう二度と瞬きなんかしない。これからは目はつぶらない、生きているあいだも死んでからも。あたしはすべての世界、すべての幻視の女王。今度目玉にへんな絵を描いちゃおう。いいでしょ？　もう外を見るのに目なんか必要ないもの。あたしは全身でものを見る。フレディ、なんでそっちに曲がるの？　その先には市立博物館の裏口しかなくてよ」

「わかってる。ここの夜警とは友達なんだ。夜、眠れないときに、話をしに行くんだ。でも最近は眠れない夜ばかりでね。きみたち蛇に毒液を目にはきかけられてからってもの。そして今度は大好きなきみまでが蛇の仲間になっちまった。本当にがっかりだよ、ビディー」

「でもあたしは輝いてるわ、フレディ、輝かされて輝いてる。いつのまにか収穫者《ハーヴエスター》の隠語をすっかり覚えちゃった。あとはその意味がわかれば、もう二歩ばかり進めるんだけどな。フレディ、あたしはまだ完全に蛇になりきったわけじゃないのよ。おやすみなさい」

「ビディー、カーモディ・オーヴァーラークについてわかるかぎり調べるのを忘れないでね」

「いいわ、ホタルのシッポのピカピカちゃん、やってあげる」


フレディは市立博物館の裏口の古いブロンズ扉をノックした。〝長いノックを百十九回、短いノックを一回〟というのが友達同士の取り決めだったが、そんなにノックせずともドアは開いた。若きシリア人の友セリム・エリアは博物館を愛し、夜警の仕事を忠実につとめていた。

「フレディは夜眠れないいね」セリムはにっこり笑って裏のドアを閉め、フレッド・フォーリーを薄暗い玄関口へと招き入れた。「昼間はたっぷり眠れるけど夜はさっぱり。また燃えるアヒルに追いかけられたかい？」

「そんなとこだよ。死んだアヒルが生きてる人間から飛び出してくる。死んだ蛇やカエルどもがね。セリム、恋人をうっとり眺めてたら、突然相手がカエルの目をしてるって気づいたことはある？」

「セリムの相手はバシリスクの目をしてたよ、もっとずっと洗練されてたからね。フレディ、今夜あんたを悩ませてるのは生きてるものかい、それとも死んだもの？」

「自分でもどちらか決めかねてるような奴らさ。ほら、ビディーがつるんでる頭でっかちな連中がいるだろ、ハガードの『洞窟の女王』風が三人と、コルヴォー男爵の小説に出てくるボルジア家タイプが三人。あいつらは脳味噌の中身を混ぜあわせて、精神衝撃波を送りだすんだ。最初にくらったときには膝をついたよ。今夜、連中はそいつをマイク・ファウンテン相手に使ったんだ。幸いファウンテンは逃れたけれど、そのせいで甥っ子が死に、誰かが嚙まれた。死んだままでいるべきものを墓から起こし、死んでるはずの人にぼくをけしかけてる。しばらく博物館の中を歩かせてくれないか。ここにあるものは、まちがいなく死んでるからね」

「フレディ、そいつは勘違いだよ。ここには死んだものなんかひとつもありゃしない。フレディはわかってないね。死んだままでいるのは自然なことじゃない。少なくとも人間が死んだっきりなのは不自然よ。夜になると、この部屋ではあちこちから声がする。岩、骨、しゃれこうべ、人間が喋りだす。セリムは、起きる時間を待ちかねて」

「セリム、おまえの母ちゃんは浮気なヒトコブラクダだ！　死んだ部屋を回っていこうか。アステカの部屋はどこだい？　ここ？　そうだ。でも、ここは落ち着かないな。石像の顔ですら死にきってなさそうに見える」

「もちろん死んでないとも、フレディ。あの嫌ったらしい目つきをごらん。頭は林檎よりもちっちゃいってのに。手を近づけちゃだめだよ。指に食いつかれるからね。あいつは岩魔法使いと女のとりあいをしたのさ。魔法使いはあいつをちっちゃく縮めて、それから石に変えた、でも殺しちゃいないんだ。あの目、死んでるように見えるかい？」

「見えないね。でも雲母か水晶が黒曜石にはめこまれてるだけだろ。ここで生きてるのは想像力だけさ」

「なるほど。じゃあ指を石像に近づけてごらんな、ほら」

「いや、やめとこう。この石ころよりもっとしっかり死んでるものは？」

　フレディ・フォーリーは人形を見やり、クズリとキットギツネの剝製へ、インディアンの民芸細工へ、なぜか子供サイズのスペイン人の甲冑へと目を移していった。だがフレディの頭の中には重たい芯のようなものが生まれていた。フレディは三方壁の袋小路になった部屋には入らず、迂回して他の部屋に向かった。それからエジプト室に入ると、セリム・エリアもあとをついてきた。

「よし、こいつらは死んでるな」とフレディは言った。「ここにあるものについちゃ、はっきり言える。永遠に死んだものばかりだ。プタハ神よ、エジプトに恵みあれ！」

「ああ、でも新しいものもあるんだよ、フレディ。珍しいライフマスクがね。エジプトのデスマスクはたくさんあるけど、これは特別にライフマスク。生きてる人間の顔を型どりした、うちの収蔵品でもピカいちの優れものだ」

「誰のマスクだい？　見てみたいな。どこにあるの？」

「フレディの後ろだよ。二日前に入ってきたばかり。購入前に鑑定して、本物と証明された。エジプトの王だったアメンホテプ四世に仕えていた公僕のライフマスクだよ。正確な官職はわかってないけどね」

「国務長官特別補佐」

「本当に？　フレディも謎かけするときはカエルの目をするね。フレディの後ろだよ。そこに立ってたら見えないよ」

「ああ、実はぼく自身、目玉以外でもちょっぴりは見えるんだ。ライフマスクはどのくらい古いものだい？」

「アメンホテプ四世が生きていたのは紀元前千三百五十年ごろ、ヴェリコフスキー版をとるなら紀元前九百年ごろだね」

「ふむ、マスクにはなんて名前がついてる？」

「翻訳するとキー・ハー・モッドだけど、母音はよくわからないのね。カー・ハ・モッドと読むのが正しい翻訳じゃないかな」

「ぼくもそう思うよ」とフレッド・フォーリーは言い、暗い顔でマスクを見やった。「ああ、あなたでしたか！」とマスクに話しかけた。「ぼくの信じるところだと、あなたは単なるマスクのマスクですね。教えて下さいよ、カー・ナントカさん、今マスクをかぶってるのは誰なんですか？　セリム、今ぼくのポケットにメモを入れなかったか?」

「いんや、今はフレディから三メートルも離れてるよ。なんなのか教えておくれよ。フレディに謎々は似合わないよ」

「三度目の同じ顔、三度目の同じ名前。セリム、オーヴァーラークを古代エジプト語で言うとなんになる?」

「ひばり《ラーク》という単語はカー・ラ、つまり〝ラーの食べ物〟と〝ラーの魂〟ってふたつの意味がある。でもオーヴァーラークとなると名前という以外はわからないね」

「ぼくもさっぱりだ。ところでこの、きみがポケットに入れてないメモだけど、住所が書いてあって、すぐそこへ行けと指示もあるぞ」

「フレディは記者だろ。行くといい。でもそのメモは何時間も前からポケットに入ってて、たまたま今気づいただけかもしれない。それとも自分で入れて、入れたことを忘れてただけとか。フレディには抜けたところがあるからね。でも行くといいよ、今晩中じゃなきゃ明日の朝に。なんたってフレディはタレコミがあったら必ずチェックする性分だ。自分でもそう言ってたよ」

「今すぐ行くよ。メモにはすぐ来いと書いてある。一人で来いってさ。すごく怖いけど、でも行くよ。なあ、あいつらはメキシコ訛りのスペイン語を喋りながら、何やらでかい準備をしてる。本当に世界を震撼させるかもしれないな、あいつとあいつが集めた連中は」

「どんな連中だい、フレディ? これから行く先にいる人かい?」

「いやいや、全然違う奴らだよ。セリム、ぼくはどうやら脳波網についてはあいつらより詳しいみたいだ。連中が発明したんだけどね」

「誰だい？　メキシコ訛りの陰謀家かい？」

「違う違う。『洞窟の女王』とボルジア家たち、ビディーのグループのことだ。一度脳波網に編みこまれたら、一生編まれたっきり。誰かを編みこんだら、そいつも網につながっちまう。そしてときどき今みたいに、ぼくのほうはつながってるのに、連中はつながってないことがある。ふむ、蛇の巣穴巡りもひとつずつかな。ここに行ってみるよ。物騒な界隈だし、夜のこんな時間に行くのは恐いけど、子供のころからなじみだし、今も見知ってる。セリム、おやすみ」

「おやすみ、フレディィ。それからね、ライフマスクがカーモディ・オーヴァーラークに似てると気づいたのはフレディだけじゃないんだ。この二日というもの、博物館はそのジョークでもちきりなのさ」

第三章　あいつらにも殺せるかもしれないが、おれはもっと惨たらしく殺せるぜ

わたしたちは誰もたどりついたことのない高みまで登り、深みまで潜った。ずっと解決不可能と思われていた問題を解きあかした。わたしたちは物質的・肉体的・霊的存在として大いなる高みにまで登りつめた。力強く、ゆるやかで、統合された運動をおこした。わたしたちの集合精神は深遠にして新しく、創造性にあふれている。そして、その先に広がる楽園を垣間見た。わたしたちは頂へと達し、第四のいと高き館に至り、目がまわるような期待と目もくらむ危険の瞬間、新しい地球を手に新しい天の下にいる。落としちゃいけない！

——マイケル・ファウンテン『クローバーの講義第二葉』

待ちうけるものへの興奮でフレッド・フォーリーの足は軽かった。フォーリーは昔からこの地区

のことがちょっぴり怖かった。子供時代からひきずっていた。

かつて、そこには煉瓦工場があった。会社の事務所はそのままだが、蜂の巣型の窯は別の場所に移されていた。まだ四歳にもならないフレディ・フォーリーは父親に連れられて、その窯で燃える猛烈な炎を見て地獄の姿を思い描いたのである。今でも、フレディの頭の中には、はっきりと地獄の姿があった。地獄は煉瓦焼き窯のような蜂の巣型で、中で目を焼き焦がすような炎が燃えているのだ。

そしてこの絵図と切りはなせないのが、シルヴェスター・ラーカーから聞かされた話だった。子供がその窯で焼かれるというのだ。なんのためかはわからなかった。子供同士のお話では理由は示されないし、訊ねられもしないものだ。子供は目以外すべて焼き尽くされ、後に残った目が瑪瑙玉になった。その瑪瑙玉こそシルヴェスター・ラーカーが使っていたおはじき玉だった。瑪瑙玉は勝手に相手のビー玉を探して飛んでゆくので、百発百中なのである。シルヴェスター・ラーカーはおはじきのチャンピオンだった。そしてその二つの瑪瑙玉をフレディにくれた。

生涯にわたり、フレッド・フォーリーは頼まずとも価値あるものをもらいつづける――贈り物、権力、人生、世界、秘密。

さらにまた、この地区には煉瓦穴も存在した。それはこの世でもっとも深い穴のように思えた。穴の底に向かって狭軌の鉄道線路が延びており、小さな車がケーブルで巻きあげられては降ろされていた。どれだけ汲み出そうとも、つねに穴の底には水がたまっていた。以前に少年が溺れたこともある。溺れた子はフレディと同じ年格好、当時四歳で、フレディがはじめて見た死体でもあった。

それ以外にも、その古い地区でのできごとは、フレディ・フォーリーに今なお影響を残していた。ここの人たちは、条例で町中での牛や豚の飼育が禁じられたあともずっと飼いつづけた。それに鳩も――どの家でも鳩を飼っていた。フレディにとって鳩がどうして不吉なものになったのかはわからない。まちがいなく今では思い出せないお話のせいである。はるか昔、この地区の家にはほぼ必ず納屋があった。納屋には屋根裏があり、屋根裏にはつねに鳩がいたのだ。

猟犬もいた。スタンフォード家には猟犬がおり、ドゥーガン家にも猟犬がおり、コリアーズ家には鳥猟犬もバセット・ハウンドもいた。そして猟犬の首輪から伸びる綱を握った子供たちは生まれつきタフだった。いかなる理由によるものかは知らず、それは厳然たる事実だった。

鉄道もまた記憶の複合体に強い力をふるう。ここは二本の鉄道がダウンタウンへ向かう前に合流してV字となる場所で、いつもそこで汽笛を鳴らす。綿実油工場への、煉瓦工場への、火を吹く鋳物工場への、闇ウィスキー工場への引き込み線があった。荒れ地にはつねに鉄道の連結点、沼地、雑草の茂み、わずかばかりの芝生、だだっぴろくうつろな空き地、小川が流れる自然のままの森、少年や放浪者のための洞窟がある崖、それにショウ・グラウンド跡があった。ショウ・グラウンドには大きすぎて収まらなかったリングリング・サーカス以外、あらゆるカーニバルやサーカスがやってきた。サーカスの合間はインディアン、ジプシー、メキシコ人たちに占拠されていた。

ラーカー一家はそこに住んでいた。ラーカー一家はインディアンかもジプシーかもメキシコ人かもしれず、そのどれでもないかもしれなかった。フレディと同い年のトーニイは、自分たちはインディアンであり、本当はこの地所はすべて自分たちのもので、いずれは取り戻して建物をすべて取り壊し、住人はみな生皮の紐を首に巻いてお日様の下に置き去りにして殺すのだと言った。陽を浴びると生皮が縮んで首が絞まるのである。

フレディより二つ上のシルヴェスターによれば一家はメキシコ人で、証拠として十六人の男の血を吸ったメキシカン・ナイフを見せてくれた。だが兄弟の最年長でフレディより四つ上のジョー・ラーカーはジプシーだと言った。ジョーによれば、彼らはその年に誰が殺され、誰が死ぬのかがわかるのだ。さらに一家は魔法をあやつり、ジョー自身も死者を甦らせたことがあるという。

だがフレディの父親は、ラーカー一家は黒い首をしたアイルランド人の流れ者ども、その最後の一党で、消えればこの世はいくらかましになるのだと言っていた。ラーカー一家は、床に下見板を張り、天井にカンバス地を張るあばら屋に住んでいた。

もう十年以上、自分が育ったこの地区には戻っていなかった。それでも、メモの住所を見ただけで目指す場所はわかった。フレディは謎めいたやり方で届いた呼び出しに応え、名も知れぬ相手に会おうとしていた。「ここへ行け、誰にも話しかけるな、今すぐだ」とメモにはあった。「おまえにはほとんど時間がない」

表面的にはいくらか変わっていたが、土地の感触自体は昔のままだった。住んでいるのは今でも街でいちばんタフな少年たちだが、もう子供ではない。フレディは記者だけに、このあたりのバーは街のよそのバーよりもいくらか薄汚れ、いくらか荒っぽいと知っていた。街の泥棒のほとんどはここに住んでいることも、暴力犯罪の割合が恥ずべきほどに高いことも、フレディが子供のころに聞かされたよりもはるかに気味の悪い噂話が出まわっていることも知っていた。

このあたりは昔から狭く寄り集まった建物と、がらんとうつろな土地とで構成されていた。身を寄せ合う建築物はどこか東洋風で、高い切妻屋根はどこか中世風だ。いまだに空き地があり、いまだに森は突然襲いかかって丸呑みしそうな雰囲気をたたえており、いまだに新しい街灯が設置されるたびに叩き割られた。

指定された住所（その住所のはずだが、暗すぎて街路表示は読めなかった）にあるのは傾いた四階建ての骨組みだけの建物で、明かりは開いた正面の玄関に灯っている煙草の火だけだった。大地の巨人がしゃがみこみ、小さな赤い眼でウィンクしている。だがフレディ・フォーリーがぞっとしたのは戸口に立つ男を知っていたからだ。知っているはずもないのに。いやいや、九歳にして死者を甦らせた少年なら、年をとっても雰囲気があるものだろう。

「やあ。レオ・ジョー」フレディは堂々と声をかけた。「ぼくを呼んだのはきみだったのかい？」そこ、暗闇にいるのはレオ・ジョー・ラーカーだった。血も凍るような少年のままか、それとも大人になっているのか。

「おれが誰だかわかるのか？　おまえさんをみくびってたようだな。どうしておれの名前がわかったのか調べなくちゃなるまい。教えてないはずだからな」と煙草の背後に立つ暗い闇は言った。

「きみはちっとも変わってないよ、レオ・ジョー、声以外は何ひとつね。子供のころ一緒に遊んだだろ。でも、そこは暗すぎて姿は見えないけどね」レオ・ジョーは声以外何も変わっていなかった。だがそこにあるのは声だけだ。少年時代の声が残っておらず、本人は闇に紛れて見えないなら、どうして彼だとわかるのだろう？

「以前と変わってないよね?」フレディは念を押した。

「以前っていつのことだ? ああ、そうか。おまえはあのビビリの小僧だな。ポップコーンって名前の犬を飼ってた」と声は告げた。

「そして今は震え知らずのフレディさ」とフレディ・フォーリーは言った。「もう一度訊ねるぞ。ぼくにこの非公式面談を申しこんだのはきみなのか?」

「いや、フォーリー、おれは横入りだ」

「できたら直接話をさせてほしいな、レオ・ジョー」

「おれとしては、おまえさんに先取権を主張したいのさ」

「なんの権利を?」

「今夜、もしおまえさんが脅かされるようなら、もちろんまちがいなく脅されるんだが、おれとしてはおまえさんに対する脅迫すべての上前をはねたいね」

「でも、ぼくが会う相手がきみじゃないなら、どこに嚙むつもり?」

「嚙む場所なんて気にするな。おまえさんはこれから二階で、荒っぽい話し方をする紳士方に脅かされることになる。連中は度を越した脅しをするだろう。しかも脅しを実行する段になっても度を越してる。あいつらはおまえを殺せるし、本当に殺す可能性だってかなりある。時代遅れの大袈裟な脅しはたいしたことじゃないが、時代遅れなやりかたで殺されるのはぞっとしないぜ」

「そいつらはぼくに何をさせたい?」

「調査から手を引かせたいのさ」

「で、きみは？」

「フォーリー、おれはそのまま続けてほしいんだ。馬鹿になって、むこうみずに、ドジを踏んで、愚かになれ。でも続けるんだ。おまえさんくらい馬鹿なら、そいつの芯にまでたどりつけるかもしれない」

「なら、ぼくを助けてくれるかい、レオ・ジョー？　真っ暗闇で右も左もわからないよ」

「いや、助けないよ。それにおまえさんは今晩、闇夜でもしっかり見えてるじゃないか。いや、自分一人で最後までやり抜かなきゃならん。おれは途中でやめるなと言ってるだけだ。フォーリー、あいつらにも殺せるかもしれないが、おれはもっと惨たらしく殺せるぜ。やつらが怖い脅しをするなら、おれは倍も怖い思いをさせてやる。さあ、約束の時間だ。あいつらを待たせないほうがいい」

「ぼくは何をすればいい？」

「連中にやれと言われたことだけはやるな。やるなと言われたことをやるんだ。だが、生きてここを出たければ、言わなきゃならんことは口に出せ。それから、これからは知らない相手と暗い部屋で会うのはやめたほうがいい」

「調査に必要なら、いくらでも会うとも。そうだ、レオ・ジョー、子供のころの友達連中とは会ってるかい？」

「子供時代の友達ってなんのこった？　たぶんおれはおまえさんが思ってるのとは別人だよ」男は戸口から出てきたが、なおも闇にくるまれたまま、フレディ・フォーリーの脇を音もなく通り過ぎて消えた。レオ・ジョー・ラーカーが大人になった姿には見えなかった。声はちっともレオ・ジョーらしくない。暗闇にちらりと見えたのは黒人らしき男だった。思い返してみると、声は黒人ぽくもあった。だがそれでもなお、フレッド・フォーリーは、この闖入者は子供のころレオ・ジョー・ラーカーだったと信じていた。

フォーリーは建物の暗い戸口に入っていった。手探りで階段をあがる。それほど苦労しなかった。この手の木造アパートはどれも似たような造りなのだ。フレディの見立てでは取り壊し予定の空き家だった。唯一の明かりは最上階の部屋のドアの下から洩れてくるようだった。メモには何も書かれていないが、相手が待っているのはその部屋だろう。

おぼつかない足取りで階段を登りきったフレディの前に、細く光が伸びていた。フレディはドアを開けて中に入った。椅子を引き、男が三人座っているテーブルについた。「そっちの番だ」とフレディは言った。

「おまえは取り替えられた男のことを訊いてまわってるが」最初の男が重々しく話しはじめた。そこはひどく暗かった。ドアの下から洩れる光は、猟師が使うようなカーバイドランプの類だった。ランプは床に置いてあり、男たちの顔をきちんと照らしていなかった。どうやら建物には電気が通っていないようだ。「自分だって簡単に取り替えられるんだと思ったことはないか？」と最初の男は訊ねた。

「いや。そう思ってたら、自分のことでくよくよ悩んだりしないよ。ぼくがどう取り替えられるっていうんだい？」

「おまえと見かけもそっくりのフレッド・フォーリーという名前の男に取り替えられるんだよ。だが、そいつは余計なことを訊ねてまわったりはしないだろうよ」

「実を言うと、ぼくは取り替えられた男のことなんて訊いちゃいない。他の人に取り替わった人間のことを訊ねてる。興味があるのはそっちのほうだ」

「フォーリー、ならばおまえは疑問を抱く対象をまちがえてる。おまえ自身は取り替えられた男と同じ状況にいるんだ。彼に何が起こったかを考えてみるべきだな」

「考えてもなかった。なるほど、そっちはどうなった？」

「そいつは消えたんだ、フォーリー。跡形も残さずに。同じことはおまえにも起こる。明日にも、今夜にも起こるかもしれない。おまえは存在しなくなる。死よりも悪い運命が訪れる。消えてなくなるだけじゃなく、誰もおまえの行方なぞ気に留めない。もう一人のフレッド・フォーリーがおまえの服を着て、おまえと同じ顔と身体で、おまえの部屋で暮らし、おまえの仕事を続ける。だが、そいつはおまえじゃない。おまえはなにものでもないし、どこにもいない」

「だからあれこれ質問するな、と？」

「疑問を抱くこと自体すべきでない」と第二の男が言った。

「取り替えられた男は完全に忘れられたわけではないのかも」フレディは挑発した。「そいつの立場になって、その先に何が待ってるか確かめるべきかな」

「そちらは別に秘密じゃない」と三番目の男が言った。「その先で待っているのは肉体の死だ。犠牲者の中にはひどく苦しんで死ぬ者もいる。執行人の中には、大いに楽しんで送り出す者もいる。わたし自身もその口だがね。フォーリー、なんならその線で調査を続けるといい。だが、あの世から記事を送るのは難しいだろうよ」
フォーリーは目の前に手をかざした。そこには何もなかった。遊糸《ゆうし》か蜘蛛の糸に触れたような気がした。それはたいへん細いものだった。一本や二本ではとうてい人を絡めとれぬほど細い糸。だが、それは古い蜘蛛の糸、古い記憶の網から垂れている糸だった。

この部屋、この古い下宿屋は、カーニバルが座をしつらえていたショウ・グラウンド跡の縁に立っていた。フォーリーは女の人が真っぷたつにされる見世物のことを思いだした。女は実際には切られてはおらず、単なるトリックなのだという。だが何が起きているのかを教えてくれたのはレオ・ジョー・ラーカーで（まったく異なる人間に成長したように思える少年レオ・ジョー）、女は本当に真っぷたつにされて死んでしまうのだ。それから別の女を舞台にあげて観客に見せているという。この演目のために一日に五人ばかりの女が犠牲になった。フレディにはつねにレオ・ジョーの説明のほうが、他から聞かされた根拠薄弱で馬鹿げたお話よりも本当らしく思われた。「でも、彼女たちの死体はどうするの？」そのときレオ・ジョーに訊ねた。するとまた別の話が飛びだして、真っぷたつに切られた女の死体の尋常ならざる廃棄法を教えられたのだ。とはいえ、それはあまり実用的ではなかったので、この三人組が同じ方法を使うとは思えなかった。そのときにも訊ね、今も思わず訊ねそうになった疑問があった。「なんでわざわざ女の人を何人も殺したがるんだ？」

だが、今フレディが声に出して訊ねたのは「なんでわざわざフレッド・フォーリーを殺したがるんだ？」

「我々がおまえを殺したいのは、余計な質問ばかりするからだ」と三番目の男が言った。「おまえはずいぶん大勢に訊いてまわってる。その中には我々のグループに属する者もいたのだ」

「バッジをつけといておくれよ」

「きみには虚勢は似合わないよ、フォーリー」テーブルの二番目の男が言った。彼は他の二人より痩せており、研ぎすまされており、口数も少なかった。「用心深く予防措置を講じてきたようだが、それがすでに勇敢ではないな」

「わかってるよ。でもぼくはときどき自分でも怖いくらい勇敢になっちゃうんだ。決めつけないでくれ。自分でもわからないんだから」

「フォーリー、もうおまえに煩わされることはないだろう」と最初の男が言った。「黙るか、黙らされるか、いずれにせよきっちり面倒を見てやろう」

「忘れるな、明日そうなるかもしれん」と第三の男は言った。「今晩かもな」

　それが放免の合図だった。フレッド・フォーリーはその場を後にした。ドアを閉じると、一条の光が一瞬足元を照らして消えた。ランタンも消したのだ。フレッド・フォーリーは手探りで階段を降りていったが、下の踊り場で壁にぶつかり（この手の古い木造建築すべてが似たような造りというわけではないし、フレディはもう自分が暗闇でも前が見えると感じられなくなっていた）、ようやくあばら屋の玄関口から暗い通りへと歩みでた。

　男たちの言葉は、いつしかこの地区がいつもフレディに与える印象の中に溶けこんでいた。ラーカー兄弟の話をいつも割り引いて聞いていたように、今の出会いもフレディの中では割り引かれていた。それでも、三人組に今夜殺されるわけがない、と断言できないわだかまりが残った。レオ・

ジョー・ラーカーは本当に死者を甦らせたのかもしれない、とどうしても思ってしまうように。

フレディは足早にダウンタウンの我が家に向かって長い道を歩いた。フレディは独りごとをつぶやいたが、それは誰かに向けてもいた。

「落ち着けよ、ミゲル。一晩で全部はじめるのは無理な相談だ。にしても早くもずいぶん脂っこい連中を揃えたもんだな。仲間に入りたくなったときは、どこに行けばいい？」

フレディは同じく脳波網に襲われた何者かと接触していた。マイケルではなくミゲルと呼びかけたが、二人のあいだにはつながりがあった。

この夜は終わってはいなかった。まだ質問すべき人がいた。今夜はマイケル・ファウンテンを再訪するのは無理だった。二度目の訪問は門前払いになるだろう。マイケル・ファウンテン以上の事情通と話す必要がある。

だがそんな人間はいなかった。少なくとも知り合いには。

さてそれなら、マイケル・ファウンテンですら知らないことを知っている相手に相談しよう。そしてそんな人間が一人だけ存在した。愚鈍で不器用な詐欺師だが、まちがいなく紙一重の先のことを知っている奴が。

そしてここはドヤ街のはずれ、奴が住むゴミだらけの不潔な通りだった。フレッド・フォーリーはバーティグルー・バグリーの巣に向かって歩いていった。

脳波網の紡ぎ手たちは、極性ありの一方通行マジックミラー越しに電波を送っているつもりだった。だが実のところ通信は双方向だった。送信者たちの気づかないところで帰り道が開いており、網に触れられた者はみな、なんらかの形でつながりあっていたのだ。編み手、収穫者《ハーヴエスター》たちが眠っているときでさえも。

そのおかげでフレディ・フォーリーは、ミゲルという名前を持つ存在とときおり接触することになった（フレディはいまだに相手をマイケル・ファウンテンの一部だと思っていた。だがミゲルは、世界を征服する軍隊を立ち上げるべく、わずか一夜のうちにライフルの扱いを心得た男三名を含む八人の男を集めていた。フレディはそのことも知り、意味がわからず困惑していた）。フレディは狡猾なカーモディ・オーヴァーラークの心とも接触していた。だが、触れた瞬間、嘲笑の泥沼に落とされてしまうのだ。

だがしかし、脳波網の中にも完全に眠ってはいない部分があった。彼女は恐怖の悪夢ではなく気まぐれな譫妄にうかされていたが（この女はハガードの「洞窟の女王」、何者にも脅かされたりはしない）、それは謎めいて（その直観と強い精神力をもってしても貫きとおせぬ謎）、苛立たしく、ゴミ捨て場の散歩のような譫妄だった。「この子はわたしの身体から産み落とした子供」と彼女は言った。「美しく光に満ちた子供になるはずでした。でもそうはならず、生まれたのは奇形の猿」（彼女の身体から実際に生まれた子供は十一歳になる少女イラセマただ一人だったが、これは別なものの話だった）「あの子が奇形の猿だって、みんな気づいてるのかしら？　赤ん坊はみんな奇形の猿みたいに見えるけど、みんなお義理で黙ってる。わたしなら大声で自信たっぷりに言い抜けもできる。でも、ひょっとしたらこの子は始末して、明日新しいのを手に入れるほうがいいのかも。何か素晴らしいことが起こって、明日みごもる子供こそ美しく光あふれる子になるかもしれない」

（この「洞窟の女王」は銀髪で青白い、あるいは月光に照らされたような顔色の、バーン＝ジョーンズがたびたび描いた女性だった。彼女はレティシア・バウアー、収穫者《ハーヴェスター》たちの中でもとびきり危険を愛する者だった。だが、そのレティシアでさえも胎動に動揺していた）


それからうすのろがフレディの心に入りこんできた。フレディがうすのろの巣に近づいたせいなのか、それともうすのろ当人が脳波網のターゲットだったのか。いかにも収穫者《ハーヴェスター》が悪ふざけのネタにしそうな奴だった。フレディが悪ふざけのネタにされていたように。

まったく異なるふたつの容れ物に詰めこまれた重量級のふたつの心。マイケル・ファウンテンは卓越、洗練、上品、王者の物腰を絵に書いたような存在で、さまざまな場所で深く尊敬されていた。まさしく優美なデキャンタ。バーティグルー・バグリーはデブで不器用、みっともなく年をとり、禿な上に毛深く、いつも目ヤニをためて歯はことごとく悪く、嘘つきで、乱暴者で、下品だった。陶器の壺、それも割れたやつ。だがバグリーはときにマイケル・ファウンテンも知らないことを知っていた。

フォーリーは以前にもここに来たことがあった。赤ら顔の老香具師にまつわる醜い噂の真偽を確認するためだった。フォーリーはバグリーの尻尾を摑めず、たいへん結構なもてなしを受けた。

フレディは階段を三段おりて分厚いドアをノックした。この中にはさらなる急階段が待っている（その記憶に身震いした）。さらに騒々しくノックしたが、その音は誰にも届いていない気がした。

フレディの知るかぎり、バグリーのねぐらは鉄板で補強されて防音になっている上、長い金属棒を何本も差して閉鎖できた。覚えていたのはそれだけではない。マッチをすって、記憶を確かめた。以前と変わらぬ文字があった。《ドアは開けっ放しだよ。勝手に入れ》

フレディは震えつつドアを開けた。震え知らずのフレディは、以前にも軽く嚙みつかれたのを忘れてはいなかった。無駄とは知りながらも、慎重に歩を進めた。転がっている丸いものをひとつよけて、次のもので足を滑らせた。フレッド・フォーリーは急階段を転げ落ちた。

フレディは毒づいたが、それは幸せな悪態だった。バグリーを訪問するのはいつも予想外の冒険になる。部屋は暗く、がらんどうだった。それからぱっと薄明かりがつき、大男があらわれて部屋を満たし、カバのようないななき混じりの笑い声をあげ、樽を二つにした大きな椅子に滑りこみ、荷橇で作った大きなテーブルの後ろに身を落ち着けた。

「フォーリー、おまえは誰よりも最高だ！」とバグリーは怒鳴った。「派手な階段落ちができる奴に悪人はいない」

「罠じゃないか！」フレディは言い返した。だがどこも怪我していないとわかると、どこか気分良かった。「階段は片づけろよ」

「いや、片づけちゃならん」とバグリーは言い返した。「段というのはものを置くためにある。人には自分の置きたいものを段に並べる権利がある。物を整理するのにこれほど適した場所はないのだ。フォーリー、人間なら目を使え、暗闇の中でもな。約束もなしに押しかけるとはどういう了見だ？」バグリーはたしかにキ印《クラックポット》だったが、割《クラック》れたのはただの壺《ポット》ではなかった。それは頽廃的な、ただならぬ大盃の痰壺だった。

そしてバグリーの住み処では、いつも視界のすぐ外に、犬猿が、バグリーに仕えている轟霊《プラッパーガイスト》がいた。フレディにはその姿は直接は見えなかったが、愛情たっぷりのウィンクだけは見えた。そいつはフレディ・フォーリーのことが好きだったのだ。この幽霊獣はたやすく壁を通り抜け、外も内も自由自在だった。

「バグリー、足元が暗いから明かりをつけなよ」とフレッドは言った。

「家には明かりがひとつある。それで十分だ。で、約束もなしに押しかけるとはどういう了見だと聞いたぞ？」

「頼んだら会う予約をとれたかい？」

「もちろん却下だ。こん畜生め！　おまえ、酒瓶持参だったのか！　そんなら降りる前に一声かけろ。割れちまってたらどうするつもりだ」

バグリーはたいへんな博学で（ただし彼の知識はきわめて不正確だった）、肥沃な心の持ち主で、その毒舌は一世代半の偉人と準偉人に瘢痕組織を残すほど鋭利で、たまさかのお気に入りを除いて全人類を徹底的に嫌っており、貧乏白人《レッドネック》気質の喧嘩を深く愛していた。その昔、完全に信用をなくしてしまう前には、B・B・Bのペンネーム（ゲジゲジ眉《ビートル・ブロウ》のバグリーと呼ばれていた）で書いていたコラムを読んだ人もいるかもしれない。

「で、何を追っかけてるんだ、フォーリー？」とバグリーが訊ねたのは、フォーリーがウィスキーの栓を抜き、靴磨きの椅子に似たものを引き寄せ、荷橇の大テーブルについたあとだった。「前にここへ来たときはまだひよっこ記者で、おれを論外にもロープで吊そうとしやがった。で、今度はおれの頭をひっかきまわしたがってる連中とかかわってるな。そんなことは許さん。おれは心の扉にも長い金属棒で錠を差せるからな。何を追っかけてるんだ、と聞いてるんだぞ。用もないのにうちへ来るほど、おれを愛してるわけじゃあるまい」

「用はあるよ、バグリー」とフレディは言った。「以前、あんたは駄馬に乗ってみんなの笑いものになった。〈歴史と事件〉レースを走った老ヒドン・ハンド（隠された手）だ。まったくぶざまな負けっぷりだったっけ。なのに今、気がついたらぼくも同じ馬に乗ってるんだ」

「フォーリー、馬のどっち向きに乗ればいいのかわかるか？」

「いいや」

「と言うのもな、おれにもわからないんだよ。そいつは二つ尻のカイユース馬だ。頭が見つからないんだよ」

「バグリー、あんたはネタを摑んでたのかい？」

「あのときはあると思ってた。今となっては自信がない。何かに近づいたんだが、そいつの形と大きさと色と動機を勘違いしていたかもしれん」

「カーモディ・オーヴァーラークについては？」

「あいつか？　いや。あいつが出てきたのはおれが店じまいしたあとだ。とはいえ、あいつには連中の耳標がべったり貼りついてるがな。こいつは使い古しの常套句じゃないんだ。おまえさんもアルカイック・スマイルとやらを聞いたことあるだろ？　いいか、世の中にはアルカイック耳《イヤー》ってものがある。あいつはそれをつけてるし、連中はたいていつけてる。人間の付属肢の中で、有史以後、少なくとも絵画史以後で進化してきた唯一のものが耳なんだ。もちろん、耳の骨格か骸骨標本があればよりはっきりするだろうがな。だがアルカイック耳にはパン神の痕跡が残ってる。再帰者どもはみんなその耳をしているんだ。

フォーリー、おまえさんの目つきには見覚えがあるぞ。これまでもその視線を飽きるほど浴びてきたからな。何もかも放り出して引退したとき、おれは医者に会いにいった。見つけられるかぎりで、いちばん藪じゃなさそうな奴を探し出してな。そいつに隅から隅まで検査してくれと頼んだのさ（自分の脳味噌は袋小路に突っ込んじまったみたいだって伝えてな）、おれが狂ってるかどうか率直に教えてくれと頼んだ。そいつはおれのことを心身ともに徹底的に調べあげたよ。検査が終わって、結果を訊ねた。『おれは狂ってるのかい？』医者は言った。『我々のどちらかはね、バグリー、どちらかは』そいつがここまでのところいちばん公平な判決だったよ」

「ぼくはアルカイック視線ってのもあるんじゃないかと思ってたんだ」

「ああ。あるとも、おまえさんが今浮かべてるやつさ。昔ながらの懐疑主義だ。フォーリー、おまえは馬のどこにとっついてるんだ？」

「下肋骨ってとこかな。あんたは以前言ってたね。歴史にはしつこく同じタイプのつむじ曲がりがあらわれるんだから、歴史に同じ人物が再登場してると疑いたくなるのも無理はないって」

「ああ、おれはそんなことをほのめかしたおかげで聖ペテロみたいに逆さ十字にかけられたんだ。大声で言わなくてよかったよ。フォーリー、それで何を訊きたいんだ？」

「そのとっぴな思いつきを支えてくれる理論とかアイデアとかは?」

「理論はいくつかあったとも。いちばんありそうなのは生まれ変わりの可能性だ。おれは千ページにもなる年表を作ってみたが、どこかしらごまかしを入れなきゃならなかった。一種の周転円調整まで加えてみたんだぜ。地球が宇宙の中心だと惑星の運動が説明できないとわかったプトレマイオス天文学では、大きな円上の一点を中心に小さな円が動く構造を考える必要があった。むりやり理論をこしらえたんだ。


年代的な生まれ変わりじゃあ、つむじ曲がり連中の再登場は説明できない。そこで理論にグロテスクな付属物をつけくわえた。一人の悪人が死ぬ。すると驚くほどの類似性をそなえた別の悪人が跡を継ぐ。だが死亡日付と誕生日付は一致しない。千ページの年表の中で、数字が合うのは六例だけ、それも数字を操作したり、細かなまちがいがあったと仮定しての話だ。そこで新たな可能性を考えてみた。死者は必ずしも生まれたときや、妊娠の段階で取り憑く必要はなくて(というのも、受胎日でも調べてみたからなんだが)、子供時代のはじめや、理性を身につけはじめるころ、あるいはもっと後になってからでもいいとね」

「中年になって若さを取り戻すとか?」

「カーモディ・オーヴァーラークのことか? さてねえ。そいつはいささか遅すぎるように思えるが、もっと遅い場合もあるしなあ。どこまで修正を加えてもおれの理論はぐらぐらだった。フォーリー、もうちょっとマシなウィスキーは買ってこられなかったのか?」

「無理だよ。でもあんたはその理論には何かあると信じてたのかい?」

「おれが信じてたのは、歴史には同じ悪人がくりかえしあらわれるってことだ。今もその説明を探してる。どうやらおまえも同じエサをつつきはじめたみたいだな」

「そいつらが悪だと確信してる？　全員が悪人？」

「まちがいない。そもそも善人は戻ってくる必要がない。あいつらは這い寄る悪だ。おまえが追いかけてる、そのオーヴァーラークってやつも世界に悪影響を及ぼしてる。そう感じてるんだろ？」

「いや、ちっとも。ぼくは再帰する精霊がいい影響を及ぼしてくれると期待してるんだ。ぼくはずっと希望を抱けるなにかを探してきた」

「おいおい、フォーリーよ、あいつは古くさいやぶにらみの党派だぞ」

「ねえ、バグリー、絶頂にいたときでも、あんたの意見は不人気だったよね。今じゃあ誰も支持者のいない一人党だ」

「いやいや、おれたちの仲間はたくさんいるよ。それぞれ一騎当千の連中ばかりでな」

「オーヴァーラークは人文主義者の伝統に連なる傑物だよ」

「その名前を聞けば、ハゲタカでも喉につかえるという奴だな」

「バグリー、あんたが不人気な理由がわかったよ。でも、ぼくが今興味あるのは再帰者自体なんだ。彼らの影響はまだ分析してないんだよ」

「おれの忠犬が外で吠えてるぜ、フォーリー。誰かがおれたちを待ち伏せしてるんだ。おれはもう今週はぶちのめされてる。平均して週に一度はやられる。てことは、狙われてるのはおまえだろう。簡単に殺されるなよ。フォーリー、おまえは耳のたるんだ子犬、アイルランド人の名折れだ。ここが階段の最下層じゃなきゃ、下まで突き落としてやるところだ。さあ、黙って座って、残りを飲んじまえ。そしたら出ていけ。とはいえ、おまえも完全に望みなしってわけじゃないようだな。一度でも触れれば、本質がわかるだろう。あの腐臭、どうしたって踏み消せない死病のにおいがな。いつも一見尊敬さるべき顔をしてる。だが最後までつきあってたら、おまえ自身が尊敬されない存在になっちまう。おれみたいに烙印を押されちまうんだ。あいつらがどれほど巧妙な罠を仕組んでるか、身に染みてわかるとも。あいつらのリーダーどもは、一回の人生ではとうてい不可能なくらいずるがしこいんだってな。そこで後ろをみると奴がいる。何度も何度も奴に出くわしてまちがいなく同一人物だと思い知らされるんだ。

そのときおまえさんは疑問を抱く（いやはや、そりゃもう疑問だとも！）、本当はいったい何人いるんだ？　この超自然的友愛会はどのぐらいまで広がっているんだ？　人類を真の清浄と慈悲から妨げている関門は百もある。それぞれの関門にはそれぞれ悪人が立っている。誰が命令をくだしてる？　悪人たちが進歩と啓蒙を口にしながら、実際には妨げようとするのはなぜだ？」

「バグリー、あんたは超自然的友愛会の存在を信じてるのかい？」

「おれ自身その一員だからな、もちろん信じてるとも」

「うーん、そいつらが邪悪な存在だとは思えないし、そもそも〝そいつら〟が存在するってこと自体がね。一人の人間が長いあいだ、あまりに頻繁に顔を見せるとは思うけど。でもバグリー、あんたはすべてを白か黒かで判断しようとしすぎる」

「お、それはいいフレーズだな、フォーリー。ちょっと待て、今書き留めるから。あのな、おれは十回以上生きている奴を何人か知っている。なにもかも黒か白かで見てるわけじゃない。ほとんどのものは四原色、または四原動力で見ている。その中心には、もちろん、おれたちが普通人と呼ぶ、悪臭を放つウジ虫がいる。そいつは泥色だ。そのまわりには愛していると言いながら虫をついばむ四種類の生き物がいる。もちろん本当に愛しているのはおれの仲間たちだけなんだ。フォーリー、今晩誰かに、これ以上余計なことを訊ねてまわるなって言われなかったか？」

「言われたよ。でもぼくは闘うよ。この喉が焼け落ちるまで訊ねつづけるとも」

「おやまあ、そいつは剣呑《けんのん》だぜ。こっちは、いつでも反撃もできるし逃げられる。でもおまえはおれほど頭が良くないからな」

「自分の面倒を見るぐらいの頭はあるよ、バグリー。その四種類の生き物というのはなんだい？」

「ああ、そいつはすべて象徴だから、平面人には理解できんだろうよ。フォーリー、〝平面人〟というのは至高の侮蔑語なんだ。どういうわけか、中世の暗黒時代にはみな地球は平らだと思いこんでいたと信じられてる。もちろんそんなことはない。本当に平らなのは、現代の、何を問うてもつまらん答えを返す平坦な世界に住む唾棄すべき人間どもだ。この世界のどこがまちがっていて、なぜ生きるに値しないのか？　真っ平らだからだ、それが答えだよ。フォーリー、実はこの散らかった床の下には狭い部屋がある。真っ暗で水浸しだが、寝床がある。そこへ行ってろ。今夜、おまえを追ってる奴らがいる。おれにはわかるのさ。もしあいつらがここへ来たらおれがやられちまうだろうが、おれは慣れてる。だがおまえが捕まったら、まちがいなく殺されちまう。まだおまえが訊ねまわってるってことだからな」

「しつこいぞ、デブ、ぼくはこれからも話を訊きつづけるし、逃げ隠れはしない。さっさとその四つの生き物のことを教えてくれよ。ぼくは馬鹿じゃない。単にそういう印象を残しがちなだけなんだ」

「よし、城を取り囲んでいる四種類の生き物とは、大蛇、ヒキガエル、アナグマ、それに巣立ち前の鷹だ」

「なんだいその寄せ集めは！　バグリー、せめて統一感を持たせてくれよ。どこからそんな与太を仕入れてきた？」

「大昔から伝わる、おれ自身の先祖と継承した地位から得た知識だよ。それだけでなく、我々の一人でもあったアナカルシス・クローツ［フランス革命の指導者の一人だったドイツ人哲学者］の迂闊な一節にもヒントがある。さらにコロンブスが死んだ直後に生まれたテレサ・セペダという女性の残した美しい文章にも記されてる。コロンブスは単に新大陸を発見しただけだが、テレサはあの〝城〟を発見した。テレサの旅もスペインの冒険として最後の勘定に入る。知ってるか？　最後の審判では人だけでなく国も裁かれるって？　スペインの審判では、テレサも数に入るのさ」

「あんたが腐った殻の中にときどき実を仕込んでるって知らなきゃ、とっくに見捨ててるんだけどね、バグリー。もっと詳しく話してくれ。ぼくはどの生き物なんだ？　それからあんたは？」

「おまえはもちろん悪臭を放つウジ虫だよ、フォーリー。人類における平民階級、純真な子供。おれか？　おれはアナグマさ」

「そうだろうとも、大食い顎の阿呆めが。で、他の連中は？」

「おまえのお節介焼きの御友人、心の盗人、なんていったっけ？　そう、脳の編み手、収穫者《ハーヴェスター》たち、あいつらは大蛇だよ、フォーリー。ただし、大蛇は預言者でもあることを覚えておくといい。なんでなのかはわからないがね。なんだか不公平だよな。預言者の役割はもっと価値ある生き物に与えられるべきだ。大蛇どもはときに知識人と、グノーシス主義者だと自称する。だが自分たちの愚かさはわかってない。ことわざに言うところの、慌てるなんとやらは儲けが少ないってやつだ。あいつらは慌てて、嵐のように奪いつくす。まず覚えておくべきなのは、あいつらが蛇だってこと。次に預言をする蛇だってことだ」

「たしかにどっちも当たってるかもな、バグリー。でもぼくは、やっぱり一度以上生きている、少なくともそう見える人間たちに興味があるんだ。そいつらは四分類のどれかに当てはまる？」

「もちろん。再帰者どもはヒキガエルだ。あいつらは何年も、何世紀ものあいだ、石の下で眠るか死ぬかして、そののち這いだしてくる。おとぎ話や伝説にも、頭に宝石を埋めこまれたヒキガエルが出てくるだろう。あいつら再帰者どもは本当に宝石を持ってる――知識という宝石をな。大蛇たちに預言があるように、あいつらも光明を携えてるんだ。おれたちに与えられていればなあ」

「なるほど。じゃあアナグマは？　アナグマのことも話してくれよ。あんたもその一部なんだろ？」

「フォーリー、その話をしだすと何時間もかかるぞ。おれたちは土中に塹壕を掘り、昔の帝国を死守する。こいつはジョークじゃない。おれたちには本物の帝国がある。だが洗いざらい話したとしても、おまえさんにとっちゃ秘密結社の組織、老いぼれた寄り合いか、珍妙な集会にしか見えんだろう。まだわからんのか、今の政府、今の世界こそがそういう存在なんだよ、フォーリー、この瞬間も、もうひとつの世界が存在している。見方を変えてやればいい。二重に重なりあって見える。おれにはおまえさんの見方は受け入れがたいし、そっちもおれと同じ見方はできまい。だがおれの見てる世界は生きてるし、いつでもはるかに素敵な時間線に移れるんだぜ。X線の目を使え、フォーリー。幽霊の目を、魚の目を、影の肉体を、白金の空気を。光輪を。オーラを。コロナを」

「バグリー、医者の言うとおりだよ。どっちかが狂ってる」

「フォーリー、おまえさんにはおれの世界が見えてない。おまえは世界の国々について見聞きしてるだろ。でも、政治的実体としての大アルメニアと大アイルランドのことは知ってるか？　キリスト教圏はまだ生きていると聞いたことは？　今なお保護特権によって統治する者のことは？」

「話してくれ、バグリー、教えておくれ。ようやく一年前に書こうとしてたあんたの記事を書ける。これならカーモディの件でタンカースリーにクビを切られずに済みそうだ。バグリー、誰が統治してるんだ？」

「このあたりではおれだ。おれはタルサのパトリックさ。パトリックの信徒団は複雑なネットワークを作ってる。総主教代理《エクサルフ》、王侯《クロール》、専制君主《オートクラット》、お道化屋《ラーカー》、聖人《アロイシウス》、総大司教《パトリアルク》などなど、やがて皇帝その人にいたる」

「こいつは美味しいネタだぞ。じゃあ、皇帝は誰なんだい？」

「残念ながら、皇帝のオフィスはここ千年ばかり空き家になってる。だがその権限はいまだ有効さ。すべてが未決事項のままだがね」

「なんてこった！　よし、こうなったらくさい獣肉を残らずたいらげてやる！　巣立ち前の鷹というのは？」

「フォーリー、いちいち訊かなきゃわからんのか。おまえは単純な心と主要五層を見通す鋭い目という稀な組み合わせの持ち主のはずだぞ。巣立ち前の鷹は爬虫類以上に爬虫類的だ。だがときに成長し、巣立って、舞いあがる。おれに言わせれば、よくても凡庸なものでしかないがな。つまり十字軍だ。ザクセン朝だ（簒奪者だ）。力強く、だが退屈な支配者。最悪のときにはファシスト的なものになる。ただし、巣立ちは自発的なものじゃなく、つねに反応として起こる。今ならいい例がある。なぜかおまえさんの心から得た情報だがな。昨日の夜、ある若者に熱病の火がついた。そいつは早くも二十五人も集めてる。もしかすると、鷹が空に舞いあがるかもしれない。そいつの名前はミゲル。あってるか？」

「たぶんね。もうあんたを相手にするのはやめようと思ってたけど、もうちょっとつきあうよ。今のはぼくの頭からうまいこと抜きだしたな。誰が置いてったネタかわからないけど。そう、奴は何もないところから軍隊を作ろうとしてるんだ。でも誰なのか、どこにいるのかはわからない。あんたはわかる？」

「いや。だが今は反応のとき、巣立ちのときだ。この瞬間、世界のあちこちでその手の運動がたくさん起こってる。そのうちのひとつが数ヶ月のうちに、ひょっとしたら数十日で世界を支配し、揺すぶるかもしれん。だとしてもおれたちのためにはならんがな。フォーリー、ウィスキーが空いたぜ。帰ってもらおうか。酒の切れ目が縁の切れ目だ」

「もう行くさ。でも、教えてくれよ、デブっちょ。〝パトリック〟ってどういう意味だい。名前でなく、称号として」

「上級貴族《パトリシャン》という意味さ、称号としても名前としても」

「バグリー、あんたはまともじゃないよ」

「いつもじゃないが、たいていの奴よりは正気だぜ。おれはある規範にしたがって生きてる、四角四面の堅物なんだ。規範の規は定規の規だ」

「あのねえ、バグリー、きみはどう考えても堅物じゃないよ。規範ってよりはキ印じゃないの？」

「たった一語であらわすのは無理だ。おれは大いなる存在だからな」

「たしかにね。バグリー――いや、なんでもないよ」

　フォーリーは散らかった階段を登り、重たいドアを押し開け、ありえざる、または大いなるバーディグルー・バグリーにしてタルサのパトリック代理に別れを告げた。ふたたび視野のすみにバグリーに仕える犬猿プラッパーガイストの姿が一瞬ひらめいた。そいつはフレディに向かって嬉々として鼻を突き出し、それから地中海式に卑猥な手振りをみせ、アフリカ風の手振りで締めた。プラッパーガイストは下品な精霊なのだ。もちろん光のいたずらか、想像力のいたずらでしかないはずだが、それでも実在しており、フレッド・フォーリーとうまがあった。フォーリーくらい単純でなければ、見ることすらできなかったろう。視野のはずれにいたとしても。


　夜道を駆けるはしっこいキツネ、鋭く周囲を探っている。脳波網のメンバーになってから、フォーリーは五感が研ぎ澄まされていた。もっけの幸い！　ヘッドライトを消した車が轟音をあげて通りに飛び出し、フォーリーを轢こうと歩道に乗り上げたが、しくじって車が大破し、中からわらわらと男たちが出てきた。そこで隙間をくぐり抜け、半路地に入り、柵を乗り越え、古い外階段を駆け上がり、低い屋根の上を走って、さらに逃げた。フレディは間抜けだったが、敏捷な間抜けだった。その夜、フレディは捕まらなかった。

フレディは追跡を振り切り、浮かれてそのまま逃げつづけた。罠に近づき（奴らはドアの前で待ち構えていた）あわやのところで逃げのびた。それから馴染んだ暗闇に戻り、素早く一ブロック戻って、勤める新聞社の夜間通用口にたどりついた。夜勤の同僚たちの中に混ざると、おねむの徹夜組と早朝出勤組が交叉する中に姿を消した。

だが何者かがフレッド・フォーリーを追っている。奴らは本気だった。

第四章　山上の嘘吐き

紳士様の大蛇
野暮な普通の蛇じゃない
飲んだくれの長椅子の預言者
座っているのは辻占

裸の鷹雛が一撃ガツン！
引き伸ばす紐が縛《いましめ》る
夢見る鷹にご用心
いずれ羽根を生やしはじめる

夜が明けるまで、死んだふりのヒキガエル
地中に深く潜り
額に埋めこむ宝石《ジュエル》
まったく痛いよヒリヒリ

犬どもと対決するアナグマは
怒りの力をたくわえる
ずぶずぶ沼の、不動の岩
貴族《パトリック》は籠城する
――『新動物寓話』オーディファックス・オハンロン

タンカースリーは昼過ぎにフレディ・フォーリーをつかまえた。椅子の上にだらしなく伸び、口を開けて寝ている。タンカースリーは椅子を蹴り飛ばし、フレディを起こした。

「フォーリー、まだオーヴァーラークのバカ騒ぎをやってるのか?」タンカースリーは親身に雷を落とした。

「はい。はい。まだやってます」フレディはちょっと慌てていた。藪から棒だったが、必ずしも不快ではない目覚めだった。「取材の許可を――」

「フォーリー、そいつは明日まで待て。急転回なぞないからな。今すぐサン・アントニオへ飛べ。そこからセスナのチャーター便か、農薬散布機かなんかでデル・リオまで行けるはずだ。それで、どうにかヴィネガロンまでたどりつけ。あそこで何かが起こってる。あまりにも馬鹿な話なんで、ひょっとしておまえなら理解できるかもしれん。わたしには無理だが」

「ああ、そいつはミゲルの慣らし運転ですよ」とフレディは答えた。「おそらく合衆国の街を一、二時間占拠して、自分の名前を新聞に載せようとしてるだけでしょう。まだ部下は二十七人しかいないんだから。たいしたことはできやしない」

「フォーリー、ペヨーテ摘みの天国にかけて、どこからミゲルなんて名前を拾ってきた？」

「正確にはよくわかりません。いずれにしろ説明できません」

「八時間この椅子に座りっぱなしだったそうだな。それでいったいどうやって、テキサス州ヴィネガロンでいま起きつつある事件のことを知ったんだ？　本当に知ってるのか？」

「ええ。言ったとおりですよ。ミゲルは二十七人の部下を連れてメキシコから遠征し、街を占拠したんです。軽いおふざけですよ。そんなことをしたのは自分の名前を高めるため、それに合衆国の街を占拠したとなれば、メキシコじゃ幅を効かせられますから。でも、ぼくが着くころにはもうメキシコに戻ってますよ。なんとしても彼に会いたいと思ってるんですが」

「フォーリー、おまえは居眠りしながらそんな大層な戯言を仕入れてるのか？　なんであれ、そいつはたった今起こった、というか起こりつつある。どうやって知った？」

「タンカースリーさん、ぼくは四六時中働いてるんです。眠ってるときですら。ぼくはこの会社でいちばん過小評価されてる記者だと思いますよ」

「フォーリー、今すぐケツをあげて、何が起きてるか見てこい！　電信で送られてきたこの妙ちきりんな話はとうてい信じられん。それからその川っぺりに行ったら、隠遁者のオクレアの消息を調べといてくれ。オクレアがヴィネガロンの近くに住んでるかどうかはわからん。どこに住んでるのか、誰一人知らない。でも見つけるんだ。奴がすっかりイッちまってたら別だが。奴さんはいわば荒野の男爵《バロン》だが――」

「いえ、あれはパトリックで、男爵じゃありません。連中の位階に男爵はないかも。まだ他にありますか、タンカースリーさん？」

「それで全部だ、フォーリー。そうだ、まず床から起きたほうがいいぞ。わたしはなぜか、床に寝そべってる奴はあまり信用できないんだ」

「わかりました」フレッドは床から起き上がり、サン・アントニオ行きの飛行機に乗った。サン・アントニオからドナルド・R・クラークという若者の自家用機に乗ってパンプヴィルまで行った。クラークはコンピュータのセールスマンで、パンプヴィルの近くにはコンピュータを買ってくれそうな裕福な農場主が住んでいたのだ。パンプヴィルからは軍のヘリコプターに同乗し、ヴィネガロンまで二十五キロ飛んだ。このすべては、床から起き上がるところからはじめ、およそ二時間かかった。


ヴィネガロンは兵隊で埋まっていた。「よお、兵隊さん、なんでみんな帰ったあとに来るのよ」とヴィネガロンのメキシコ人たちは兵士をからかった。メキシコ人は自分たちの住む街の侵略を喜んでいた。彼らはちょっぴり浮かれていた。一方、ヴィネガロンのテキサス人は単に困惑していた。「いったい何をしたかったのか、まったく見当もつかない。二十人ばかりで、古いライフルを持ってどかどか入ってきやがった。これから市庁舎を占拠するという。この町には市庁舎なんてありゃしない。そしたらラジオ局を占拠するだと。この町にはラジオ局だってありゃしない。『やれやれ、それじゃあメキシコ並みだ』と連中はぼやいてやがった。それから電話交換局と郵便局を占拠すると言いだした。『あたしが電話の交換手で郵便局、両方兼ねてるの』とミス・ビジャレアルが言った。『うちの道路添いの二部屋がそう。どうぞいらして、占拠してちょうだい』連中はメキシコことばでなにやら喋ってから入っていった。それから出てきて、空に向かって何発かライフルを撃ち、歌を二、三曲うたった。『中で何してたんだ?』とみんなしてミス・ビジャレアルに訊ねたら、『リーダーのミゲルは六セント切手を買ってったわ。それからあたしを市長《アルカーディ》に任命した。さあ、これであたしはアルカーディ、ヴィネガロンの市長よ』なりたきゃ市長でもなんでもなるといい。わたしは選挙で市長に選ばれて、年に百ドルの報酬をもらうことになってる。でも金庫にそれだけの金があったためしがない。この町に金庫なんかありゃしないんだ」

フレディ・フォーリーにこの話をしたテキサス人はたいして心配してなかった。曰く「たぶんこっちが知らないメキシコの祝日みたいなもんだろ。なにかの再演か野外劇だと思うんだが、この町に住んでるメキシコ人も、今日が祝日だとは知らなかったようだ。なあ、でっかい記事を書いてくれよ。ちゃんと侵略にしといてくれ! 冗談に見えないようにな。本物の侵略っぽく書いてくれたら、野次馬が観光に来てくれるかもしれんし」

軍の大佐はリーダーの風貌を知りたがっていた。住人たちがそれぞれにミゲルの似顔絵を描いていた。「ぼくならもっとうまく描ける」とフレディはミゲルの本当の顔を描いてみせた。「ああ、たしかにこいつだ」とみなが口を揃えた。フレディはミス・ビジャレアルの後について道路に面した二間に入った。彼女は電信局員でもあったのだ。フレディはミス・ビジャレアルの手を借りて記事を送った。

「ちょっくら家に寄ってかないか？」小麦色の肌をした大男がフレディに声をかけた。「うちみたいなところはまず見たことがあるまいよ」

「実はオクレアって名前の隠遁者を探してるんですが、ご存じないですか？」とフォーリーは訊ねた。

「おれがオクレアさ」と男が言うので、フレディは男の小型トラックに飛び乗った。今日は万事がフレディに都合良くまわっていた。フレディが記事ネタを追いかけると、たいていそうなるのだ。フレディ・フォーリーは間抜けだったが、万事が都合良く回ってくれる間抜けなのだ。

二人はバッファローグラスとヨモギとメスキートの草原を走っていった。オクレアは陽気な男で、この土地と同じくらい果てしなく、だがそれ以上ではない言葉をつむぎ続けた。大男で、髪も肌も砂色だった。中高年もしくは年齢不詳だった。小型トラックは小舟のようだった。長い距離をすいすい流れていったかと思うと、突然動きが変わって、乱暴に、横波に揺すぶられる舟のように揺れるのだ。いつのまにか車は道の上を走っていなかった。だが下は比較的なめらかだった。地面のでこぼこはバッファローグラスの茂みがならしていた。メスキートはますます高く密生し、牧草はますます濃くなり、さらに濃厚な土地になってきた。舟は曲がりくねり丘を登ってゆく。陽気なオクレアは突然麝香を放つ変人になったが、あいかわらず陽気なままだった。

「おれは完全に自給自足してるのさ」とオクレアは言った。「おれには世界なんか必要ないし、世界からも必要とされてないらしい。おれは万物。おれはおれが必要としているすべて。世界がおれ抜きでもやってけるよりも、おれのほうがはるかに世界抜きでやってけるさ」

「世界抜きでやってける人間はいない」とフレディは言った。そこはうっとりするような土地だった。この言葉はおそらくフレディが生まれてはじめて発した一般的意見だった。

「待たされた時間、長い亡命生活のあいだ、おれは完全に自給自足していた」とオクレアは言った。

「そうしなきゃならなかったんだ。世界に範を垂れるためにな」

「いつから亡命してるんだい?」

「ああ、とりあえず生まれてから今までずっと、そして死ぬまで。世界は身をこごめてる。おれはその玄関口でキャンプを張ってるんだ。世界め、怖がって玄関から外を見ようとしない。おれ様がそこにいると知ってるからな」

「きみが世界を理解してない可能性もあるよね」とフレディは言った。人生でこんなことを言うのは二度目だった。

「理解してないな、これっぽっちも理解してない。わかってるのは、玄関口でキャンプを張り、自給自足でやっていけって命令されたことだけだ。おれは誰も入らないように、正面玄関の番をしてる。でも、これまでは誰も来なかった。フォーリー、世界は閉ざされてる。なあ、あのチビっこいイノシシを見ろや。世界の中じゃあ、あんなにでかい群れにはなんないぞ。一匹捕まえてやろう。おまえさんがつかまえるんだ。この楽しみは自分自身で味わってみなきゃ」小型のヘソイノシシが大きな群れをなして走りまわり、周囲はますます濃厚に禁断の香りをただよわせ、二人はさらに高く登っていった。

「どうやればいいんだい？　イノシシ狩りなんてやったことないよ、オクレア。でもぼくにもできるならやってみせるとも」

「ほら、この革ヒモをやる。歯でしっかり噛んどけ。これからおれがイノシシの隣を走る。おまえは飛び移れ。ねじ倒して縛り上げろ。それだけだ」

「冗談だろ」

「いや、冗談なんかじゃない。おまえさんにもこの楽しみを味わってほしいのさ」

オクレアは飛ぶように跳ねてゆくヘソイノシシと車を並走させた。矢のように逃げるイノシシがあきらめてスピードを落とした瞬間、フレディは飛び出し、イノシシを追いかけた。イノシシの上に飛び乗り、絡みあって十回以上転げまわった。小型トラックはとてつもないスピードを出していたのだ。はしっこいチビのいななき屋は逆走し、さらに逆に走り、油を塗った蛇のようにぬるぬるさせながら、牙でフレディをてひどく突いた。だがフレディは四本足をつかんで倒し、きつく縛りあげた。

オクレアは小型トラックを脇につけた。男の砂色の縁が少々蒼ざめてはいまいか？　本当にフォーリーにやれると思ってたんだろうか？　フレディはくくったイノシシを小型トラックの荷台に放りこんだ。体重はおよそ二十キロ、なかなか凶悪な奴だった。

「こいつを食べるの？」とフレディは訊ねた。両手と上腕と頬から血を流しながら。チビイノシシは、まちがいなく牙の使い方をわきまえていた。

「もちろんだとも、そいつがおれの主食だよ。新鮮なうちに食べて、残りは保存しとくんだ。洞窟には保存肉が五百キロばかりある。寒くなってきたら冬ごもりするんでな」

「このあたりでも寒くなる？」

「高いところまで行けば寒くもなるし、おれが住んでるのは高いところだ。霜も降りないところに誰が住みたがる？」

「オクレア、本当にトラックでイノシシを追いかけてるのか？」

「もちろんさ。簡単だよ。おまえさん、はじめてにしちゃなかなかのもんだ、牙で突かれたことを差し引きゃな」

「きみがこいつらと格闘してるあいだは誰が運転するのさ？」

「ああ、この車は音声コントロールつきなのさ。本物の狩猟ポニーみたいにバックも停止も自由自在。冗談じゃないぜ。自給自足の男はメカにも強くなきゃならん。ダッシュボードのその緑色のスイッチをパチンとやるだけで音声コントロールできる。おうい、そろそろ家が見えてこないか？」

すでにかなりの高地にたどりついていた。車は四十キロも走ってはいなかったし、クラークの飛行機でパンプヴィルから飛んできたとき、こんな高さの土地を見た記憶はなかった。緑濃い丘を大きな川が勢いよく流れており、はるか眼下にはもっと小さな川がある。ありえない、不自然な場所だった。足下の地面はうつろに響いた。二人は丘の頂近くにいた。勢いよく流れる水はどこから湧いてくるのだろう？

「いや、このあたりに家は見えないよ」とフォーリーは言った。「それにこんな高い山はなかったはずなのに」

「ああ、それか——それならおれが作ったんだ。自給自足の男だと言っただろ？　うん、あんたには家は見えないだろうな。おれの家は誰にも見つけられない。だからこそおれは隠遁者で伝説的存在と言われるわけだよ。さあ、着いたぜ」

「オクレア、ここでは何もかもが二重に見える」

「フォーリー、実体を持つものはすべて影を投げる。おれが作るものは実体を投げる。ものごとをごっちゃにしちゃいかん。たいていの人は単なる影を持ってるだけなんだ」

トラックをとめると、車は坂の途中で、ノーズを四十五度の角度に突き上げて静止した。オクレアにつづいて車を降りたが、家など影も形も見えなかった。

「まずイノシシを吊して、血抜きといこう」オクレアはオークの木を三本取り出した。すでに鎖でつながれている。小型の開閉滑車をぶらさげ、用意を整えた。イノシシの膝に小さなクランプをつけ、滑車から吊した。喉を切り裂くと、勢いよく血が流れでる。オクレアはどこから道具を取り出したんだ？　山際に密生したメスキートの中に、小さな小屋があった。道具を出したとき、はじめて小屋の存在に気づいたのだ。それは山色の岩肌にえぐれた狭い窪みだった。オクレアが前に立って、小屋の奥だか裏だかにある踏み段の岩を登っていった。二人は天井かテラスかポーチコと思しい岩棚に立った。家具らしきものが置いてある部屋のような場所を通り抜けていったが、オクレアと一緒でなければ家具だとも部屋だとも思わなかったろう。水が流れ落ちており、頭上ではさらに大量の水がたゆたう音が聞こえた。

「上には何が？」とフレディは訊ねた。部屋もどきを連れまわされるうち、すっかり方向感覚を失い、今自分がいるのが内なのか外なのかもわからなくなっていた。

「ああ、泉だよ」とオクレアは答えた。「世界の源泉のひとつだ」

「山頂に泉が湧くわけがない」とフレディは文句を言った。

「ついさっきまで、おまえさんは山頂なんかあるわけがないと考えてた。飛行機からは山が見えなかったからってな。直接見ないかぎり、誰もこの泉には気づかない。でも世界のすべての川はここから発するんだ。地図製作者はそのことを知らないし、地質学者も知っちゃいない。でもそうなのさ」

「深掘り井戸のはずもない」フレディはなおも抵抗した。「深掘り井戸の水は水源より高い場所になきゃいけないけど、ここより高い場所はない。こんなところに泉があるはずがない」

「されど、見よ！」オクレアが言うと、そこには立派な泉があった。「こいつは世界の玄関口にあるんだが、世界はそれを知らんのだ。どれも見た目ほど大きいわけじゃない。湖——ほぼ円形だ——は直径わずか三十メートル、中央の泉はほんの十メートルほど吹き上げてるだけ。噴き上がる轟音だって見かけほどうるさくない。騒音計の示す数字は高くないんだ。おれの山はかなりの部分が幻影からできてる」

耳をくすぐる泉の雷鳴。沸きかえり立ちのぼる、黄金の、白色の、緑の、青色の、雷色の噴泉。高き山の上にいと高く、泉から吹き上がる泉、城の上に積み重なる水の城。そびえたつ泡の柱の中に魂の園が生きている。軽やかに息づき、突然鼻をつく噴泉は塩と硫黄と鉄のにおいが心地いい。

巨大な底なし湖の真ん中に、このありえざる噴泉があった。

「オクレア、こいつはどのくらい深い？」

「わからんね、フォーリー。おっかないんで測ってないのさ。おれは自分が何もかも理解する必要はないと思ってる。おれはパトリックで、おれの仕事は世界の扉を守ることだ。この湖の下には洞窟、水のない洞窟がある。この山はスポンジみたいで、中は洞穴と洞窟だらけなんだ。もしこの湖の深さを測ったら、きっと下にある洞窟よりも深いということになって、おれは怯えちまうだろう。でも、湖には魚がたくさんいる。貝もたくさん採れる。じいさん蛙、でかい亀もたくさん。湖からの恵みだけで、いつまでも暮らしていけるほどだ」

「でかい黒蛇もいるぞ」フレディがうなり声をあげた。「でっかい奴だ、五匹か六匹」

「七匹いるときもある。八匹のときも、九匹のときも」とオクレアは言った。「でもあいつらは蛇じゃない。あれは形のない怪物が伸ばしてくる触手だ。おれの考えじゃ、すべての源泉には、ああいう生き物が住んでいる。こいつは逃げだそうとしてるんだが、もし逃げだしたら世界は未曽有の災厄に見舞われるだろう。奴はときどき湖の中央から、岸辺へと寄ってくる。おれがぶっとばして追い返す。実をいうと、おれはもっぱらそのためにここを守ってるんだ」

「蛇みたいに舌がまわるな、オクレア！　じゃあきみが町に出かけてるあいだ、そいつが上がってきたらどうする？」

「牡蠣が口笛で知らせてくれるのさ。そいつが聞こえたら、おれはどこにいようと超自然的早さでここに戻ってくる。呆れ顔をしてやがるな、フォーリー！　おまえさんも笛吹き牡蠣の魔法を見ればわかるさ！　実際、おれは一度も触手を生やした泉の悪魔に出し抜かれたことはない。実はこれまでに何度か（おれの泉じゃなくて、他の奴が見張ってるとこの話だぜ）世界へ逃げだしたことがある。世界に災厄をもたらしたのはそいつらさ。まさかとは思うが、最近あらわれた七本だか八本だか九本足の、厄介事を起こしたがってる生き物を知らないか？」

「知ってるかも。オクレア、きみはこの山と同じくらい壮大な嘘吐きだな」

「そうとも、ちっこいフレッド・フォーリー。まさしくそうだとも」

「ミス・ビジャレアルはきみのことを警告してくれてたんだな。ぼくに一種の祝福を授けてくれた。『あなたがカスカベルとその眷属、それからヒキガエル、それに生まれざる者、あと山上の嘘吐きから守られますように』。山上の嘘吐きはきみのことだろう、オクレア」

「もちろんだ。夕御飯にホットケーキはどうだ？　そこの土竈《オルノ》に枝を二、三本突っ込んで、火を強くしてやってくれ」

　それからオクレアは鋭く口笛を吹いた。泉の轟きをも貫く口笛だった。

「よお、ペギー！　ミルクを持ってこい！」オクレアは大声で呼ばわった。

「入ってきたときには土竈なんてなかったぞ」フォーリーは言った。「なのにもう火が熾ったみたいだ。オクレア、カスカベルってなんだい？」

「ガラガラヘビだ。だがな、フォーリー、ミス・ビジャレアルの祝福のことはあまり気にすんなよ。守られてるってこと以外はな。ミス・ビジャレアルは直観力こそあるが、動物学には疎いんだ。あの黒い生き物はカスカベルじゃなくて、ポリポ・マルディト、はじまりのときより誤称されている蛇だ。ヒキガエルはたしかにヒキガエルだが、評判を守るためには殺しも辞さない従者どもがついている。あと生まれざる者というのは、ミス・ビジャレアルは本当は終わらざるもの、あるいは巣立ちせざるものと言いたかったんだろう。四つの生き物の名前をちゃんと把握してないんだよ。そしてミス・ビジャレアルもあんたも、山上の嘘吐き、そもそもパトリックを恐れることはない。おれたちパトリックは仕え守る日を待っているんだ。まだお呼びがかからないなんて、神様もいささかボケてんじゃないか。おれたちは呼ばれる日を永遠に待ち続けてる。そうそう、そば粉とハチミツを混ぜて、そこに岩塩を入れるんだ。そいつも泉で採れたもんさ。それからバターをちょっぴり、そのあとでミルクだ」

「♪山上の嘘吐きを知ってるよ〜」フレディは〈ハイヌーン〉の節でそっと歌った。

「♪家でホットケーキを焼いてる〜。オクレア、ミルクはどこだい？　それ以外の材料は全部揃ってるけど。

♪泉にポリープを閉じ込めて〜。ミルクのかわりに何を使えばいいんだい、泉の水か？

♪牛もいないのにどこからミルク〜。ねえ、ペギーってあれのこと？」

まさしくペギーだった。小さな雌ヤギが湖畔まで登ってきた。オクレアは木のバケツに乳をしぼり、ホットケーキが作れるほどたまると、フレディに手渡した。フレディはミルクをまぜてフライパンに注ぎ、土竈《オルノ》に入れた。もう一枚のフライパンにも注ぐと、オクレアが一緒に調理するように冷えたソーセージを渡してくれた。

「こいつはさっき殺したイノノシなのかい？」とフレディは訊ねた。「なんでもうソーセージになってるんだ?」

「いやいや、ものを心得た奴がやったとしても、あの獣から臭みを抜くには四日はかかる。こいつは先週捕まえたイノシシさ。フォーリー、たんと使え。おれはソーセージが大好物なんだ。さてと、ここには白ワインもあれば赤ワインもある。ビールとヨモギ茶とコーン・ウィスキーとピーチ・ブランデーとテキーラとミード(ハチミツの酒さ)とミルクとバターミルクがあるが、コーヒーだけはない。ここでは育たないからな。おれは自分の食べるものは全部自分で育てることにしてる。で、なんにする、フォーリー?」

「ミードをもらおう。名前は知ってるけど、見たことも味わったこともないからね。あの石造りのベンチ、最初からここにあったっけ? 石板のテーブルも? じゃあ、用意はできたよ。オクレア、ぼくは世界一の山上のホットケーキとソーセージ焼きだ。その果物はなんだい。いつのまに、どこから摘んできた?」

「こいつはチョークチェリーの兄弟で、サンド・プラムの腹違いの兄弟だ。おれは必要なものは全部自分で育てる。おれは自給自足の男だからな」

「この夕食はまるごと全部山上の嘘だよ、オクレア、でも美味しい。ぼくの手が入ってるからね」

夕食には早すぎる時間だった。実のところ、その日フレディが食べる最初の食事でもあった。まだ陽光はたいへん明るく、黄昏時にはほど遠かった。フレディが山上で見たものはすべて実在していた。「でも、チーズはどこで手に入れたんだよ、オクレア?」とフレディは詰め寄った。「山を降りてないだろう?」

「ああ、チーズはヤギの乳と牛の乳から作ったのさ。どちらもたんと貯めてある。熟成済みのチーズが五百キロ分、さらなる分量が熟成中だ。ハチミツはもっとたくさん洞窟に詰まってる。蜂の巣を百個ばかり面倒を見てる。穀物倉にはソバ粉と麦とコーンと跳び豆。ブラックベリーは両耳壺《アンフォラ》にたっぷりある。亀に合わせるとこれが絶品なんだ。噴泉の真下にはキノコ倉庫がある。落花生も――どれだけあるか、おまえさんには想像もつくまいて。シロップは大桶に何杯もある。このシャツはどうだい？　ユッカの繊維を自分でつむいで織って作ったもんだ。自分で亜麻を育て、自分で羊の毛を刈り、自分でなめした革で靴とジャケットを作ってる。自分で煙草の葉を摘み、自分でパイプをこしらえる。湖の下の貯水池がおれの動力機械だ。動力が必要になりゃ一時間ほどダムを閉じて、小型発電機を動かして電動工具を使う。おれは自分で丸太を切り、自分で炭焼きをし、自分の陶器を焼き、自分の桶を突き破る。おれの家には二十も部屋があるが、どれもほうぼうに散らばっていて、中には一キロ半も遠くの部屋もある。ここは泉の間なんだ。ここ以外に砦もあるし、武器庫もあるし、図書館と天文台もある。足の下にある洞窟のことは、この世の誰よりもよく知ってるが、その一部を知ってる奴ならおれ以外にもいるし、中に住んでる奴だっている。あの洞窟はとっても深いし、大いなる川そのものよりも深いところをくぐってる。一メートル五十センチ下にある洞窟の入り口（おまえさんには見えないよ）から中に入って、乾いた道を三十キロ歩いてメキシコへ出ることだってできる。洞窟の中に軍隊をまるごとひとつ隠しておいてもいい」

「そう聞いて小さな軍隊のことを思い出したよ。ミゲルの軍隊だ。ひょっとしてきみの洞窟に隠れてるのかな？」

「ミゲルは以前からの知り合いさ。けたたましい脳味噌の雷鳴に打たれる前に、奴に影響を与えていた偉大な精神のひとつがおれだ。ここを訪ねてきたこともある。いずれまた来るだろう。あいつなら、こんな感じの避難場所を一ダースくらいは用意してるはずだ。フォーリー、おまえさんはどこでつながってるんだ？　そこんところの話を見逃しちまったよ」

「自分でもなぜかはわからないんだけど、ミゲルの心が読めるんだ。ラスト・ネームも知らないのに」

「フエンテスさ。泉《ファウンテン》という意味だ。おまえさんは今、奴とあんたの街の賢者マイケル・ファウンテンがつるんでないかと訊ねようとしたな？　おれの知るところじゃ、あの子はファウンテンに何度か手紙を書いてる。偶然、名前がつながったのがきっかけでな。ファウンテンは返事を書いて、いくつか良いアドバイスをしたけど無視されちまった。あの子が無視したのは正解だったと思うぜ」

「もちろん、自分の考えでやっても、何も達成できやしない。ヴィネガロンを占拠するとかね」

「ああ、何も達成できなかろうよ、フォーリー、まだしばらくは。もちろん、ミゲルは世界を征服するだろうが、少なく見積もっても十年以上かかる。たとえうまくいったとしても、ミゲルは権力を放り出して誰かに渡してしまうだろうよ。このところずっと、世界は誰でもいいから真空を埋めてくれと嘆いていた。ミゲルは心優しい子だから、泣いている世界をほっておけなかったんだ。そいつがすべてのはじまりだが、どうもこのところ荒れ模様だな。となるとミゲルは世界をコーナーに追い詰めるだけで、それから手渡してしまうかもしれん……それもおれの知らない誰かに……自分自身も世界も傷つかないで済むように」

「オクレア、ぼくは世界が真空だなんて気づいてなかったよ」

「ああ、実は破産しちまってるのさ。自分じゃ絶好調だと思ってるその瞬間にね」

「あんたはいったい何者なんだ、オクレア？　ずっと喋りっぱなしのくせに、実際には何も語ってない」

「フォーリー、昨日の晩、おれの同輩と会ってるじゃないか。そこでとっくにわかってたと思うがな。あいつの犬はワンワン吠えるが、でも誰にも見えない。おまえさんはネタをもちこんだ。ポルターガイストだかプラッパーガイストだかの騒がしいネタだったが、そこでしくじったな」

「バグリーか？　きみたちは本当に同一種族なのかい、オクレア？　たしかにバグリーの透明犬のジョークは知ってるけど、そんなのはもう使い古しのネタだよ。それに、あいつは正確には犬じゃないし、透明でもない。この目で見たんだから。いや、本当に見たわけじゃないけど、幸福で卑猥なウィンクをひらめかせたんだ。実物を見たらそれとわかるとも。あんたもデブのバグリーと同じパトリックなのか？」

「おれはペコスのパトリックだよ、フォーリー、ここに来る前からとうにわかってたはずだ。おれの領地はグラス・マウンテンから東へサンティアゴス、サットン・プレーンズとイーグル・パスまで、リオ・グランデが大きく蛇行した南のブッロ山脈まで含んでいる。フォーリー、下のほうに普通のハンターみたいな格好をした三人組がいるだろ。雄鹿を探すふりをしてるが、あいつらの狙いはおれたちだ。隠れるとしよう」

そして二人は隠れた。丘の上の泉のほとりから岩屋の迷路に隠れ、それから家具のある部屋に入った。「でも、晩御飯の残りがあるよ、オクレア」とフレディは言った。「何もかも放り出してきたから、見つかっちまう」

「いや、何も見つからんさ。おれにも透明の生き物、プラッパーガイストの召使いがいる。あいつが全部きれいに片づけてくれるさ。連中には泉も湖も見つけられない。山の上だってことすら気づかんだろう。ごく低い丘だとしか思わないよ。あんたが飛行機から見たようにな」

「で、ぼくらのどっちを狙ってるんだい、オクレア?」

「特別に今日狙われてるのはあんただな、フォーリー。おれは毎日狙われてる。だけど今回はおまえさんが再帰者に興味を抱いてるせいだ。警告して遠ざけようとしてるのさ。そもそも再帰者はそんなに面白いもんじゃないぞ、フォーリー。おれのほうがはるかに面白いさ」

「オクレア、パトリックはみんな心が読めるのかい?」

「いやいや、そんな技はないよ。たんに頭がいいだけさ。フォーリー、ミゲルのネタはいい記事になるぞ。どう扱えばいいかわかってればの話だが。それにおれについてもいい記事が書ける。書き方さえわかってればな。どっちにしたってオーヴァーラークの記事よりいいものになるはずだ。おれ個人としては、人間そのものが再帰してるとは考えてない。あいつらのは〝裏っ返しの泉〟、渦巻きの目なんだ。気をつけないと呑みこまれちまう。忘れたほうがいい。どうせオーヴァーラークの記事をまとめるには時間がかかるだろ。できあがってもあまり良い記事にはならん。誰も信じないだろうしな。その記事を書けば、おまえさんは監禁されるか殺されるだろう。おれは、あいつも同類たちも蔑むべき存在だと思ってる。おれたちパトリックのほうがはるかに重要な存在だ」

「うーん、オーヴァーラークの記事はどうしても書きたいんだよ。あんたの話はまるで気さくな神託みたいだ。なら、ひとつ智恵をさずけてくれないか。何度もくりかえし生きてるように見える連中は、世界をあやつろうと企んでるのかい？」

「ああ、はるか昔、何人かで手を結んだのだ。たぶんあいつらは世界を支配しようとしてるんだろう。おれたちパトリックと同じく」

「そいつらは世界を良くしようとしてる？　それとも悪く？」

「善と悪というものがあるとすれば、あいつらの影響力は悪だろう」

「その場合、ぼくはどうしたらいい？」

「その場合、あんたが何をしても無駄だ。くりかえすが、あいつらは重要な存在じゃない。自分たちじゃあ重要だと思っていて、虚栄心から人を殺す。青二才に煩わされるのが嫌なんだろう」

「正確にどんなふうに悪事をはたらくんだ、オクレア？」

「正確にはどんなかたちでもない。あいつらは跡をたどれないくらい繊細にやる。世界を急襲するいくつかの隘路のうちに、つねに開かれているものがある。あいつら自身は、自分たちこそがジャイロスコープであり、世界が進むべき路、かの女性の言葉を借りれば、次の館へと進む路からはずれぬようにとどめているつもりだ。今からほんの数世紀前、世界の文明の核がひとつのピークに達したことがあった——達するべき高さではないけれど、相当なレベルで比較的健全なバランスに到達したんだ。さらに高尚なレベルへ混乱なく移行できる希望さえあった。だが、そこに今おれたちが話題にしてる集団、あるいはモノたちがあらわれた。あいつらは世界の向かってる方向が気に入らなかった。世界は誰も拾わない落とし物だとでも思っていたんだろう。あいつらは世界をへし折り、ねじまげて再出発させた。数百万人が死に、新しく設定された方向はほんの少し違っていた」

「そいつは世界大戦のことかい、オクレア？」

「いや、戦争なんかじゃない。疫病、いわゆる黒死病の禍だ」

「本当にそんなものを世に放ったたっていうのかい？」

「歴史には義憤の出番はないんだよ、フォーリー。疫病の威力はたしかにあいつらにとっても驚きだった。だが事物の本質を見誤ってはならない。たとえ疫病でもな。黒死病には優しい性質がある。三日のうちに、さして苦しめずに人を殺すことができる。患者はかなり幸せな幻覚を見ながら死んでゆく。そしてまた、あまり口にされないが、哀れみの要素さえある。黒死病はもっぱら大人を襲い、子供は滅多に襲わない」

「どんなに説明されても黒死病は好きになれないな。オーヴァーラークたちが介入したっていう隘路はどこなんだい？」

「ああ、その国のその世代はひとかたならぬ抑圧を受けた。人々は専制君主に、貴族に、成金どもに押さえこまれた。抜け出す道は革命の浄火しかないと思われた。そして事実、高き理想を掲げた革命がはじまった。そのとき革命集団の一部が干渉を受けた。悪の干渉を、とおまえさんなら言うかもしれん」

「そして革命は失敗した？」

「いや、成功したとも。そこが肝心なんだよ、フォーリー。何をやろうと、あいつらがかかわったとは証明できまい。だが、失敗したほうがはるかにマシだったと思えるかたちで革命は成功してしまった。どんな意味でもはっきりした利はなく、はっきりした転回点にもならなかった。可能性はあったのに。

そしてまた後の時代、誠実な男たちが世界の平和を守るために、世界と同じくらい大きな組織を作ろうとした。それは以前にもあった試みで、以前にも失敗した試みだった。今度失敗したら、当分手を出す者はいないだろう。彼らの考えは良き者と悪しき者、正しい信念を持つ者と悪しき信念を持つ者から攻撃された。最終的にはまったくきわどく成否はぎりぎりになった。ギャンブラーならどっちに転ぶか賭けないぐらいきわどくな。よろめいてはいたが、ようやくうまく行きそうに見えた。そのとき、この集団のメンバーが介入したんだ」

「で、失敗したのかい?」

「いや、成功したんだよ――フォーリー、前と同じように。ひどくねじくれたかたちで成功しちまったんで、悪魔その人でさえこの一件で自分が得したのか損したのか頭をひねったほどだった。普段はそんなに悩まない奴なんだがね。

こんな例は他にもいくらでもある。だけどひとつだけ、いちばん興味深い一件がある。フォーリー、おまえさんはとりわけ関心があるだろう。あんたの獲物、オーヴァーラークの以前の顕現、あんたがまだ出くわしてない顕現にかかわってるからな。雷だ、フォーリー、雷だ。もう遅い! 急がなくちゃ。おまえさんをサン・アントニオまで連れてかないと、タルサ行きの飛行機に間に合わないし、となると今晩中に帰れなくなっちまう。こっちだ」

「待ってくれ、オクレア。別に今晩中に帰らなくったっていいんだ。その一件の話をしてくれないか」

「いや、フォーリー、おまえさんを今すぐここから出さなきゃならん。さあ飛行機に乗るんだ」

飛行機はどこから来たのだろう？　オクレアはいつの間に準備を整えていたのだろう？　どうしてこんなにたやすく宙に浮かべたんだろう？　振り返ると山頂が低い丘程度になっているのはなぜだろう？　なぜ今は泉も湖も見えないんだろう？　泉に何が起こったんだろう？　もし泉が涸れてしまったのなら、すべては終わりだ。

「オクレア、なんだか世界中の泉がすべて涸れてしまったような気がする」

「いやいや。涸れちゃいないよ、フォーリー。だけど、ときどき、しばらくのあいだ川が地下を流れざるを得なくなる。そのせいで地上世界は貧しくなる。頓智がなまくらになり、日々の糧が饐えた味わいに変わる。富める者も貧しき者も、そろって特別な楽しみを失う。そして肉に生きる人々は生殖行為ですら楽しくなくなったと言いだすんだ」

どうしてもうサン・アントニオに着いてしまったのだろう？

「待ってくれ、オクレア」とフォーリーは懇願した。「離陸までまだ三十分ある。カーモディ・オーヴァーラークの以前の顕現について教えてくれないか」

「フォーリー、たった今牡蠣が口笛を吹いた」そう言うオクレアはちょっぴり狂って見えた。「怪物が泉から出てくる。すぐに超自然的な早さで戻らなくちゃ」

そしてオクレアは超自然的な早さで去った。いかな規則も離着陸許可も追いつかないような早さで空に消えた。消えた。消えた。

「♪山上の嘘吐きを知ってるか〜い」フレディはそっと歌い、笑った。そうしながらも、オクレアに最後にもうひとつだけ嘘を吐いて欲しかった、と思わずにいられなかった。

第五章　螺旋状の情熱と聖人のごときセクシーダイナマイト

彼女たちはこれをアロバミエント（喜びへの浸し）と見なしています。しかし、私はそれをアボバミエント（愚かなこと）と呼びます。

——アビラの聖女テレサ『霊魂の城』

その夜、収穫者《ハーヴェスター》たちはふたたびモラーダ、バウアー夫妻の家に集まった。ベデリア・ベンチャーはレティシア・バウアーに赤い薔薇を携えてきた——「あなたの死のために」——が、どちらにもその意味はわからなかった。

「これまで何度もこの問題に直面してきた」ビッグ・ジム・バウアーは銅鑼声の早口で長広舌をはじめた。部屋にただよう消毒薬の匂いは収穫者《ハーヴェスター》たちがふりまく神秘の香りと混ざり合った。「世界とそこに住まう人々は、思っていたほど時間もかからず、早すぎる完成を迎えてしまった。ここまでたどりつくのには数千年かかった。ここでまた上昇と失敗のくりかえしにならないように、今すぐ次の階層への突破をはからねばならん。限界はそんなに高くはない。古代人は正しかった。限界、つまり空には、石を投げ、矢を射て、ぱちんこを打つだけで届くのだ。おれたちは今その空に押されてる。このままだと、じきに不屈の空と隆起した地球のあいだでつぶされてしまう。これほど豊潤なおれたちなのに、これまでにない狭さに押しこめられている。人類はたびたび高台の危機に直面し、そのたびにしくじってきた。今回、おれたちはしくじらない。おれたちは突破する。空を叩き割る。自由になって成長を遂げるんだ」

「わたしは前から空とそれが象徴するものすべてが嫌いだった」とアルーエット・マニオンが鋭く甲高い声を出した。ニレの木に切りつける電気ノコギリのような音だった。「我が精神的父親は、いつも、まず天国の明かりを消さねばならぬ、と主張していた。わたしも賛成だ。この天国＝空を完膚無きまでに、決定的に叩き割ろうではないか。再生を妨げているのは汚らしい粘膜でしかない。しばらくは言葉を正確に使おう。愛の話はもう終わりだ。崇高な愛や宇宙的愛の話ならいいが、空を突き破れるのは憎悪の高まりだけだ。我々は無力な幼年期を登りきった。鬱陶しくもおぞましい思春期をくぐり抜けた。知ってのとおり、そのふたつの状態のときはふたつのまったく異なる生き物だった。見かけをのぞけば、我々の初期の姿とそれに続く姿は、オタマジャクシとカエルが異なる以上にかけはなれている。だが、今我々は三番目の状態、真の成人に花開こうとしている。世界がはじまってから今のいままで、真の大人は一人もいなかった。今夜こそ、我々はその状態を正す。ついに我々七人は第三の状態の生き物、つまり大人になるのだ」

「なんだか忌まわしい感じ」とウィング・マニオンが抗議した。「たとえメタファーだとしても、天を突き破ろうっていうのはどういう了見なの？　どこかにわたしたちが従うべき枠組みと予定表があるに違いない。それを破るのは傲慢で不正直なんじゃなくて？」

「たしかに、たしかに傲慢で不正直だ」ビッグ・ジム・バウアーは心から同意した。「おれたちには傲慢と不正直こそが必要なのだ。いずれそうした美徳にふさわしい言葉が見つかるだろうが、現在の文脈ではそう呼ぶしかあるまい。そこら辺はいずれ片づけよう。余裕ができ次第、きれいさっぱり片づけるとも。そう、狭い範囲でなら限界を動かし、破るなどごくたやすい。おれはもうとっくにやっている。伊達に司教の左手のような男だと言われてるわけじゃない。酸っぱいパン生地をこねるようにひねってやったんだ。アルーエットがティヤール・ド・シャルダンから借用して自己流に解釈してるフレーズを使ったのさ。おれは司教にこう説明した。おれたちは第三の聖書に登場する超人になる。父なる神は旧約、あるいは第一の聖書の象徴存在で、太古の、原始的な、黒い大地の獣的存在、我々の始祖にして動物性だ。神の子は新約、あるいは第二の聖書の象徴存在で、今のところ〝愛〟と呼ばれてる女々しいもの、今のところ〝神〟と呼ばれてる女々しいもの、我々の不器用な思春期だ。今、おれたちは聖霊、第三の聖書の象徴存在にたどりついた。それは空を叩き割り、満たされて自由な人間となった我々の姿なんだ」ジム・バウアーはすっかりご満悦で大きな手を揉みしだいた。

「このことは奴にも説明したが、おまえたちにも話してやろう」とバウアーは続けた。「神というのはミッシング・リンク、必要なものではあるが、弱々しい隙間をつなぐ弱々しい至上命令に過ぎないのだ。おれたちが成人したあかつきには、憂鬱な幕間のことなどさっさと無意識から祓われますように！　進化の過程において、神は獣と人間のあいだに立っている——もちろん、完全な人間よりも低いところだ。おれたちは今、その象徴存在に永遠の別れを告げようとしている。聖なる神という言葉に笑いはつきものだが、今夜からは人間こそが聖なるものとして語られるんだ」

「で、司教さんはなんて？」とベデリア・ベンチャーが訊ねた。「いいかげん、あんたにはうんざりしたんじゃない？　あたしはときどきそうなるもん」

「落ちこぼれの子供みたいに、全部言われるがままに受け入れたよ、ベデリア。しまいにちょっぴり復習を手伝ってやったら、自分の持論としてテレビで発表する気になってやがった。カメラの視線を浴びるのは、奴にとっちゃ値段もつけられない宝石なんだよ。自分の持ち物すべてを交換したって惜しくないほどの。『でも自分の魂や知性を売り渡したら、どうなる？』と軽くからかってやった。でも薄笑いを浮かべてるだけ。魂も知性も、一度も持ったことがない人間なんだ。だが、おれたちはその方面からも、法律の側からも自由だ。おれたちは他人に力をふるって、楽しく遊んできた。今回は自分たちに力を向けて、遊びじゃなく本気でやる。今宵、おれたち七人は大跳躍を遂げる。おれたちは世界ではじめての、特権的な突然変異となる。汚れたガラスでしかない空を、おれたちを生命《いのち》から締め出してる無認可の粘膜を突き破る。おれたちは最初の新人類《ニュー・ピープル》、世界の第三の聖書となるんだ」

「あら、ではわたしたちが到達点になるの？」レティシア・バウアーが訊ねた。「もし万一わたしたちがすべてを手に入れて、それでもまだ『いえいえ、こんなのじゃ足りないわ！』と言いたくなったら？　わたしはまちがいなくそう言うでしょう。どこであろうと到達しちゃうのはお断り。そこが最後の土地なら、たとえ無限の広さを持っていようと行きたくない。無限の先にも何かはなくては嫌だわ。その先にはなんの危険の望みもないのかしら?」

「もちろんあるとも!」とジム・バウアーが大声を出した。「おれたちははじまりで、終わりじゃない。くたばった知識を反芻してる脳たりんのうすのろ神学者ですら、聖性の数字は単なる偶然でしかないと認めている。聖三位一体と呼ばれていたものは五つ、あるいは七つ、場合によっては九つまであるかもしれない。ブタ目をした連中でも、ちょっぴり先を見てるんだ。いいかね、人間には数千の段階、あるいは象徴原型があるんだ。おれたちは大胆に三番目の段階へと突破する。レティシア、これから何百万年ものあいだ、危険の望みはあるとも」

「医学的な問題は解決済みだ」とアルーエット・マニオンが言った。「わたしは医学博士で、精神科医になる前は一般開業医で外科医でもあった。それにジェームズ・バウアーは有名生物学者になる過程で医学博士号も取っている。変異誘発の手術の準備には、七人全員が自分の持てるあらゆる要素を差し出さなければ」

「それって痛いの?」ベデリア・ベンチャーが陽気に訊ねた。

「もちろんだ、もちろんだとも」とジム・バウアーが言った。「無痛手術も可能だが、それはやるまい。全員があらゆるかたちで苦しみの中で目覚めなきゃならん。おれたちが準備するあいだ、全員、内向きの脳波網を編みはじめてくれ。とことんまで編みつづけるんだ! 今回、変身させるのは自分自身なんだからな」

サルツィー・シルヴェリオの螺旋的情念が全員をきつく貫いた。サルツィー本人はチーズ菓子をほおばりながらベデリア・ベンチャーと馬鹿話をしているだけだったが。脳波網に何よりも大事なのがサルツィーの情熱だった。脳波網全体の中でいちばん強力な要素かもしれない。

アンモニア臭が強まってきた。部屋には巨大な真鍮球が二つあり、そのあいだをラベンダー色の稲妻が走っていた。不気味な火花とともにオゾン臭が鼻をつき、みな自然に気分が高まってきた。空気が帯電すると、ベデリアのピンク色の髪の毛が頭から立ちあがって先端が震え、派手なコロナが顔のまわりに広がった。

「もちろん、全部まやかしだ」とホンドー・シルヴェリオが岩穴の巣から語りかけるような暢気な声で言った。「自己流にアレンジしてみたんだ。はじめて生命の火が点った原始世界に近い状態になるように。少なくとも、実験室の神話として語られる状態にね。実は最初のときもインチキだったんだが、原初の粘液は自分から騙されて生命になったのだ。それからインチキ状態が続き、このあとも永遠に続くだろう。もちろん、その最初の粘液自体が突然変異、統計学的にはありえない確率にさからって起きたものだ。規則ができあがるのはずっとあと、横からこそこそと潜りこんできたんだよ。規則なぞ誰にとってもなんの役にも立ちはしない。あのときも、今も、これからも。我々は自らの体細胞の二重螺旋に干渉する。蛇性の我が妻の螺旋的情熱のおかげで、もうはじまりつつある。さあみんな、一緒に行くぞ！　今夜はショウボートを持ってこい、とっぴな見世物を見せてやろう！　自分の殻を打ち破れ！　エクトプラズムの紙吹雪を撒け！　今宵はカーニバルだ！」

「蛇性にまみれよ、老いぼれ蛇」ウィング・マニオンが笑う魚のように叫んだ。「その流れをこっちによこしなさい。今夜は水に流れるカーニバル、わたしたちは水底の七つ頭の犬。そんなところで犬が何をしてる？　誰か、七つ頭の犬がなんて名前だったか覚えてない？」

　ジェームズ・バウアーとアルーエット・マニオンは手術の準備をしていたが、手術器具は殺菌した白布巾ではなく紫色のビロード布に広げられていた。

「感染の危険性など考慮しない！」とバウアーは吠えた。「むしろ感染は歓迎だ。なんで感染が害になる？　おれたち自身が世界に感染しようとしてるのに。なぜお互い同士の感染などを怖がらなきゃならん？　もらえるものは全部いただこうじゃないか。環境雑菌がなんだって？　今夜、おれたちはまわりすべての環境と一緒に進化するんだ」

「ホントに適当な医学実践だこと」とベデリア・ベンチャーは言ったが、そもそもピンクの髪を逆立てた女をどこの誰が信用するだろう？　ベデリアの脳波網への貢献は、つねに一種の宇宙的な浮かれ騒ぎであった。

　そして彼女はいまや織りこまれていた。ピンク色してピリリと刺激的、神秘的な幽霊、シナモンクッキー、いつまでも子供をやめない狂えるアニマ。プラッパーガイストにしてポルターガイスト、ラベンダー色の稲光はとりわけ彼女、赤いチョークで殴り描いたスケッチのような魔女《ウイッチ》に向けられたものだった。ベデリアには本当の肉体はなく、あるのはチョークで描いたスケッチだけだった。ベデリアの軽みはそこから生まれるのだが、他の連中にはそれを埋め合わす重みがあった。夏の稲光、壁の間のラベンダー色の稲妻、はしばみ色の火花がベデリアの目から飛ぶ。ベデリアこそ、もしかすると、原初の突然変異なのかもしれない——軽々しく生命を持ってしまった——重々しい規範は後からついてくる。

ホンドー・シルヴェリオがまだらに邪《よこしま》なユーモアと古来の高潔さを網に持ち込んだ。以前にこんなことを言っていた。「みんな忘れがちなんだが、最初のまだら服、最初のまだら緑の道化服は蛇皮だった。わたしたちは最初のユーモリストだ。突然あらわれて人を脅かす蛇、これこそ最高の悪ふざけ、枯れることなき冗談なんだよ」

そして今、語るには、「この誘発変異にとっても第一の象徴形式は必要なんだ。いいかね、そもその人格原型は二重人格だったが、最初の父親像の、高貴でユーモアあふれる半身は蛇なのだよ」

高貴な蛇とはホンドーのことだが、必ずしも地べたを這いずってはいなかった。

もう一度、ジム・バウアーは手術器具と水薬瓶と注射器を並べ、大きな両手で自分を投射した。バウアーは陽気な銅鑼、息の詰まる空の限界を打ち破るのに不可欠な傲慢と不正直の塊だった。バウアーは力だった、疑うなかれ。轟く聖霊だった。打ち砕かれた泉だった。稲妻だった。

彼は稲妻のように打った。

バウアーは目も眩むようなスピードと途轍もない力をこめて、妻のレティシアの顔を、鋭い賽の目包丁でひっぱたき、昏倒させた。レティシアは短い悲鳴をあげて倒れた。バウアーはいきなり深く切りつけ、身の毛もよだつ収穫者《ハーヴェスター》のしるしをつけたのだ。レティシアは真っ赤な血を流して白墨のように蒼くなった。一撃で即死したかもしれない。首骨が折れでもしたのか、顔は無力に垂れた。

危険だ！

でも、レティシアはそんなきつい危険を求めていたのでは？

倒れた瞬間、死の喘鳴をあげながら、同時に危険を求めつつ、レティシアは強力に編みこまれた。月色の乙女がありったけの、はち切れそうな灰色の情熱を持ちこんだ。だが、血が流れた瞬間、レティシアは打ち砕かれて死んだ。みなが彼女のかけらを受けとった。えぐりとった顔のかけら、いちばん皮膚に近い脇の下のリンパ節に差した注射針、太腿のすり傷と種痘の跡は、すべて血まみれの贈り物だった。そうなるはずのものだ。

アルーエット・マニオンは冷静かつ優雅に、熱情を愛する冷たい情熱をもって網に加わった。アルーエットは刃を愛していた。針を愛していた。サディスティックに刃物をふるった。アルーエットは斬りつけ、えぐりとった。冷酷に流血を熱愛していた。「かつての外科床屋は正しかった」アルーエットは夢見るように呟いた。「患者には血を流させろ、どんな患者でも、どんな病状だろうと！　もちろん患者は弱って死んじまう。だが、外科床屋の魂は何より満たされるのだ。こいつはいい、こいつはいいぞ！」アルーエットのとことんまで突きつめた優美はいささか優美とは言いがたかった。

ウィング・マニオン、クレーの描くまだらな魚、聖なるセックス・シンボルが水面下の興奮の大波に乗り、泳いで網に加わった。マニオンは世界の下の海に住んでおり、頭と脇腹と太腿の傷から血ではなく太古の魚性の漿液を流して蒼白になった。おお、バケツいっぱい流したとも。体内にたっぷり蓄えていたのだ。

「こいつはごく単純な仕組みだ」ジム・バウアーが銅鑼声で説明しつつサルツィー・シルヴェリオの頭に血まみれの、強烈な、目も眩むような一撃を加えると、彼女はばったり床に崩れた。バウアーの言葉の力は意味にではなく、その轟く銅鑼の音にこそあった。「全員の漿液と組織標本はすでに採取済みだ」バウアーはだみ声のライオンよろしく吠えた。「それに小さな肉片、ひとかけらの神経繊維、いろんな体細胞のサンプルも。そいつを混ぜ合わせた生の肉汁をこしらえ、突然変異したウジ虫とイモリの細胞を加える。肉汁に高圧電流と高周波をかけ、ありとあらゆる光線を浴びせ、ストレンジ粒子で爆撃し、魔法の呪文を唱えてやる。『突然変異しやがれ、この間抜け野郎、変異しろってば』。おたがいの肉汁を半分わけて、残り六人で分配する。そうすると全員が自分のものをほとんど取り戻すが、そこにはみんなが少しずつ入ってる。肉汁、漿液の中には一ダースもの引き金があてる。そいつはおれたちに再侵入する。そして体内で細胞爆発を引き起こす。体内のちっぽけな細胞に変異を起こし、その共生関係においても変異する。全員が三つの傷を荒々しく作り、そこから漿液を受け入れる。ほら、痛みは格別じゃないか？　アルーエット、また気絶したのか？　なのにこれが好きだって？　漿液には中毒性がある。知られるかぎり、もっとも苦しい中毒だ。何も傷つけはしないが、苛むのだ。全員にその痛みをめいっぱい感じて欲しいんだよ。

え、まだ二人も意識があるのか？　おれと同じくらい強い人間が二人もいたのか？　男たちはみんな倒れたのに、まだ頑張ってる女が二人いる。ベデリア、おまえには驚かされたよ！　まさかおまえが頑丈なほうだったとは」

今やベデリア・ベンチャーはそれほど頑丈ではなかった。激しく痙攣し、ピンク色の髪は紫に変わっていた。血を一リットル近く失っており、アンモニアの蒸気と真鍮の球体が発するラベンダー色の光線のせいで目が眩んでいた。だがまだ意識はあった。

そしてサルツィー・シルヴェリオはまちがいなく意識を保っていた。口は動いているが、言葉は出なかった。唇は二重螺旋の動き、蛇の口の動きにも見えた。胴震いしていた。その目は怒りと邪悪な笑いの両方で輝いていた。

サルツィーは、頭を殴られて傷が開いても、昏倒はしなかった。いつだって最後まで諦めないのだ。彼女は意識を保ち、ぎらつく目で睨んだ。痙攣する唇から舌をチロチロ出してみせた。サルツィーは螺旋状の情熱そのものだった。

ジム・バウアーはよろめきながらも、すでに苦痛の彼岸を越えつつも、壁のコックをひねって相当量の毒ガスを部屋に放出した。これで全員が三十分間意識を失うはずだ。

バウアーは最後の力をふりしぼり、暗闇あるいは紫闇に包まれる前に、必死で立ちあがった。できるだけ長いあいだ苦痛と傲慢と憎悪を味わいたかったのだ。床に倒れている六人の仲間たちの体をわざと踏みつけ、贅沢に急所を踏みにじった。サルツィー・シルヴェリオの力強く、しなやかで、蛇の強さを備えた体を、胃袋を、胸を、喉頸を踏みつけたが、そのあいだもサルツィーは誇り高き蛇のまなざしを憎悪に光らせていた。それからバウアーは最後の痙攣を起こして崩れおち、ウィング・マニオンの固い魚体の上にどしんと倒れた。

サルツィー・シルヴェリオは瞬膜を、蛇のまぶたを閉じたが、それでもなお霧に包まれたようにおぼろな視界で見つめ、意識にかじりついた。そして脳波網自体は完全に意識を保っていた。

全員ほぼ同時に目を覚ました。ホンドー・シルヴェリオが窓を開け、空気を入れ換えた。気を失っているあいだに、空はうっすらと明け初めていた。もちろん、全員が新しい人間に生まれ変わっていた。彼らは変異したのだ。これまで以上に強い絆が結ばれ、これまで以上に強力に世界を支配していた。空を打ち破り、頭上を遮るものは何もなかった。

外からは乱れてみっともない面々に見えただろう。だが新たに生まれた七面体の複眼に映る姿はそうではなかった。

「あたしたち、大丈夫?」サルツィー・シルヴェリオはちょっぴりかすれた声で言った。なんといっても、ビッグ・ジム・バウアーに喉を踏みつけられ、踵で踏みにじられたのだから。でも、たとえ相手が象でも、サルツィーを本当に傷つけられはしなかったろう。もちろんいまや新しい人間に変異した彼女を傷つけることなど誰にもできない。

「ああ、おれたちはみんな大丈夫だ」とジェームズ・バウアーは言った。「ただしレティシアを除いて。ああ……彼女は死んでしまった。まあ、こうなるんじゃないかと思ってたがね」

「ねえ、それってちょっと恐ろしくない?」ベデリアが鋭く突っ込んだ。

「おれたちは全員、もはや恐怖を完成させている」とバウアーは吠えた。「言葉の正しき意味において。おれたちは自分自身への畏怖に包まれ、畏怖を引き起こす存在となったのだ」

「ええい、戯言はいい加減にして!」ベデリアは怒りを爆発させた。「あなたの奥さんは死んだのよ。ぼんやりしてないで目をさましなさい。まずひとつには法的な問題がある。わたしはあなたがレティシアを殺したと思う。頭蓋骨を叩き割ったのよ、あの強烈な一撃で」

「ああ、かもしれん、かもしれん。そうだ、たしかにおれの仕業だな。でも、たいしたこっちゃない」

「たいしたことないですって？」

「あたりまえだよ、ベデリア。どうやら、まだ昔の名残があるようだな。完全に変異しきってないんじゃないのか。そう、おれはすぐにでも新しい女房をもらえるし、今すぐにでもそうするつもりだ。法律面について言うなら、まだわかってないようだが、おれたちはもはや法やらなんやらすべてを支配する存在になっているんだ」

「ううん、そんな話は聞いてない」ベデリアは抗議した。「あたしは恐ろしいことだと思うわ」

「恐怖の隠し味で、スープにもこくが出るわよ、ビディー」とサルツィー・シルヴェリオが慰めた。

「スープ・ボウルの中で怪物と斬り合うのって楽しくない？　あたしは新しいやりかたが気に入ってる。傲慢と憎悪ってやつが好きになりはじめてる」

「ビディー、きみと結婚してもいいんだよ、今この場で」とバウアーは言った。「だが、それじゃあ脳波網が拡張されないし、おれはもう一人ぶん拡張すべきだと思う」

「あたしと結婚！　それだけはありえないわね、究極の豚野郎が！」とビディーは罵った。

「ありえるんだよ、ベデリア。おれたちはもはや個人じゃなく、お互い同士のものになっているのだ。だが、それよりは網を一人ぶん拡張すべきだろう。レティシアはまだ網の中にいるからな。まだ存在を感じる。まだレティシアに話しかけられる」

そのとおりだった。レティシア・バウアーはまだ脳波網の中にいた。打ち棄てられた場所で、灰色の泣き声が聞こえた。月色の痩身を感じた。

「死人を何人か脳波網に入れとくのも悪くない」とバウアーはつぶやいた。押し殺した雷鳴のようなつぶやきだった。「死人が何人かいると、コミュニケーションの視野はより幅広くなる。誰がいちばんいいかな？　ふうむ、まずは結婚を片づけて、それから殺人に行くか。そう言や、表を女の子が歩いてるな」

ジム・バウアーは表に出かけて娘の手をとった。そのまま家に引きずると、娘は困った様子でついてきた。「よし、おれたちは結婚した。おまえの名前は今からレティシア・バウアーだ。そこに死体がある。この女みたいになるんだ。命じるぞ、この女そっくりになれ！　おれたちには逆らえない。今やおれたちが世界の意志なのだ。彼女に似てこい。もっとだ。だいぶ近くなってきた、でももっと。そら、強制だってできるんだぞ。よし、そんな感じだな」

そんな感じどころじゃない。完璧だった。新しい女の子はいまやレティシア・バウアーそのものだった。娘は二十歳ばかり年を取らねばならなかった。肌を月色に、髪を灰色に変える必要があった。体重も七キロばかり減らさねばならなかった。だが新たに変異を遂げた主人たちに命じられたなら、やらねばならない。

「古いのを裸にしちまえ、ウィング」とバウアーは命じた。「両方とも裸にしろ。それから新しいのを血まみれにして種痘を植えて脳波網に導いてから、服を着せろ。こいつも簡単に変異できるし、古いレティシアも手を貸してくれるだろう。ホンドー、死体を片づけろ。どこでもいいから埋めちまえ。誰にも見られやしない。見られたって、誰も邪魔しない。今や新しい人間になったおれたちを邪魔する奴はいないんだ。アルーエット！」

「なんの用だ、バウアー。おまえに命令されるいわれはないぞ。わたしもおまえ同様、変異して主人になったんだ。ここでは先に立つ人などいないのだ」

「もちろんいないさ、アルーエット。おれたち全員が一人の人間になったんだからな。だが、その一人はおれの口を通して喋っている。アルーエット、もう一人肉体を失えば、この脳波網はさらにバランスが取れるとは思わんか？　ある意味、死はおれたちの交わりをより濃密にする。死んだレティシアはずっと近くなっただろう？　生きていたときよりもはるかに近くな。もう一人、どうだ？」

「たしかに。よし、四五口径を渡してくれ、ジェームズ。わたしがやろう。ホンドーだな。だから死体を捨てさせたんだろう？」

「いや、おまえ自身だよ、アルーエット。それに四五口径はおれが使う。誰だって、自分を撃つとなれば手元が狂うものだからな。まかせとけ」

「やめろ、ジム、ダメだ、やめろ！」アルーエット・マニオンは部屋から走りだし、生け垣を跳び越えて姿を消した。

「じきに戻ってくる」とジェームズ・バウアーは言った。「でなきゃ、後で殺しに行けばいい。はじめのうちは、ヘマも仕方ないさ。なんといっても、変異してからまだ数分しかたってないしな。今夜は朝まで休憩するとしよう。第一の始祖的父親像が七日目にやったみたいにな。なんたって、おれたちははるかに巨大な達成をなしとげたんだ。今やおれには新しい妻が、あるいは新しい外観をまとった古い妻がいて、これから血まみれにして床入りしなきゃならん。いざ去れ、収穫者《ハーヴェスター》の友よ。いずれにせよ、おれたちはつねにつながっている。今では一人の人間なのだ」

「ビディー、町まで乗せてあげるわ」とウィング・マニオンが言った。「アルーエットは走りまわらしときゃいいわ。その気になれば、いつだって見つけられるんだから。今では一人の人間なんだもの。あいつは昔から臆病者《イエロー》だった。それが変異して、黄土色になったわけ。ビディー、ジム・バウアーが殺そうとしたら、今度は土気色になったでしょ？　ねえ、これってとっても興奮しちゃう。変異とか変態とかそういうこと、そう思わない、ビディー？」

「興奮するかも。でも、思ってたほど楽しくはないわね」

「あら、妙な気分よ、ビディー。新しく力強くなるとかっていうのは。たぶん原初の粘液が、大気中のアンモニア蒸気とか周囲を飛び交う強力な光線のせいで、インチキで生命を持っちゃったときも、最初にそう言ったと思うわ。『ああ、妙な気分だ』、きっとそう言ったはず」

　フレディ・フォーリーはボスのタンカースリーの前に立っていた。珍しく優しい言葉をかけられた。

「今日はいい記事を二本も持ってきたな」とタンカースリーは言った。「ときどき、自分でもなんでおまえをクビにしないのかと思うが、結構いい記事を書いてくるからな。ミゲルの記事には本当に気持ちが入ってる。奴の内側に入りこんだ文章だ。それにしても、おまえは本当に信じてるのか？　ミゲルの運動にはずみがついて、ますます過激な運動になって、その流れを止めることができず、じゃなきゃ止めようともせず、世界が転覆しそうになっても、気のいい子供のままでいるって？　わたしにはそんな力があるとは思えないがね。大きく転がりだす運動もあるかもしれん。ネジくれたスモモの木も、次の年には血の果実を実らせるかもな。それから二番目の記事もいい仕事だ。とはいえ記者の法典第一条に違反してるがな」

「どういうことですか、タンカースリーさん。すべてオクレア本人から直接得た情報ですよ。それに割り引いて聞くべきと思った部分はちゃんと割り引きました。ぼくが何を違反したというんです？」

「名前の綴りをまちがえとる」

「まさか。他の綴りなんかあるわけない」

「オクレア（O'Claire）じゃなくてオークレア（Auclaire）だよ。アイルランド系じゃなく、フランス系だ。悪いな、フォーリー、完璧な世界ならみんなアイルランド系なんだろう。だが、この不完全な世界ではそうじゃない。オークレアだ」

「そいつはヘマでした。じゃあパトリックについては何かご存じですか？」

「ほとんど何も知らんな。なんかの結社か支部だろう。ベイカー街遊撃隊［シャーロック・ホームズの助手をつとめるストリートチルドレンたち］みたいなもんで、自分たちでは本気でやってるつもりだ。ロサンジェルスのインチキ療法士から盗んだ秘儀だかなんだかをやってるらしいな。称号なんかもあるらしい。なんならそっちを取材してみるか？　オーヴァーラークの追及さえやめれば、何をやってもいいぞ」

「ぼくはこれっぽっちもオーヴァーラークの記事を諦めてないですよ」

「じゃあ、今度こそ諦めろ。じゃないとおまえのクビが飛ぶぞ」

フレディは死体安置所で写真を何枚か借りてきた。他にもあちこちで何枚か集めてきた。盗まざるを得なかったものもあった。フレディはその写真をマイケル・ファウンテンの家に持っていった。マイケルは悩んでいる様子だった。

「フォーリー、しばらく前に儀式殺人があった気がする。まちがいない。悪徳にふけってる我々共通の友人から伝わってきたんだ。向こうがわたしを読んだときに、こちらも向こうを読んだ。あいつらはレティシア・バウアーを殺した。殺したのはわかってる。ところがその直後、事件はもみ消されてしまった」

「その件ならぼくも少しは知ってます、ファウンテンさん。しばらくして、結局彼女は無事だったと知らされました。それできれいさっぱり忘れたんです。実はうかがったのはカーモディ・オーヴァーラークに関して、見てほしいものがありまして」

「ついさっき、レティシア・バウアーと電話で話したよ」とマイケル・ファウンテンは続けた。「レティシアは全然無事じゃない。彼女もそう言っていたよ。ひどい頭痛に悩まされているとね。レティシアの言うには、おかしな実験が失敗して酷い目に遭ったんだそうだ。殺されたと心配してくれたのは嬉しいですが、生きてますからご心配なく、今は万事快調ですわ、ファウンテンさん。もうじき自分たちも正気に戻りますから、そうしたら訪ねてきてください。ううむ、フォーリー、わたしにはどうしても納得しがたい。ひょっとしたら非常に強力な力で儀式殺人を投射しただけなのかもしれん。きみの友人たちはひどくたちの悪いいたずらをやるからね。ああ、カーモディ・オーヴァーラークの件なら、喜んで見せてもらうよ。収穫者《ハーヴェスター》どもの件を忘れられるならなんでもいい」

「写真です、写真なんです」フレディはテーブルに写真を広げた。「写真が二束あります。どちらもカーモディ・オーヴァーラークのものです。こっちの山は二年以上前のカーモディの写真。もう一つはこの二年以内に撮られたものです。じっくり見て、同じ人物か確かめてください」

マイケル・ファウンテンは、じっくり写真を調べた。

「ふむ、どの写真もよく知っているが、二枚だけ見覚えがないな。どっちもピンボケだ。うむ、フレディ、すべてカーモディ・オーヴァーラークの写真だな」

「それはわかってるんです。でもこれ、全部同じ人物でしょうか？」

「違いがあるのかね？　一見してすべて同じだ。ただし、わたしに向かってそういう質問をしたのはきみが二人目だよ。どうしたらこれがみなカーモディ・オーヴァーラークでありつつ、同じ人間じゃないことがありうる？」

「説明できません」

「同じ質問をしたもう一人も説明できなかった。わたしだってときには謎かけをするが、基本的にはほのめかしは嫌いだよ。フォーリー、少々引っ張りすぎじゃないかね」

フォーリーの顔の脇、視野のすぐ外のところを、絹よりも細い糸が流れていった。フォーリーは振り払いたくなる誘惑に逆らった。蜘蛛の糸を感じるのはこれが二度目だった。

「ファウンテンさん、カーモディについて訊ねたもう一人というのは誰ですか？」

「言うつもりはないよ。いずれにせよ、きみは知らない人だ」

「でも、ぼくは会いたいんです」

「教えるつもりはない。彼はわたしを信用して内密に訪ねてきたんだからね」

「ぼくだってあなたを信用して内密に名前を訊いてます」

「いや、きみのことはそれほど信用してるわけじゃない」

「ファウンテンさん、パトリックには目に見えない使い魔、プラッパーガイストがついていて、守ってくれているというのは本当ですか？」

「ああ、そうらしい。ただし、バグリーの透明犬は目に見えるがな。わたしは見たことがある。ただ目を凝らすだけでいい。しかし、どちらかといえば、あいつは犬というより猿みたいだが」

「そして、再帰者もやはり彼を守ってくれる使い魔を従えていて、そいつらはひそかに活動してると？」

「そのとおりだ。きみね、あまりカーモディ・オーヴァーラークのことをつついてると、いずれ殺されるか監禁されるぞ。なぜかは知らないがね。それほどの重要人物とは思えないんだが」

「ファウンテンさん、昔のカーモディ・オーヴァーラークと今のカーモディとが同一人物かどうか、知っている人がいるとしたら誰ですか？」

「彼の奥さんに訊いてみたまえ」

「それは思いつかなかった。ありがとうございます。訊ねてみます」


その晩、フレディ・フォーリーはビディーが顔を出さないかと〈粗忽者ラウンジ〉に向かった。問題は解決していなかった。公理によれば、同一物と等しいものはそれぞれ等しいはずである。だが、その公理自体がまちがっていたら？　最近のオーヴァーラークの写真はカー・イブン・モッドの、そしてカー・ハー・モッドの顔と同じだった。そして最近のオーヴァーラークの写真はそれ以前のオーヴァーラークの写真と同じだ。ならばなぜ以前のオーヴァーラークの写真はカー・イブン・モッドやカー・ハー・モッドの顔と同じじゃないんだろう？　同じはずだった。だが同じではなかった。

論理が通らないときには、何か別の理屈が要る。だがフレディには思いつかなかった。どうしても思いつかない。人を他でもないその人にしているもの、それがここでは壊れているのだった。

そのとき〈粗忽者ラウンジ〉に飛び込んできた男は思いもよらぬ相手だった。それはオクレア、いや違う、オークレアだった。

「フォーリー！」小麦色の肌をした男が叫び、狂ったような勢いでフレディを摑んだ。「あいつが逃げ出した！　泉から逃げ出したんだ！　世界に解き放たれてしまった！　この町に解き放たれてしまった！　どこにいる？　あんた、知らないか？　あいつはあんたに惹かれてるらしい。答えてくれ、フォーリー！　しゃきっとしろ！　これは大事なことなんだぞ。世界が食われちまう！」

「何を言ってるのか全然わからないよ」フォーリーは戸惑ってつっかえた。「オークレア、こんなところで何してるんだ？　山上の嘘吐きの帰る場所はここじゃないよ。何を探してるんだい？」

「泉の生き物だ。触手の代わりに蛇を生やした七本足の生き物だ。あいつ、い、い、い、い、いま、い、い、いったと言ってるんだよ！　あんたの住んでるこの街に！」

「頭がおかしいよ。昼間は楽しく狂ってた。でも今はあきらかに度が過ぎてる」

「フォーリー！　おれの言うことを聞け。そこにいるぞ！　こっちに襲いかかってくる！　忌々しい世界食いの、歩く触手がそこにいるのに、誰も殺そうとも捕まえようともしない！　そいつは生き物の一部だ。一匹の蛇だ！　巣穴へ帰れ、蛇よ、このおれが追いかえしてくれる！」

「あたしは巣穴になんて戻らないわよ！」ビディー・ベンチャーが火花を放った。というのも彼女こそ世界を食らう歩く触手だったからである。「今や全世界があたしの家なんだから。ええ、もちろん、あたしは蛇よ。だからどうだっていうの？　あたしは変異を遂げたの。成長し世界を受け継ぐ者の一部なのよ」

「あああーっ、じゃあ遅すぎたのか」オークレアはうめき声を出し、火が消えたように力をなくした。

「フレディ、わたし怪我してるの」ベデリアは顔をしかめた。「頭のターバンはお洒落で巻いてるわけじゃなくてよ。でも明日かあさってには額に輝く収穫者《ハーヴェスター》のしるしをお披露目できるはず。フレディ、こちらあなたのお友達？　あなたって本当に楽しいお友達がいるのね」

「きみもじゃないか。ビディー、こちらはオークレアさん、ペコスのパトリックを務めてらっしゃる」

「あら、パトリックなら前にも会ったことあってよ。あたし、パトリックはみんな大好きなの、でしょ、フレディ？　あなたもバグリーさんにお会いになったら？　彼はタルサのパトリックよ」

「生き物よ、檻に戻ることを拒むのか？」オークレアは身を震わせながら訊ねた。

「檻に戻るなんて御免こうむるわ。そもそも戻る檻自体ありゃしないし。それからあたしを〝生き物〟呼ばわりしないで、ちっぽけな蛇捕り風情が。あたしはいまや創られざる恍惚のエキスなのよ」

「巣まで追い返せるかもしれん、と思ってた」オークレアはうめいた。「でもどうやらおれは遅すぎて、あんたらはかけらに分かれちまった。そうだな、おれはこれから地元のパトリックと会って、善後策を考えるよ。おお、神よ我らを助けたまえ！　生き物よ、なぜ神の定めるまま、泉の中でじっとしてなかった？」

「いいえ、あたしたちは泉から出てない」とベデリアは抗議した。「泉のほうが出ていったのよ。ああ、もう泉の中の生活はすっかり忘れてしまったわ。まるで別の人生の話みたい。でも、これからはあたしたちが新しい泉を作る。新しい噴泉を作るのよ」

　オークレアは二人を置いて去った。うちひしがれて、すっかり火が消えたようになっていた。

「今夜、きみたちの寄り合いでレティシアを殺したかい？」とフレッド・フォーリーが訊ねた。

「ええ。フレディ、なんで知ってるの？　でもちょっとのあいだだけよ。その件は始末をつけたわ。どうやったのかは忘れちゃったけど、彼女はもう大丈夫。そして今じゃ死せるレティシアと生けるレティシア、両方とつながってるんで、ひとり数が増えたというわけ。あら、でも変異前の人にそんな話をしちゃいけなかったんだ。フレディ、話題を変えましょうよ」

「わかったよ。ビディー、カーモディ・オーヴァーラークについては何か聞いてない？」

「あら、すっかり忘れてた。なにが重要なんだっけ？　あたしのほうがずっと重要人物なんだけど。いまや変異して優越した存在なんだから。ああ、そういえばいくつか笑える話を聞いたような気がする。あなたは何を知りたいの？」

「ここ一、二年で、彼に妙な特徴が加わりはしなかったかと思ってね」

「ええ、あるわよ。ネズミを飼ってるの。それにバケツの水に顔を突っこんでる。どっちも以前はやらなかったことね」

「バケツの水に顔を突っこんでる？　ビディー、今訊ねてるのはぼく、フレディなんだよ。ぼくら、友達じゃないか。バケツの水に顔を突っこんでるってどういう意味？」

「だから、バケツの水に顔を突っこんでるって意味よ。いつもオフィスには水の入ったバケツがあるし、出かけるときにもいつも持ち歩いてるわ。なんでそんなことするのか知らないけど」

「他には？」

「カーモディに関しては、ノー。あなたについては、イエスよ。さっき手に入れた新情報があるの。あたしは今や超越的優越的存在でいくつもの心を自由に旅することができるもん。あなたは今夜この街を出て行くことになる。ええと、空港にあなたを殺そうと待ち構えてる男が一人いて、バス停にも一人いるわ。もし街にとどまるつもりなら、そこで殺そうとする男がもう一人いる」

「いやはや、出て行けば殺されるし、行かなくても殺されるのか。ビディー、今夜、額の深傷以外に、傷つけられた場所は？」

「脇腹、脇の下、リンパ節の近く」

「それ以外は？」

「左の太腿よ」

「どうもおそるおそる座るなあと思ったんだよ」

第六章　使われざる力の復讐

発掘される都市には共通のパターンが存在する。底から順番に三つの都市が、建物や工芸品が進化していきながら積み重なっているのが発見される。都市の上に別の都市、そして完全に破壊された都市。その上には進歩してゆく三つの都市と、完全に破壊された第四の都市がある。

だがしかし、この一般的周期が、単なるしくじりあるいは周期の中断だという可能性もある。ごく希にだが、全七都市の周期も存在している。レロス島、ラフ・ドーグ、アンコール・コング、チチェン・ティカルなどである。これらの都市では最初の三段の進化する都市のあと、四段目、あるいは「混乱期」の層からは矛盾しているが豊かな価値を持ち、断片的だが破壊要素を含む、壮大な基礎が出土する。その上には、いずれの場合でも、第五番目と六番目の都市があり、これは達成度においてもそのバランスにおいても予告するものにおいても、ただ素晴らしいと言うよりない。その上には第七の都市の基礎だけが残っている。それはわずかな残存物だけからでも、圧倒的にユニークな存在である。

いずれの場合でも、最後の都市（は完璧だったので）すべての石組みや住人ともども天国に昇天したという伝説が残っている。


——アルパッド・アルティノフ『歴史の裏口』

「なわけないじゃん、チャーリー、おれたちがしくじるなんて、んなわけないじゃん」酔っぱらいの若者が隣の酔っぱらいに話しかけていた。これはこの日の流行言葉らしい。「なわけないじゃん、チャーリー」と別の女が隣の女に話しかけていた。

「しくじるわけないじゃん」とフレディ・フォーリーは言った。「まだフケる手は残ってる。ビディー、そのまま座ってぼくを待つふりをしてて。じゃあまたいずれ、またどこかで」

「気をつけてね、フレディ、かわいいどんぐりちゃん。あなたは空港行きのリムジンバスに乗るけど、空港ではあなたを殺そうとする奴が待ちかまえてる——でも、なんでわざわざ警告なんかしてるのかしら？　あなたたちは変異前の人類に属してて、あたしはとっくにそんなもの乗り越えてるっていうのに」

「きみはやぶにらみの美人だよ、ビディー、そして熱に浮かされてて、数週のうちに死ぬ。ほら、ぼくにも予言できた」

フレッド・フォーリーは角を曲がって、発車間際の空港行きリムジン・バスに飛び乗った。運転手とは友達だったので、フレディは後部の荷物置き場に潜りこんだ。そう、フレッド・フォーリーはまちがいなく空港行きリムジン・バスに乗っていた。

途中、古ぼけた高架橋をくぐる薄暗い立体交叉があり、フレッド・フォーリーはそこでリムジン・バスから転がり出た。先史時代から荷馬車業をいとなんでいる小さな店があり、フォーリーは店に素早く入って素早く出た。

このあたりを旅客列車が走っていたことを覚えている人はいるだろうか？　最後に乗ったのは誰だったのだろう？　さてここには奥深い秘密がある。この先史時代の化け物はまだ死んでいなかったのだ。旅客列車こそ走っていないが、カンザスシティー行き夜行には一両だけ二等車両が連結されていた。フォーリーはそれに乗りこんだ。誰一人、化石のひとかけらすら、その姿を目撃しなかった。午前一時のことだった。二等車両の客は他に五人だけで、そのうち四人は化石だった。五人目は何やら話したげな様子の内気そうな男だった。

フレディは鞄から本を出した。わざと眠くなるような真面目な本、ジルソンの『絵画と現実』を選んだのだが、本には偽のカバーがかけられていた。『趣味と実益を兼ねた金庫破り』、『楽しい放火』、『スカンクの育て方』、『熱心なアマチュアの誘惑法』といった類のやつだ。この本のカバーは『一人でできる脳外科手術』だった。フレディは少し読み、うつらうつらしていたところ、誰かに袖を引っ張られて目を覚ました。五番目の男だった。

「先生、お休みのところ申し訳ありません」五番目の男は言った。「ですが、どうもお読みの本のことが気になりまして。わたしは開業医のユルゲンスと申します。もちろん脳外科の専門家ではないのですが、この職業にかかわるすべてのことに興味があるのです」

「オクレア、オクレア博士です。Oではじまるオクレアで、オークレアじゃありません」とフレディは答えた。「お会いできて光栄です」

「オクレア先生、ときどき、我々のような開業医のほうが、あなたがたのような才能あふれる専門医よりも広い視点で世界を見ているのではと思うことがあるのです」

「ええ、そのとおりだと思います、ユルゲンス先生」

「ただ先を続ける前に告白しておかなければ。実は、わたしは先日医師免許を剝奪されたんです。現在その措置の取り消しを求めて訴えを起こしています。わたしは何も悪いことはしていません。ただ、他と違ったやりかたをしたために処罰を受けたんです。もしこれ以上会話に付き合いたくない、とおっしゃるのでしたら結構ですが」

「いいえ、もちろんお伺いします」とフォーリー＝オクレアは言った。

「ありがとうございます。わたしは異端の論文を書いたために免許を剝奪されたんですよ。『前兆現象』というのですが、ご存じかもしれませんね」

「ユルゲンス先生、ぼくはその分野では少々遅れをとっているんです。よく言われますが、この職業は日進月歩ですから、追いつくだけでも一苦労で。たしかオフィスには一部あったはずです。帰ったらかならず読みますよ。で、どんなテーマでしたっけ？」

「大きな災厄、疫病の大流行、その他あらゆる種類の大いなる出来事の前には、必ず前触れとなる前兆現象があることを示したものです。ゴート族のローマ攻略の前年、リンゴの収穫が著しく落ちこんだことを思いだして下さい。トゥールの戦いの前年には、一部地域できわめて深刻なブドウの不作となり、アッティカにペルシア軍が襲来する前には、ザクロの収穫が平年を大きく下回りました。大がかりな軍事衝突と農作物の不作とを組み合わせも考えられます。栗とクレシー、キビとマルプラケ、トウモロコシとトゥールコワン」

「スイカ《ウォーターメロン》とウォータルーとか」

「オクレア先生、驚きました！　ずっと目の前にあったのに、今の今まで気づかなかったとは！　たしかに一八一四年はアメリカ、アフリカ、ロシアでスイカの収穫が劣っていたのです。よくぞ指摘してくれました」

「でも、お医者さんが研究するには少々変わった分野ですね」

「ああ、研究分野というわけではありません。一種のアナロジーとして歴史的な些事を拾ってみたんです。前兆現象は鉱物学の分野でも、文学でも、政治でも、天気にも見いだせます。もちろん、わたしの研究分野は医学における前兆現象です」

「ああ、それは興味ぶかいですね、ユルゲンス先生」

「オクレア先生、大いなる疫病の前にはかならず前兆現象があるのです。あきらかに無関係であり、つながりを見いだせず、それでも予言となるものが。前兆現象が起きたときには、翌年、きわめて深刻な疫病がほぼ確実に襲ってきます。もし正しく分析できるなら、大きな疫病の危機を免れられるでしょう。前兆現象は前もって、ときには一年以上前に観測されますから、世界的な警戒態勢が可能なんです。

たとえば、ある地域での髄膜炎流行の一年前には、口が乾燥して内口蓋に炎症を起こす人がごくわずか、ほとんど報道もされない程度出現します。その関係は証明できない……医学的にはまったく結びつきません。ですが偶然にしては頻繁すぎ、偶然ではありえない」

「ええ、ぼくもそれには気づいてました」とフォーリー＝オクレアは言った。「ただ、重要性を正しく認識していたとは言えませんね」

狂人と話すのを嫌がる人、田子作を相手すると退屈してしまう人、愚か者を遠ざけようとする人もいる。だがフォーリーはそんなことを厭う人間ではなかった。情報を集めるのがフォーリーの仕事だった。フォーリーはよく知っていた――賢者は言葉を惜しむが、馬鹿者はよく喋る。七人の賢者より一人の阿呆。どんな人間でも長く喋らせておけば、何かしら役に立つことを喋る。それに、とりあえず他にやることもなかった。

「さらに驚くべき例、というか偶然もあります」とユルゲンスは続けた。「インフルエンザの大流行が起きるときには（ウィルスの種類によって違いますが）必ずその二年前に異なるタイプの紅斑、または発疹が流行するんです。やはりその両者は医学的には無関係です。でも、そこには何らかのつながりがある」

「前兆現象、すなわち予兆が裏切られる場合もありますよね」とフォーリー＝オクレアは言った。

「疫病が起きるのは感染のせいですし、感染はいくつもの細い線の連鎖ですから、どこかで途切れるかもしれません。前兆現象が嘘をつく可能性もあるわけです」

「そう願っていますよ、オクレアさん。疫病を食い止めるのがわたしの任務ですから。ですが、これまでのところ、前兆現象が嘘をついたためしはありません。実は今、きわめて恐ろしい予言をくつがえすべく努力しているんです。この訴えを首都へ届けるつもりです。これが本当になってしまうなら、前兆現象は超自然的現象だと言わざるを得ません。それはどこかこの世のものではなく、本物の予言で、未来は変えられないという意味なのです。わたしは個人的にこの前兆現象と戦っているのです。それにしても、こんなちっぽけな水疱が！

　指のあいだですよ、オクレアさん。付け根のところです。ほんのちょっぴり痒くなって、それで終わり。気づく人、医者に行く人は百人に一人もいません」

「先週、そんな痒みがありましたよ」とフォーリー＝オクレアは言った。それは事実だった。水疱があったのだ。

「オクレア先生、まさに先週、この国の半分の人に症状があらわれたのですが、みんなはもう忘れてしまったのです。あまりに完璧に忘れ去られているので、過去の記録があることが不思議なくらいです。それはたしかに記録されているんですが、ひどく出鱈目で唐突なので、奇跡みたいにも思える。ボッカチオは書いていますし、デフォーも記録しています。ウィルシャー年代記には二ヶ所で触れられている。どこを見ても、それが来る一年前に、指のあいだの痒みがあったことがはっきり記録されているんです」

「それ？　それとはなんです、ユルゲンス先生？」

「ああ、黒死病ですよ。そいつは今年訪れるでしょう。もちろん。わたしが連邦政府を説き伏せて、食い止める手を打たせれば別ですが。それがどんな手なのかはわかりませんが。では、おやすみなさい。そろそろ時間になりました。ご存じ自然のサイクルです」

「へえ？　なんのサイクルですか、ユルゲンス先生？」

「三十四時間の、自然のサイクルです。長い旅に出ると、いつもそのサイクルに入ります。なぜ夜になってもベッドに行きたくならないときがあるのか、知りませんか？　あるいはなぜ朝になってもベッドから出たくないのか？　ほんの数千年しか経ていないサイクルに身体を合わせるほうが、そもそも無理なんです。我々がどこで生まれたのかはわかりませんが、いずれにせよこの惑星ではありません。それは一日三十四時間に相当するサイクルを持つ、どこかの惑星なのです。このことは、我々の本当の故郷を探す上で大きなヒントになるでしょう。明後日にでも、その探索に取りかかるつもりです。おやすみなさい」

「ちょっと待った、ユルゲンス先生。それは科学的には異端ですよ」

「オクレア先生、異端とは忘れ去られた真実の復讐だともいいます。わたしとしては、怪物の出現や怪物的運動体は、使われざる力や可能性、我々の内なる、いまだ触れられていない活力の復讐なのではないかと思うのです。今年は怪物にはいい年になりそうだ」

　ユルゲンス医師は座席に戻り、いびきをかきはじめた。フォーリーもやはり列車の中でしか味わえない浅い眠りに落ちた。ただし、今回フォーリーの眠りには特別な要素が加わっていた。脳波網に触れられた者は、一人でいびきをかくことも夢見ることもできない。脳波網の渦にまかれながら夢見るのだ。

今宵、脳波網は（それを支配しているのは変異を遂げたジム・バウアーの精神だった。残りのメンバーはみな疲れ果てていた）人を殺すか、自殺を仕向けようとしていた。ジム・バウアーと脳波網は、選んで憎悪を向けているようだった。すでに一ダースも殺していた。今十三人目を殺そうとしている。「ぼくなら殺さなかった人もいるな」フレッド・フォーリーが独り言をつぶやくと、脳波網がこだまを返した。「中にはすごく素敵な人もいたし、ジム・バウアーよりずっと立派な人もいた。ああいう人たちを殺しつづけてたらひどく偏った世界になってしまうよ」

十三番目の男はこの世から旅立ちたいなんて思ってなかった。男はテーブルに座って、紙に書き殴っていた。**俺は自殺なんかしない。そんな理由はないんだ。これは夢みたいに馬鹿げてる。たとえしたくなったって、銃なんか持ってないし。目の前に銃があるが、これはどこから出てきたんだ？　でも銃の撃ち方なんか知らない。生まれてこのかた銃なんて撃ったこともない。ああ、そうか、たった今銃の撃ち方がわかったぞ。**脳波網にはたっぷり圧力がかかっていた。氷のような優さ、緑色にまだらなユーモア、螺旋状の情熱、シナモン色で瀕死の、死せるレティシアが洩らす灰色の嘆き、途切れ途切れの眠りの中で自分はいったいどんな生ける悪夢に呑みこまれたのかと思っている生けるレティシアの危機感。クレーの描く魚とコミカルな死の喘鳴、泉から逃げ出して世界に解き放たれたオクレアの蛸、警戒するパトリックたち、どうやらはじまりつつある世界の第三段階とが織りなす圧力が。

脳波網自体もどう読めばいいのかがわからなかったのが、最近触手に触れられてつながった二人の若者だった。夜中に起きた国境での激しい戦闘では本物の血が流された。襲撃の失敗でミゲル配下の十三人が死に、それに代わって三十人が新たに加わった。それだけのことが頭の中で起こっていながら、おちおち寝てられる者がいるだろうか？


フォーリーはやむなくカンザスシティーで列車を乗り換えた。フォーリーは電信局に行った。いやいや、こんなことを電報では送りたくはない。そこでタンカースリーに電話をして叩き起こした。フォーリーはたった今死亡あるいは自殺した著名人十三人の名前と職業を伝えた。

「それは事実だと誓えるか？」とタンカースリー。

「誓いますよ、タンク」

それから国境付近での血なまぐさい騒ぎの目撃証言を伝えた。

「フレディ、そいつが起こったのは確かなのか？」

「ほとんどは。残りはこれから起こります。終わるまで待って印刷するなんて馬鹿馬鹿しいですよ、どうせ起こることなんだから。ぼくを信じてください、タンカースリーさん」

「フレディ、おまえはどこにいるんだ？」

「カンザスシティーです」

「おまえの声、なんだか変だぞ」

「半分眠ってるんです。活字にしてください、タンカースリーさん、できるだけ早く」

そういうわけでタンカースリーは可能なかぎりのスピードで活字にした。もし誤報だったら一巻の終わりだった。だがそれは正しかった。すべてそのとおりに起こったのだ。

カンザスシティーで十一歳の娘をつれた母親が列車に乗ってきた。「しくじっちゃだめよ」と母親は言った。「なわけないいじゃん、チャーリー」と娘が答えた。すっかり流行語になっていた。すべてが完璧な瞬間、豊かに実った収穫のとき、値段もつけられない真珠が畑からざくざくと掘り出され、国も世界もすべて万事快調たる瞬間に近づいていた。急がなくてもいい、我々はもうすぐたどりつくのだ。失敗する危険性、最終的にしくじる可能性は？　大衆レベルではありえない。「なわけないいじゃん、チャーリー」とみなは言う。

フレディは二ページ読み、しばしまどろんで、気がつくと袖をひっぱられていた。青い目をした男だった（脳波網に触れられていたフレディは、いまや全身でものを見ることができるのだ）。

「おやすみのところ失礼。もしやあなたは我々の仲間ではないですか？」と男は青い目を輝かせて訊ねた。

「かもしれない。あるいはそうかも」とフォーリーは答えた。

「わたしは根の生えた男です」と青い目の男は言った。「古くさい〝最新〟流行とやらの名のもとに、自分自身の根っこを切ってしまう人もいます。そういう人間は、その瞬間に枯れ果ててしまいます。根茎状の根もどきが地面から伸び出してグロテスクに取り囲むのですが、そんなものには何も実りません。重みのない怪物に囲まれるなんて恥ずべきことです。自分自身の怪物性（もっとも大事なものです）は自分の中に留めおかないかぎり力を発揮できない。根を切り倒したり、切り離したりしてはいけない。自分の外で、有毒な、打ち棄てられた根が伸びていってしまう。お読みになってる本のカバーを見て思ったんです。滑稽な題名だけど、あなたは滑稽な人ではなさそうだ。それで考えたわけです、そんなカバーを本にかける理由が冗談以外にあるだろうか。もちろん、隠すために違いない！　本当は何を読んでいるのか、人に知られないようにするためだ。本は（実際には本ではないかもしれない）カバーに書かれた題名と関係しているとはかぎらない。そう推測したわけです」

「確定できないままの推測というのは魅力的ですね」とフレディ・フォーリーは言った。

「おそらく、あなたご自身の計画が書かれてるんでしょう」と青い目の男は言った。「そのことは話したくないかもしれませんね。わたしも自分の計画は話しません。ですが、発明家仲間に会えばすぐにそれとわかります。新発明を持ってワシントンに行くときはいつも、まあ年に二、三回はかならず仲間と出会いますよ。我々発明家というのは奇妙な種族ですな」

「ああ、たしかにね。我々は他の人とは違います」とフレディは言った。

「自分の発明の詳細はほんのわずかも明かすわけにはいきませんが、それが基本的には《衰弱機》だと言うだけなら問題ないでしょう」

「ではないかと思っておりました」

「とはいえ、わたしが単なるリラクゼーション・マシンを作ったとお考えなのでしょう？　いえ、もしそうなら、わが旅行はこれほど重要なものにはなりえません。もしそうなら、わたしは尾行されつきまとわれることはない。この客車にも一人、聞き耳をたて目を開いて何一つ逃すまいとしながら眠っている者がいます。奴は影です。誰かを監視してその後をつける任務を負っていますが、その誰かとはわたしに他なりません」

「あるいはぼくかも」とフレディは言った。

「たいていの発明家は自分の発明を過大評価する傾向があります。おそらくあなたもね。たしかに影の男はあなたのことを薄目で見ています、それは事実だ。ですがあなたを見ているのは、わたしを見ていないときだけですよ。まちがいない、あいつが尾行しているのはこのわたしです。わたしが手にしている機械は人類の歴史を完全に書き換え、何十年、何百年という時代をかき消し、新しいものを立ち上げてしまうような――いや、これ以上はお話できません。生命の危機が迫っているのでね」

「リラクゼーション・マシンを発明したくらいで生命の危機があるんですか?」

「お教えしましょう、これは単なるリラクゼーション・マシンではないのです。遠い未来には、人類はこの機械で死を免れることさえ可能になります」

「それは大変なことだ。でも、誰がその発明を食い止めようとするんです?」

「この機械抜きで、すでにその目的を達成している人々です。まちがいなくそういう人間がいるのです。全人類に福音が届くのを喜ばぬ嫉妬深い連中がいる。そうと信じる理由があります」

「ぼくは、むしろ頼んでもいない恩恵で人類が滅びるほうが怖いですね。構いすぎて子猫を殺してしまうように。熱心すぎる、親切すぎる連中をあなたの機械にかけて、衰弱させてやりたい」

「ええ、やりますとも。たくさんのことが季節外れに起きてます。しばらく氷漬けにしてやらねば。おや――もちろん今のは冗談ですよ。わたしの機械はそれとはまったく異なり、個人の自我と世界の自我とを統合する助けとなるはずなんです。おわかりでしょうが、〝衰弱機〟という名前は一種の暗号です」

「ええ、もちろんわかってますとも」フレッド・フォーリーはよく変人を引き寄せる。とはいえ客車にはたしかに影のような男がおり、青い目の発明家だけでなくフレッド・フォーリーを尾行しているようにも見えた。

線路は〈カンザスシティー・スター〉のメロディに合わせて詩を奏でた。

お金がたんまり、大麦もたんまり
平和もたんまり、みんなが王様
しくじるなよ、チャーリー
しくじりっこないじゃん、こんないかさま

実のところ、すべてがこれまでなかったほど素晴らしく思われた。スクリーンの裏側を覗きさえしなければ。「悪いニュース、悪いニュースを持ってこい!」とタンカースリーは息まいたものである。「近頃の記者どもはいったい何をしとるんだ? 誰一人、もう一版刷れるような悪いニュースを獲ってこないとは!」悪いニュースはもうほとんどなかった。二週間後には、人気の大統領が再選されるだろう。人々はこれまでなかったほど鋭敏に、親切に、幸せになっていた。すべてのもぐら塚が平らにならされた。世界は真っ平らに片づけられ、完璧な滑走路となっていた……何かが離陸するための。ふん、夜飛ぶコウモリが何羽かいたところで、ペットの水蛇《ヒュドラ》が何匹か泉の牢獄から逃げたところで、何回も生きている男が何人かいたところでどうだというんだ？　彼らにさらなる力を。そしてその夜が明け初めるころ、フレッド・フォーリー自身が良き場所にたどりついた。首都ワシントン、すべての問題が解決される場所だった。

「オークレア、あんたの生き物は逃げちゃいないぞ」バーティグルー・バグリーはうめき声をだした。「おまえさん、どうしちまったんだ？　目が一組しかついとらんのか？　いずれにせよ、もう泉に戻っとるよ。おれには見える。そもそも世界に逃げ出したってのが勘違いなんだろう」

「いや、バグリー、そうじゃない。今おれの泉にいるのは複製だ。奴がおれを騙すために置いていったものなんだ。奴はこの町に、そして世界に解き放たれてしまった。今では七人か八人だかの人間に断片化されているが、それでも統一性は保ってる。触手となるのは人間だ。昔からずっとそうだったんだ。おれたちはポリープの触手が運動体だと思いこんでた。共産主義とか世俗的リベラリズムとか危険な運動のことだと思ってたんだが、そいつが危険なのは危険な人間にとりついたときだけなんだ。フォーリーは連中の名前を全員知ってるが、おれの手をすり抜けちまった。名前がわかってるのは栗毛蛇女一人きりだ」

「栗毛蛇女なら心配いらんさ。おれはあの女には好感を持ってる。他の連中みたいにおれをあざ笑わなかったからな。ああ、おれは全員の名前を知ってるとも、オークレア。犬に命令すれば、今すぐにでも皆殺しにできる。だが、本当にそうすべきなのかな。かつて、我々はドラゴンと共に暮らしていた。いまさら潔癖症にならなくてもいいだろう。まっとうな城ならどこでも、屋根裏にドラゴンを飼ってたもんだ。まっとうな世界ならどこでも」

「こいつばかりは危険なんだ、バグリー。こいつはいまだかつて立ちあがらざるもの、何世紀ものあいだ解き放たれたことのないものだ。まずは子供から喰いはじめている。今朝だけで、まだちゃんと目もさましていないのに、十三人もの徳高く優れた人物を殺してしまった」

「オークレア、そのうち三人は殺す必要があったぞ。どっちの側についてるにせよ、それは認めにゃならん」

「しかもバグリー、最悪なことに、あんたの番犬がメンバーを殺したとしても、そんなのはなんの役にも立たん。奴らはとっくに本物の網を編みあげてる。すでに突然変異済みだ。中の一人は死んでるけど網はびくともしない。死んだあともより強力に、より妙ちきりんになってる。それにリーダー、あいつはなんて名前だっけ？」

「ジム・バウアー。生物学者だが、そもそも生物学ってもんが大法螺で、引き金を引く材料でしかないとわかってやってるんだ」

「奴は今、網を強めるふたつのアイデアのどっちを取るかで悩んでる。自殺して地獄へ行くか――網そこのほうがいい仕事ができると信じてるんだ――それとも地獄から本物の悪魔を呼び出して、網のメンバーを九人に増やすか。今だって、死んでる女房と生きてる女房両方相手に悪魔の戯れをしてる――なんて名前だっけ？」

「レティシア」

「レティシア――ラテン語で幸福。本当にあんなことを望んでたのかね。幸福のはずがスリル中毒だ。それも彼女なりの幸福なのかもしれんが、すっかりやつれて顔面蒼白だ。そろそろ大アルメニア総司教か大アイルランド総司教に相談すべきなんじゃないか？」

「とっくに相談してるよ、オークレア。二人ともそれぞれ手前の生き物を逃がしちまってるそうだぞ。我々のよりもずっと重大な代物だ。それに大アルメニア総司教はもうひとつ大事な指摘をしてくれた。主は我々四種をいまだ外部の生き物とみなしており、城や世界に入る許可は与えてくれず、城や世界にとっていいものだと思ってはいないのだ。今この瞬間、主にとって、我々は巣くった蛇とも、甦ったヒキガエルとも、歯ぎしりする鷹とも変わらぬ存在でしかない。蛇やヒキガエルよりははるかにマシな鷹たちとときに同盟を結ばざるを得ないことすら、主にとっては不愉快なのだ」

「バグリー、じゃあどうしたらいい？　ふむ、もちろん手引き書の記述は覚えとる。『永劫を過ぎ次の永劫が過ぎるまで忠実に仕えよ。さすれば主は我らの善き意志を認めてくれるかもしれぬ。水蛇《ヒュドラ》の番をし、世界に出てこないよう食い止めろ。たとえ百万日かかろうとも、甦りのヒキガエルの謎をつきとめよ。鷹の怒りを宥めすかせ。ただし大いなる危機がせまったときにはそのかぎりではない。そして長く忠実な奉仕ののちには、主は我らを城に迎えいれてくれるかもしれぬ』バグリー、おれは千年紀が来るたびに、今度こそ終わりであってほしいと祈ってるんだよ」

「オークレア、皮肉な話と思わんか？　あいつら三種の動物たちも、自分たちこそが忠実に仕えてるんだと思いこんでるとしたら？　連中も、いつの日にか城に迎え入れられるつもりだとしたら？我々のあいだには伝説がある。我々はかつて城にいた。城で原初の網を織りあげ、変異を遂げた。そのために城から放り出され、外部の生き物となってしまった。そして名誉を取り戻すために、トロールのような重たい仕事をしているのだと。そういや、おれの番犬には四分の一トロールの血が入ってる。今度、あいつらがどれくらい必死で働いてるのか聞いてみよう。おれたちは働き過ぎなのかもしれんぞ」

こいつは奇妙なおしゃべりじゃないか？　いや、それほどでも。パトリックたちにとっては珍しくない。パトリック同士が顔を合わせると、ときどきこんな話になる。彼らは一種のロッジ、同好会なのだ。連中は自分たちが大事なことをやっていると信じこんでいる。たとえればベイカー街遊撃隊のように。そしてロサンジェルスのイカサマ魔術師から教わった秘術も身につけている。お互いを称号やらなんやらで呼び合い、世界が大アルメニアや大アイルランドに分割されているふりをしているのだ。

実際には、その日ジム・バウアーは自殺はしなかった。さらにアルーエット・マニオンを殺しもしなかった。アルーエットがつけくわえた、むかつくような死の恐怖は一風かわった特別な輝きを網にもたらした。なんだって死ぬなんてつまらぬことを恐がるんだろう、変異を遂げたはずなのに。だが網が本当に力を持つためには、傲慢や不誠実や憎悪と同じくらい臆病さも必要だったのだ。

バウアーはしぶしぶ自死をしばらく延期した。網を作るうえではまだまだ彼の力が必要だったし、見たところ、この肉体の中にいるほうが役立ちそうだったからだ。もう少し、もう少ししたら、やることにしよう。

だがバウアーはバウボーという名の本物の悪魔を網に加えた。これで網のメンバーは九人になった。その力のほどはこれからご覧じろ、これからご覧じろ。

第七章　優美な犬どもと再帰者たち

この（第四の）住いについて、大変長く説明しました。なぜなら、この住いには、最も多くの霊魂が入っていると私は確信しているので、悪魔はひどい害を与えることができるのです。

——アビラの聖女テレサ『霊魂の城』

その南部の川の町には都市たる姿がそなわっていた。それは美しくなろうとしており、ほとんど美しいとさえ言えた。たいていの町よりも緑豊かで、水源（自然のものも人工的なものも）を巧みに利用していた。公共建築は優美に配置され、卓越した都市のみが持っている特徴を備えていた。決して一見ではわからない特質だ。かつて知っていたけれど、しばらく存在を忘れていた場所のように思えるのだ。

そして南部の川の町がみなそうであるように、その町にも潰瘍があった。どんな町もどこかに病を抱えているのだ、おぞましい病気をわずらう美女のように。いちいち名を挙げてその毒を列挙するのは（いくら楽しくとも）無用の悪意を煽るだけで無意味だ。だがどれもこれもさもしい町なのだ。好感を持てるものも多いが、すべてがさもしい。

この土地のすべてのさもしい町が——カンザスシティー、ナッチェス、ノースカロライナ州ウィルミントン、ケープ・ジラドー、シンシナティ（こいつは間違いなく南部の町だ。川のどっち側にあるかなんて問題じゃない）、モーガン・シティ、メンフィス、ラレド、バトン・ルージュ、セント・ルイス、ルイヴィル、リッチモンド、ニューオリンズ——この国のすべてのさもしい町が南部の川の町だった。

首都は首都なりに偏屈で、それなりに広がっていたのだが、これはまったくの別ものだった。そこは決して楽しい街ではなかった。芳醇な罪にあふれた街ではなかった。娼婦の熱は見せかけだった。この街の悪徳は女々しくて異教的で、背徳は干涸らびていた。倫理の風向きは古代の、邪悪な、しなびたものを育てていた。預言者がこう言ったのは、この街の住人のことである。

汝ら信仰を持たざる者ども
楽しみを知らぬ者ども

こうした南部の町に等しくただよう匂いは、腐った川から立ちのぼるものではない。外にいても狭い部屋に閉じ込められているような感じがした。それでも、夜に到着すると、そこは美しく気持ちのよい街だった。

オリエル・オーヴァーラークは簡単に見つかるはずだった。フレッド・フォーリーは彼女を見つけ、ひとつだけ質問し、もちろん答えが得られたならだが、その足で帰ってくるつもりだった。誰もが動静を知っている有名人がワシントンには数千人はいる。業界関係者なら誰でも知っている。

フレディはメアリー・アン・エヴァンズを当たった。メアリー・アンならオリエル・オーヴァーラークの居所を知っているだろう。メアリー・アンとは顔見知りという程度のつきあいだったが、昔からの友人のふりをせねばならず、メアリー・アンも話を合わせた。メアリー・アンは女性記者で、書く記事もほぼ女性関連に限られていた。

だが、メアリー・アンは驚き顔、ほとんど恐怖に近い顔でフレッド・フォーリーを見つめた。他人からそんな表情をされるのははじめてだ。

「フォーリー！　どうやったの？　なぜわかったの？　まるで事件が起こるまえに話をつかんでるみたい。どのニュースも発覚と同時か、それより少し前に伝えてる。前もって注文しといて、できあがりを引き取ってるようだわ。新聞社はあなたの所在は不明だって言い張るし。逃げ口上は通じないわよ。どうやって知ったのよ？」

「いったいなんのことだい、メアリー・アン？　こんな出迎えを受けるなんて。今、街に着いたばかりなのに」

「十三人の自殺のことよ、あれが自殺ならね。本当なの？　全容をつかんでるのはあなただけでしょ」

「記事にぼくの名前が載ってるの？　今朝早くに流れたニュースだよね」

「名前は載ってない――もし載ってたら、今頃あなたは手足を引っこ抜かれてバラバラにされてるわよ。あなたのボス役のタンカースリーの名前がついてる。でも、ネタ元があなたなのはすぐにわかったわ。続報では何を取材するつもり？　自殺のうち六件はここワシントンで起こった。でも、そんなことはとっくに知ってるわよね」

「いや、続報の取材はしないよ、メアリー・アン。もうぼくがやることはない。ワシントンに来たのはオリエル・オーヴァーラークに会って、ひとつだけ質問するためなんだ」

「たいした隠れ蓑ね、でも誰も信じやしないわよ！　あなた、いつから女性ものの記事を書くようになったのよ。フレッド、すっかり大人になったものね！　この目が信じられないわ。少年が大人になるところを見たのははじめて。ほんの一年前に会ったばかりなのに」

「つい先週、タンカースリーからいいかげん少年っぽい顔は卒業しろって言われたよ。一生変わらないと思われてたね」

「一週間でそこまで成熟して深みを増したの？　何があったの？」

「何もないよ、メアリー・アン。それにぼくは成熟なんてしてない。さあ、今、この瞬間、どこに行けばオリエル・オーヴァーラークに会えるか教えてくれないか？　ひとつ質問したいだけなんだ。そうすれば家に帰れる」

「あなたに質問したがってる人間ならいくらでもいるわよ、フレッド。なんでオリエルなんて隠れ蓑を使うわけ？　彼女、連続自殺と関係あるの？」

「いやいや。それとは全然関係ない。ぼくはひとつ質問したいだけなんだ」

「そんな価値があるわけ？　言わせてもらえば、あんな女、あなたがわざわざ会う価値はないわよ。あたし自身、オリエルのことは三度も記事にして、三次元的にとらえようとしてみたのよ。でも、うまくいかなかった。一見輝いてるんだけど、実は薄っぺらな人物なのよ。浅浮彫りですらない。オリエルに深みはないの。

知ってるでしょうけど、助言者への指南役になる前、カーモディはアート・コレクターだった。オリエルは美術作品なのよ。深みのある芸術作品じゃないけど、それでも人目をひく現代アートではある。目新しい作品だとも言えるわ。模倣もされてるしパロディにもされているけど、あくまでも限られた仲間内でよ。幅広いブームを起こすようなものじゃない。なんでオリエルなんかと話したいの？　どんな質問をしたいわけ？」

「カーモディについて訊きたいことがあるんだ」

「カーモディのことなら、カーモディに訊けば？」

「訊くよ。もしオリエルに答えてもらえなかったらね。本当は二人に訊きたいんだ。ふたつの答えを合わせてみようかな。オリエルはカーモディのすべてを知らないかもしれない。カーモディ自身はカーモディのことを深く調査はしてないだろうし、カーモディについてほとんど知らないかもしれない。でも――」

「――あなたがカーモディについて知ってることと合わせてやれば、情報は完成するかも。そういうことね？　あら、彼女が来たわよ。どれがオリエルか教える必要があるなら、そもそも質問する資格自体がないことになるけど」

「うん、大丈夫だよ、メアリー・アン」

フレディとメアリー・アンは〈プロヴィアント〉で食事をしていたが、そこへオリエル御一行様が入ってきたのだ。たしかに訊ねるまでもなかった。集団にはかなり目立つ人も何人かいたのだが。オリエルは中心にはおらず、わざわざ目に止まりにくい位置を選んでさえいた。だがそれでも、彼女こそが中心なのだった。

〈プロヴィアント〉はドイツ風のレストランだった。オリエルが来るのをメアリー・アンは知らなかった。むしろ網に触れられて得た力で、フレディが彼女をここへ呼び寄せたのかもしれない。二人の座っている席からはオリエル一行を見ることはできたが、話は聞こえなかった。フレディの第一印象では、オリエルはそんなに平面的ではなかった。彼女にはメアリー・アンが気づいていない次元があるのかもしれない。

「オリエルは美人じゃない」とメアリー・アン。「でも男たちの目には美人。目は寄りすぎだし、額にかかる前髪は長すぎる。耳はひどいもんで、普段から隠してる。顎は狭すぎるし、細い首というにはほんの少し短すぎる。全体として見れば肩がいちばんいいできなんだけど、彼女よりもフィットしてるのがグループに少なくとも二人はいて、でもあなたはそっちには気づいてもいない。座り方もわかってない。歩き方もわかってない」

「でもメアリー・アン、彼女は人混みでも遠くから見ても一目でわかるよ」

「そうね。胴体は細すぎるし、足は太すぎる。でも、足首はいいわよね。それに足、とくに足の甲はね。でも正直言って、それ以外のパーツはほとんど誉められないわ」

「髪は?」

「あら、髪はシュウォッブよ。それくらい知ってると思ってたわ」

「毛染めじゃなくてだよ」

「毛染めは一割くらいシュウォッブの腕ね。ハイライトの入れ方を心得てるのよ。元はあんな色じゃなかったの。近いけどね」

「青みがかったブロンドだ。そんな色はあるはずないよね? それとも青い光を浴びたプラチナ・ブロンドかな? 青い照明なんてどこにもないけど。うううっ、またしても会いたくもないプラチナ・ブロンドが。これで二人目だ」

「あら本当、フレディ? あなたが大人になったのはそのおかげ? あんな色あせた青い目でさえなければねえ」

「でも少なくとも緑色じゃあないよ、メアリー・アン」(でもオリエルの目はちょっぴり緑がかっていたかも)

「ひっかかったわね、フレッド。わかってたのよ、人から聞かなくても。オリエルはまるっきり頭が悪い。それに話すのも、聞くのも得意じゃない。ただ、なぜかいつもぴったりの場所にいるの。オリエルはカーモディよりも金持ちなのよ。あら、カーモディが来たわ! ここに来るなんて意外」

「ぼくは推測してたよ。まあ、簡単じゃなかったけど」

「飛び込みで紹介してあげようか? 手続きを踏んだって屈辱に変わりはないし。どうしたって、連中の前に出たら平民気分を味わわされるのよ。その才能だけはうらやましいと思うわ。何のせいであの連中はかけ離れた存在になったのかしら、わたしたちの同類じゃなくて、ああいうたぐいの人間」

「ああ、ぼくもずっと、人がその人になり、他の人にならない理由を考えてるんだ。ぼくの疑問は、実のところきみの悩みと同じなんだよ。今やっと思いだしたよ、カーモディとどこで会ったか。うっすらとしか記憶がなかったんだ。カーモディは大金持ちで人づきあいもいいのに、ほとんど人から注目されないし、あまり記憶に残らない。でもこのカーモディにも以前から引き継がれたところもあるね」

「あの男が注目されない？　フレッド、そんなわけないじゃない！　誰だっていつだって彼には注目するし、一目見たら忘れない。人当たりの良さを垂れ流してるみたいな人よ」

「わかってる。でも奴は同じ人間じゃない。その部分に関しては答えがもらえたな。実際、なんのあてもなしにここまで来たんだけどね。でもどちらも奴の秘訣は教えてくれそうもないな」

「フレッド、あなた、わたしにはわからない話をしてるわけ？」

「彼らにとっちゃ、誰にもわかってほしくない話だと思うよ。二人とも不安で自信なさげだ」

「不安で自信なさげ？　あの二人が？　よしてよ、フレッド」

「じゃあ、なんで人を雇って知りたがりを殺そうとする？　そんなことをするのは不安で自信がないときだけだよ、ぼくなら」

　というわけで、フレディは、カーモディ・オーヴァーラークの到来による騒ぎがひとしきりおさまったところで、御一行様に近づいた。

「ミスター・オーヴァーラーク、たぶん覚えておられないと思いますが、フレッド・フォーリーです。三年前、ホット・スプリングズでお会いしました。競馬では楽しく負けて、よく夜ふかししてましたよね」

「ああ、フォーリーくん、あのころはよく人前に出ていたよ」とカーモディ・オーヴァーラークは言った。カーモディの目はキラリと光ったが、そのキラリは陽気なキラリではなかった。何か別なもの、別のユーモアをたたえていた。そして、そう、たしかにその耳は太古の耳《アルカイック・イヤー》だった。「今はそれほど遊びの時間がないんだ。それなりに楽しんではいるが。もちろん、きみのことは覚えてるよ。たしか新聞記者だったね？　それで、お互いが公的な立場でわたしに聞きたいことがあるんだろう？」

「どうしたらおねがいできますか、オーヴァーラークさん？」

「答えはひとつしかない悪循環なんだよ。わたしと面会の予約を取るには秘書を通す必要があるし、秘書はわたしに確認しないかぎり面会は決められない。さあ、一筆書いてあげよう。秘書には解読できるが、きみには読めない。これがなければ秘書には会えないし、秘書に会えないかぎりわたしには面会できない。一日か二日かかるだろう、わたしはたいへん忙しくしてるんでね。ではごきげんよう。ミス・エヴァンズもごきげんよう」

二人は退席を命じられた。とはいえフレディはカーモディから一筆得たのだ。フレディとメアリー・アンはテーブルに戻った。

「ふくれっ面しなさんな、フレッド。それに、彼が重要人物なのは本当よ。別に無礼なわけじゃなくて、率直にものを言ってるだけ。それに予約の予約はとりつけられたじゃないの」

「ぼくがふくれたらこんなものじゃない、メアリー・アン。そいつを見ないで済むように祈ってなよ。でもオーヴァーラークはぼくを覚えてない。そもそも会ったことないんだから」

「当然よね。じゃあ、なんでホット・スプリングズで会ったとか馬鹿な話をでっちあげたの？　あんな有名人だったら、三年前にどこにいたかくらいは調べられるし、会ったふりもできる、てわけね」

「ああ、あそこでカーモディ・オーヴァーラークに会ったのは本当なんだよ。明け方近くまで彼と大騒ぎしたこともある、でも詳しいことは忘れちゃった。カーモディは記憶に残らない人だったからね」

「フレッド、脳のたががはずれてるわよ。カーモディを忘れられるわけがないわ」

「彼は記憶に残らない人間だったんだよ。実際ぼくも忘れてて、ついさっき思い出したんだ。でもさっきいたあの男はぼくの顔を見たことないし、ぼくも会うのははじめてだ」

「だったらなぜあなたと会ったことがあるって言ってたの？　どうやってあなたが新聞記者だと知ったの？」

「あの男はカーモディ・オーヴァーラークのことを特別な理由があって調べつくしていて、たぶんぼくがカーモディに会ったことがあると推測したからだよ。新聞記者だとわかったのは、ぼくがそれらしく見えてそうふるまってたから。それに女新聞記者、つまりきみと一緒にいたからさ」

「ちゃんと話してよ、フレッド。今度妙ちきりんなネタに出くわしたら、あなたに教えたげるから」

「ママはいつも嘘をつくと舌が真っ黒になるって言ってた。ぼくの舌が黒くなったのはタバコがわりにクルミの殻を嚙んでたからだけど、ママからは嘘をついたせいだと思われてたよ。きみもそれ以上言ってると――」

「あら、そんなの先刻承知。わたしの舌は真っ黒よ」

二人は食事をした。たいへん美味だった。二人は喋った。フレディはひとときテーブルを離れた。ほぼ同時に別の人間が別のテーブルを立ったが、それは偶然ではなかった。計画通りだったのだが、いかにして実現したのかは説明しづらい。大人になったばかりのフォーリーはどこからともなく思いついた。たいていの人が思っているよりはるかに有能だったのだ。

そして今、フォーリーは別の面会予約を、秘書抜きでとりつけた。はじめて、ひょっとしたら仕組みが説明してもらえるかもしれないと思えてきた。

ともかく、オリエル・オーヴァーラークと会う約束をとりつけたのだ。

フレディとメアリー・アンは〈プロヴィアント〉を後にした。二人はお互いに相手をまこうとした。メアリー・アンはカーモディ・オーヴァーラークについて、連続自殺について、本人はとっくに忘れつつあるが業界内で特抜き男と評判のフレッド・フォーリーについて、新しい進展がないか調べにいった。

フレディは出鱈目に歩いていたわけではない。明るい表通りでは早足で、暗い裏通りではゆっくり歩いた。「忌々しい蜘蛛め」と言って目をこすったが、蜘蛛などどこにもおらず、ただ蜘蛛の巣の糸を引きずっているだけだった。急に曲がって、二度曲がった。うまい手だった。自分を尾行していた男の背後に回りこみ、襟首をがっしり捕まえた。

列車で会った発明家だった。

「恐かったわけじゃない」フォーリーは、とらえた魚の正体を見て、離してやった。「別に尾行されても平気だ。ただ、不思議だったんだよ。なんでぼくのあとを尾けてたんだい？」

「尾行なんかしてません」と男は言った。「そういう格好になっただけです。本当は、あなたを尾行していた男を尾行していたんです――おお、これは説明がむずかしい――わたしを尾行するカモフラージュとして、あなたを尾行しているように見せかけていた奴です。あなたという駒のまわりを我々は動いてました。あなたは今の動きで我々二人の裏にまわったんです。あなたはその男には気づいてなかったでしょうが、今もすぐ近くに潜んでます。わたしよりも上手《うわて》の影なんです。それにしても、なぜあの男に気づかないでわたしにだけ気づいたんです？　わたしたちのあいだにいたのに？」

「さて、どうしてだろう。じゃあなぜぼくを尾行してる男を尾行しようとしたんだい？」

「そいつを視線から逃さないためです。あと、わたしがどうしても状況を理解できなかったからです。今でも理解できません。これじゃあ、まるであなたが重要人物みたいだ。列車で、目と耳を開いたまま、何も見逃さず聞き逃さずに寝ている男がいるとわたしは言いましたよね。あいつはわたしの手にある驚くべき新発明を破壊するため、そしておそらくは発明者自身を破滅させるために、わたしを尾行していたんです。今、距離をとってこっちを見張ってるのもその男です。あなたは自分の発明が（それがなんであれ）重要なものだから、自分が尾行されてると考えた。今、わたし自身もちょっぴり疑ってます。ショックなんですが、ひょっとしたらあなたが尾行されている可能性もあるのかもしれない。あなたも危険を感じてますか？」

「いや、今のところはなさそうだ。今夜襲われるなら、もっと暗い街角があるからね」

「ところで、わたしはクラブトゥリーと申します、カーライル・S・クラブトゥリーです。もちろんわたしの名前は当然ご存じでしょうが。残念ながら発明家は自分だけの狭い世界に閉じこもり、無知で不案内をよしとすることが多いんです。わたしはもちろん例外ですが。たいていの人は頭の中の隣人が何をやっているかも知りません。ですがわたしは重要人物ですし、どうやらあなたもそうらしい。こうして関心を集めているところを見ますとね。わたしのことを戦いには役立たずの軽口ばっかりたたいてるチビ助だとバカにしてますか？　でもわたしは工科大学でボクシングをやって、校内ミドル級チャンピオンでした。今でもそれなりにやれますよ。あいつをとっつかまえて、何をたくらんでるか調べませんか？　今なら挟み撃ちできます」

「面白いかもしれないな。でも何も出てこないだろうし、そこで手掛かりは途切れてしまう。尾行してくる人間が、ときに予想もしない場所に導いてくれることもある。ねえ、カーライルさん、ぼくは角のドラッグストアで電話を一本かけてきます。以前、頼み事をした相手です。そのあいだ、尾行の男を見張っといてくれませんか。すぐに戻りますから、話はそのあとで。あなたさえ良ければ一緒にそいつをつかまえましょう」

「その方の名前を教えてくれませんか？　万一あなたの身に何かあって、それでもわたしがあくまで追求したいと考えたときのために」

「ハリー・ハードクロウ。電話番号はかけてみないとわからない。住所も覚えてない。ただ、新聞業界では知られた名前ですよ。あなたが彼を見つけたいと思ったならば」

「それで、あなたのお名前は？　それすらも存じませんよ」

「フレッド・フォーリー。ぼくも新聞業界だけど、それほど有名じゃない。尾行の見張りをよろしく。何も起きないでしょうけど」

「フォーリーさん、わたしは何かが起こると信じてます。その手のことには勘が働くんです。これまで百発百中です。まもなくひどく突然に、直接的にことが起きるでしょう。でもわたしはできるだけそれに備えてます」

　フォーリーは角のドラッグストアに行き、電話番号を調べてハリー・ハードクロウに電話した。電話はすぐにつながった。ハードクロウは喜んでいるようだった。少なくとも連絡はついた。するとハードクロウは突然熱意を見せてきた。最近フレッド・フォーリーは特抜き屋として名を馳せていたからだ。

「フォーリー、本気だぜ、今すぐ会って話したい。話したいことがあって――ただマジで、今すぐ片づけなきゃならん大ネタがあるんだ。そいつを片づけたらすぐにでも。あんたに何かしら頼めそうだし、こっちもたいていの頼み事なら引き受ける。真夜中ごろにここに寄れるか？」

「もちろんだよ、ハードクロウ。場所は同じかい？　それなら、たどりつけるよ」

　フォーリーはドラッグストアを出て、発明家のカーライル・S・クラブトゥリーの元に戻った。ハードクロウと約束の時間まで、ホテルで暇をつぶそうと思ったのだ。フォーリーが見逃していた要点に、あの発明家が気づくかもしれない。それにまた、クラブトゥリーは、一度友達になったら友情に殉じるタイプに見えた。ある意味では、二人は同盟を結んだのだ。

だがクラブトゥリーはいるべき場所に立っていなかった。フォーリーは用心深く暗闇に近づいた。もしクラブトゥリーがそこにもいなかったら――だがクラブトゥリーはそこにいて、フォーリーは安堵の正反対の感情をおぼえた。フォーリーはいつも冷静だった。成熟して大人になったからにはこれまでの倍も冷静であるべきだった。冷静！　そこで見たものに、フォーリーはまるまる一分間冷たく凍りついた。

カーライル・クラブトゥリーはそこに立ってはおらず、寝ていた。横たわる姿を見ただけで死んでいるとわかった。クラブトゥリーはうつぶせで、明かりの消えた店の戸口に引きこまれるように倒れていた。ナイフを深く突き立てられ、その生命はいまなお真っ黒な血となって流れ出していたが、そろそろ止まりそうだ。脈はなかった。死体は早くも固くなりはじめていた。

フレディはパニックに陥らない自分に驚いていた。だがここ数日間、面倒な状況下でも冷静でいられたのだ。なんといっても、メアリー・アン・エヴァンズの言葉と自分の中に生まれた新たな感情を信じるなら、ついに大人になったのだから。だが次はどうなる？

尾行者の姿はなかったが、近くにいるかもしれない。一人殺したとなれば、もう一人殺してもおかしくない。だがフレディは頭にきていた。

「このツケはきっと払わせてやる！」フレディは大声で叫んだ。それから黙った。殺人と結びつけられたくないなら、迅速に行動しなければ。クラブトゥリーの死体をひっくりかえす。殺人者は体を探ってすらいなかった。服のふくらみはそのままだった。襲撃者の狙いがなんだったにせよ、持ち物には興味がなかったらしい。

　フォーリーはクラブトゥリーのシャツの内側からとても大きな、中身がみっちり詰まったマニラ封筒を引っ張り出した。そこにいちばん大切なものを隠しているとわかっていた。小太りの小男は小太りではなかったわけだ。フレディは何かと役に立つことを見越して、胴巻きと財布も取った。

　ボディチェックは済んだ。だがフレディには新たな本能と直観が備わったうえ、以前からの記者の本能も生きていた。すべてが声を揃えてこう叫んでいた。「罠だ！　罠だ！」フレディは初っ端からまちがっていた。クラブトゥリーはすでにボディチェックを受けていたのだ。クラブトゥリーの所持品に大いに関心を抱いていた者がおり、すばやくきっちり検査して、本物そっくりのブツにすりかえていた。

　フレディは発明家の小男のことが好きになりはじめていた。だが死体はそのままにして、ホテルに向かって早足で歩きはじめた。二人の人間が心の中で注意を引こうとしていた。ここ数日、遠くにいる人から話しかけられる新現象が起きていたが、その原因はあえて調べないままだった。相手は脳波網に触れられた人でなければならない。というのも脳波網が通信衛星のように伝言を中継していたのである。今の相手はベデリアの父親、ベンチャー氏だった。脳波網はベンチャーまで襲ったのだろうか？　それとも早くにどこかで接触していたのか？　ベンチャーは若いころの出会いのせいで額に大きな傷を負っていたし、それは収穫者《ハーヴェスター》連中が自身につけている傷とよく似ていた。

「その場で待機せよ、フレディ」とベンチャーが喋っていた。「わたしが救いだしてやる」

「この場で何を待てってわけ？」フレディは鼻を鳴らした。二ブロック行ったところでふたたび尾行に気づいた。今度こそまちがわない。フレディはたいそう警戒して、だがたいそう頭にきていた。角を曲がったところで立ち止まり、耳を澄ませた。何も聞こえなかったが、誰かが耳を澄ませているのが聞こえるような気がした。フォーリーは身を翻した。彼は素早かった。ナイフを持っていようといまいと、尾行者の首根っこをつかまえられるはずだった。

だが尾行者はさらに素早かった。フォーリーは追いつけなかった。次の角まで追ったが、影の男はきれいに姿を消した。消える場所などなかったはずなのに。

「その場で待機せよ、フレディ、待機するんだ」とベンチャーがくりかえしていた。「わたしが救いだしてやる。手を見つけて壁を越してやる」

「なんの壁を越えるって？」とフレディは訊ねた。しまいに、ホテルの近くまで来たところで、また影の男があらわれた。だがまだ遠く離れていた。

「ああ、これはあんたのゲームだからな。ぼくだって、自分のゲームならあんたに勝てるさ。ここまで来て格好つけてもはじまらない。前から尾行してるなら、どこに泊まってるかはとっくに知ってるだろうし」フレディはホテルに入っていった。

「あれは単なる悪魔主義だ」とベンチャーが喋っていた。「なぜわたしの娘ともあろうものが、あんなものに首を突っこんでしまったのか。娘は決して脳なしじゃないが、まだ子供なんだろう。いずれは判明するはずだ。もうひとつ、別な力がかかわっているようだ。単なる悪魔主義だけなら祓ってやる。心配するな、そのまま待機せよ。壁を越す手を貸してやる」

「ベンチャー、ほっといてくれ」とフレディは言った。「ぼくは壁の裏にいるわけじゃないし、ただの悪魔主義なら自分で祓える。これはもうちょい複雑なんだ」

フレディは部屋にあがると、錠という錠を差し、窓やらなにやらをすべて調べ、外からの銃撃に備えて風呂場にこもり、クラブトゥリーの持ち物を一切合切、床にぶちまけた。隣室のバスルームとの壁まで叩いて調べた。固くて手が加えられていない音がした。

だが今度は二つめの声が聞こえてきた。最初の声、ベンチャーの声が話し終えるまで礼儀正しく待っていたのだ。

「おれが誰だかわかってるな」いくらか不明瞭な、いくらか訛りのあるミゲル・フエンテスの声がフレディの内なる耳に届いた。「おれたちは顔を合わせちゃいないが、お互いのことは知ってる。二人とも悪魔の網に触れちまったから、その手を逆にたどって、それを通じて話すことができる。おれは宣言をしたい。あんたはそっちの国の首都でそいつを宣言するんだ。今から話す。書き記すのは後でいい。書き記すかわりに誰かに電話で伝えるのでもかまわない。あんたはおれと同じで、言葉を覚える力がある。おれの言葉も一言一句違えず正確に覚えられるはずだ。

おれは自分が何者か、世界に何をするかを宣言する。おれが動きだしたのは悪魔のゲームを遊ぶ悪魔どものせいだが、だからといって悪魔の業を行なうつもりはない。悪魔はヘマをしでかした。自分たちが物事を命令できると思いこんでな。被造物からしょっちゅう反逆されるのを忘れてるんだ。風を起こすことはできても、どちらに向けて吹くかは命じられない。おれはこういう人間だ——貧しいが、いくつかの商売には長けている男。頭がついてるが、これまで一度も使ったことがない男。悪いこともよくやるが、悪事が世のためになるふりをする嘘つきでは決してない男。ぐうたら、チャプセーロ、おれのぐうたらっぷりはスペイン語以外じゃとても表現できない。おれの体はたくましく、中でも腕と背中と腰と足とは抜群だ。いつもユーモアを忘れない男、たとえ世界の絵図が偽の正義と悲惨な傷口でひどく切り裂かれていようとも。

なぜおれの出番になったのか？　なぜって、ほかの誰も立ちあがらなかったからだ。誰かが世界に命令を下さなきゃならないが、前に踏み出して『おれが命令してやる』と言う者はどこにもいない。

おれはファシストと呼ばれるだろう。おれとおれの部下たちは、古代ローマ的な意味でのファシストになる。現代の鼻ったれくさい、右翼ではなく左翼的な意味でのファシストではなく。おれたちは本当の意味でのファシストになり、束桿《ファスケス》の印をつけるだろう。それは戦斧を棒と竿で束ねたもので、権力の段階を意味する。斧は棒を叩き折り、棒は犬を打ち、犬は（尋常ならざる革命のときには）斧を食ってしまう。子供たちのじゃんけん遊びのようなものだ。石はハサミを砕き、ハサミは紙を切るが、紙は石を包みこむ。

さっき例にあげた最後のところ、犬が斧を食い尽くす革命について、おれはこれからその犬どもがいかに優美で逆毛で偽物なのかを宣言する。その犬たちは人とは似ても似つかぬ、人間を取って喰う邪悪な猛獣なのだ。

それこそが世界の欠陥だ。世界に命令が必要な理由なのだ。世界は富のまっただ中で破産し、生きるに値しない人生を提供する。人々から昔の貧困を盗みとり、よりさもしいものに新たな名前をつけてさしだす。歴史上かつてないほど卑劣な奴隷制が復活した。鉄の鎖のかわりに独特の強迫観念の鎖をつけて。今こそ自分自身に嘘をつく世界を一掃しなければ。おれは世界の掃除人だ。役立たずの洗剤のかわりにちょっぴり血を使うかもしれないが、そのほうがよく汚れが落ちるのだ。

おれはインディアンたち、地上に生きる地の人々の言葉を伝える。おれは船乗りとして、不正規兵としてさまざまな国、さまざまな大陸を旅したが、どこへ行っても同じ光景があった。そこにはつねに地の人々がおり（おれは彼らのことをインディアンと呼ぶ。その土地ごとに異なる名前を持つのだが。金髪や赤毛のインディアンだっているし、白いのも黒いのも暗紫色《モラード》なのもいる）、彼らを食い物にする飢えに狂う犬人間、狼人間がいる。この犬人間、狼人間たちこそが革命と自由主義奴隷のインチキと悪魔の宣伝コピーを使って、世界を無秩序にしている。ラテンアメリカのすべての土地と世界のほとんどの国で、こいつら犬人間は少なくとも三度は革命を起こしているが（血の流れたものもあれば、頭の中だけのものもある）、すべては地の人の名においてなされた。今ではすべてを支配し、奴隷にする大いなる家族や集団が生まれている。そいつらは犬臭い嘘を撒き散らし、頑固な古くからの裕福な一族、頑固な古い教会、頑固な因習が障害になっていると言いふらしている。そんなのはすべて嘘八百だ。人を奴隷にするのは、いつだって新しい裕福な犬一族と犬集団、耳痒い者の新奇な教会［テモテ後書4-3］、新機軸の地獄なのだ。そしてこの支配する犬どもが、いつも偽りの革命を求めつづける。己れがこしらえた新しい貧民たちのために偽りの血を流し、法のかわりに愛を説くのはこいつらだ。なぜなら法はこいつらに義務と制限を押しつけるからだ。だが〝愛〟という言葉には一銭もかからない。

郵便はがき

料金受取人払

板橋北局承認

349

差出有効期間
平成27年1月
10日まで
(切手不要)

1748790

板橋北郵便局
私書箱第32号

国書刊行会 行

フリガナ ご氏名		年齢	歳
		性別	男 ・ 女
フリガナ ご住所	〒 TEL.		
e-mail アドレス			
ご職業		ご購読の新聞・雑誌等	

❖小社からの刊行案内送付を　□希望する　□希望しない

愛読者カード

❖お買い上げの書籍タイトル：

❖お求めの動機
1. 新聞・雑誌等の広告を見て（掲載紙誌名：　　　　　　　　　　　　　　　）
2. 書評を読んで（掲載紙誌名：　　　　　　　　　　　　　　　　　　　　　）
3. 書店で実物を見て（書店名：　　　　　　　　　　　　　　　　　　　　　）
4. 人にすすめられて　5. ダイレクトメールを読んで　6. ホームページを見て
7. ブログや Twitter などを見て
8. その他（　　　　　　　　　　　　　　　　　　　　　　　　　　　　　　）

❖興味のある分野に○を付けて下さい（いくつでも可）
1. 文芸　2. ミステリ・ホラー　3. オカルト・占い　4. 芸術・映画
5. 歴史　6. 宗教　7. 語学　8. その他（　　　　　　　　　　　）

＊通信欄＊

本書についてのご感想（内容・造本等）、小社刊行物についてのご希望、編集部へのご意見、その他。

＊購入申込欄＊

書名、冊数を明記の上、このはがきでお申し込み下さい。代金引換便にてお送りいたします。（送料無料）

書名：　　　　　　　　　　　　　　　　　　　冊数：　　　冊

❖最新の刊行案内等は、小社ホームページをご覧ください。ポイントがたまる「オンライン・ブックショップ」もご利用いただけます。http://www.kokusho.co.jp

＊ご記入いただいた個人情報は、ご注文いただいた書籍の配送、お支払い確認等のご連絡および小社の刊行案内等をお送りするために利用し、その目的以外での利用はいたしません。

奴らを優美な犬どもと呼ぼう。おれは今から奴らを殺す。世界を支配している者たちは、この世界の上と後にあるもうひとつの世界を信じていないのだ。

おれはこの世界と次なる世界の母である教会の良き言葉を話す。だが、おれは教会への真の愛ゆえに背徳司祭と背徳司教を何人か、それに背徳編集長と新聞記者をほぼ全員殺すだろう。

だがおれたちは憐れみもまた深いがゆえに、ほとんどの人が望むほど多くを殺しはしない。優雅な犬どもは歯を抜くだけで許してやる。『そんなんじゃ駄目だ』と今日わが陣営に加わったばかりの助言者は言う。『犬どもは新しい歯を生やすだけだ。皆殺しにしろ』さてどうなるか。犬どもがしつこく新しい歯を生やすなら、いずれ殺さなければならん。

どうしても黙らない、しつこい偽りの声だけを殺すことにしよう。全世界でおれたちが殺さなくちゃならない自由主義者、共産主義者、空想理論家はたったの百万人だ。残りは搾りあげるだけにする。とりあえずのところは。

新たに手に入れた直観によって、世界を取り巻く四つの勢力のことを知った。おれはその内のひとつの切り込み隊長にしてリーダーとなる。待機者と再帰者のことはわかっている。誰が俺たちを支持してくれて、誰が犬の顔をした蛸を支持しているかも。

自分の正しさを確信してるか？　いや、おれにはそんな自信はない。自分の正しさを確信してる奴はつねにまちがっている。だが、優雅な犬どもがまちがってることだけは確信している。おれが心で触れたパトリック曰く、主はおれたち四種族をいまだ外にいる生き物、城あるいは世界に入ることを許されぬ者、城あるいは世界にふさわしくない者だとみなしている。おれたちをほかの勢力と同様に見なすのは主のあやまちだ。そうおれは信じてる。主にはその過ちを認めさせるつもりだ。とはいえ、おれはやらねばならぬことをやるだけだ。たとえ悪魔の手で呼び起こされ、いまだ主から完全に認められてはいない身だとしても。おれが自分の仕事を完遂すれば、主も認めてくださるだろう。

世界のすべての政府とその支配者たちよ。あわてなくともよい。おれはできるだけ早く、おまえたちから支配の重荷をおろしてやる。待っているあいだ、何も傷つけないように。いずれ罰を与えることになるぞ。できるだけ急ぐが、なんせ世界をまるごと占領せねばならんからな。おれが殺すのは望まれざる者について話す反生命主義者連中、まるで世界に人間が多すぎるとでも言わんばかりの、まるで主の手による至高の奇蹟が足りないと宣《のたま》うやつらだけだ。おれは矯正不能な自由主義者、圧政を敷く優美な犬ども、細葉海蘭を身にまとい、お洒落で臆病な、邪悪な再帰者たちだけを殺す。

混乱せる世界よ、待て。禁猟を敷け。今こそ、おれが命じる。

これを宣言するんだ、フォーリー、宣言しろ。まもなくはじまるぞ」


「わかったよ、ミゲル、よくわかった。宣言するとも」とフレディは言った。「ああ、確かに全部覚えてるよ。もうほっといてくれ。ぼくも優美な犬どもと細葉海蘭がよく似合う再帰者たちに用事があるんでね」

第八章　あなたの喉のライン、なめらかな動き

クサリヘビが外套を脱ぎ捨てたのか？
猥雑にとぐろをまきぬ
小さな蛇が柔らかな喉を伸ばしおまえを愛撫したのか、
ファウスティーヌ？

――スウィンバーン

ホテルの部屋で、フレッド・フォーリーはクラブトゥリーから奪った胴巻きと財布の中身を調べた。現金と身分証明書以外とりたてて興味深いものはないので、小包にして警察に送りつけた。大きなマニラ封筒の中身はざっと目をとおしたのち、手元に置いて精査することにした。

中にあったのはクラブトゥリーの最新発明である小部屋の設計図だった。部屋は人間が横になれるくらいの広さだった。気密を保ち、密封するとほぼ破壊不能。設計意図ははっきりしないが、書類には衰弱機とのみ記されていた。「わざわざ衰弱したがる奴がいるのか？」とフォーリーは自問

した。

大量の電子機器が接続されていた。大型装置である状態を実現し、小型のコントロール装置でその状態を維持する。書類には大量の数式と図式が書かれていたが、すぐには理解できそうもなかった。ほとんどの人にとっては、まったく歯がたたない代物だったろう。だがフォーリーは、科学記事の記者だったので、発明の核心部分を見抜く才能があり、じきに基本アイデアを把握した。

「でも、これは全部まちがってる」とフォーリーは言った。

「そりゃあまちがってるとも」とホンドー・シルヴェリオが言った。「そいつは代用品だが、なかなか独創的だ」

「もちろん、そいつは衰弱機なんかじゃない」とリチャード・ベンチャーは言った。「それは催眠浚渫機だ。まちがってはいるが本来の意図はわかる。いまだ使われざる力や可能性を、触れられていない活力を呼び起こし、自分の中にある怪物性を呼び覚まし、外に伸びる根もどきの毒を打ち消すものなのだ。フォーリー、そのまま待機しろ。わたしがそこから壁を越してやる」

「どんな機械でも不可能だ――こいつだろうと、本来のものだろうと」とホンドー・シルヴェリオ。

「だが連中はこれを恐れ、途中で奪いとった。我々の内なる力を恐れているんだ」

「きみたちはいつからコンビを組んでるんだ?」とフレディは言った。クラブトゥリーは、まだ効果を試したことはないとメモを残していた。メモの中にはフレディが〝A〟と呼ぶクラブトゥリーの筆跡があり、一方でフレディが〝B〟とした代用品または別人の筆によるものがあったが、それはクラブトゥリーの筆跡そっくりで、なぜ見分けられたのか、フォーリー自身にもわからぬほどだった。

フォーリーは最初からこのすべてにひとつの印象、どこまで深く掘り下げても決して消えないはずの印象を抱いていた。つまりすべてはインチキだと感じていたのだ。

同時に、より強力に、カーライル・S・クラブトゥリーはどの点をとっても本物だとも感じていた。正直な男が知らず知らずにペテンを残すだろうか？　いや、彼に限ってはない。無意味なことを後に残すかもしれないし、失敗や愚行を犯すかもしれない。だがペテンだけはない。

だがこれは最初から最後までペテンの匂いがした。「ふむ、これはとりあえずこのままにしておこう」とフレディはひとりごちた。フレディは出かけるつもりだった。留守のあいだに、部屋と持ち物が荒らされるのはわかっていた。問題ない。相手が誰であれ、連中はとっくにすべてを知っているのだから。フレディにはわかっていなかったが。

フレディはハリー・ハードクロウに会いに行った。ホテルの前で立ち止まり、強く口笛を吹いた。「来るかい？」と声をかける。「尾けてこなくていいの？」だが尾行者の姿は見えなかった。口笛に答え、角からタクシーが回ってきて目の前で止まった。フレディは車に乗りこんだ。住所を告げようと告げまいと目的地に連れて行かれる予感はあったが、それを試すのはためらわれた。運転手にハリー・ハードクロウの住所を告げた。

「あんたが違うともおれがとも言わない」ハリー・ハードクロウはいつも、こんな風に言葉を惜しんで喋った。「でも、あんたの用件が普通なのか急ぎなのか気になるな」ハリーはフレッドと握手した。「フォーリー、さっきの電話じゃあんたの声は少し興奮気味だった。今はさっきより興奮してる。何かあったのか？」

「覚えてるかぎりはない、重要なことは」とフレッド・フォーリーは言った。「ああそうだ、ちょっと見知った男が殺されたよ。ぼくを待ってるときにね。でもその件はぼくが追求してる本筋とは無関係だから、今はいい」

「フォーリー、そいつも本筋と関係してるかもしれないぞ。本筋ってのはなんなんだ？」

「ハリー、ぼくは馬鹿げてると言われそうな、いくつかの疑問の答えを探してるんだ。まあ、疑問を正しいかたちに直せば、そう馬鹿げて聞こえないはず。最初の質問は真面目に訊くんだが、陳腐に聞こえるかもしれない。ハリー、この国と世界の状態をどう思う？」

「完璧よりなお悪いよ、フォーリー――イライラして、一部界隈じゃあヒステリックとさえ言える。なぜこんなことになってるのか、誰にもわからん。二年前はここ数十年でいちばんいい状態だった。史上最高だったかも。そして何もかもさらに上向きになった。二年前には、世界は本物の希望と信頼にあふれてた。格差はほぼなくなった。健康、国家、身体、道徳、経済すべてが順調だった。犯罪は減少した。そして栄光の時代のみ見られる創造力の爆発が起こった。本物の黄金時代に入ろうとしていたんだ。フォーリー、芸術だけじゃないぞ（といっても芸術方面は五百年前、フィレンツェに訪れた短い春以来の花盛りだったがね）。単なる物質的繁栄でもない（それだけなら過去にもあった。ただし今回ほど混じり気なしの確固たるものではなかったが）。進歩に向けての長年の努力があらゆる方向で突然光を浴びた。長い労働のあと、大収穫の季節が来たんだ」

「ハードクロウ、二年前のことはわかってるよ。今がどうなのかも少しはわかってる。最悪の部分は貧民には知らされないがね。でも、どうして良くなってる途中で物事が悪くなったりするんだ？　そのあいだで何が起こった？」

「立て続けに起こった飛躍的進歩の結果、おれたちは取り残されちまったんだよ、フォーリー。賢明でおそらくは完璧な計画のせいで馬鹿げた状況に置いてけぼりだ。まごうことなき進歩が続いて、おれたちはボロくず同然だ。いったい何が起こったのか誰にもわからない。みんな必死になって、最良の知性の命じるところにしたがい、なんとかこの状況を立て直そうとがんばってるのに」

「この飛躍的進歩をもたらした最良の知性の命じるところにしたがって、だろ、ハードクロウ？　賢明でおそらくは完璧な計画、それにまごうことなき進歩の結果？　ぼくらは一歩進むあいだに二歩後ろに滑り落ちてしまった」

「批判するのは簡単だろうよ、フォーリー。だが危機が迫ってる。あるいはおれたちの進歩のせいで、これまで隠されていた危険が見えてきたのかもしれん。それとも、入念な計画と行動のおかげでこの程度で済んでるのかも。何もしなければ最悪の破滅になっていたのかも」

「そうじゃないかも。ハリー、誰がぼくらをこんな目に遭わせた？　ハードクロウ、たとえて言えば、きみが座りこんでるここはこの国の動脈の根本だ。ぼくらの後ろ向きの進歩にかかわったかもしれない輝ける〝新人類〟には気づかなかったかい？」

「もちろん新人類には気づいてるよ、フォーリー。おれの希望はあいつらだ。おれたちは山の頂に立っているつもりだが、実は移行の谷間にいたのかもな。だが新人類たちがそこから連れ出してくれるはずだ。おれは連中に夢中なんだ。ときどきふと思う、『どうしたらあんな才能あふれる人間が生まれるんだ？』って」

「ハードクロウ、まるで催眠術にかかってるようだぞ」

「ああ、ちょっぴりね。今では信じてるよ。おれたちの後退は一時的なもの、それか見かけ上のものでしかない。新たにあらわれた偉大な精神が、大いなる道の先へ導いてくれるとね」

「連中が出現する前のところまで？」

「それよりもっと遠くだよ、フォーリー、道の果てまでだ。おれたちの未熟な開花は、今こそ本物になるだろう。ああ、おれは最近出まわってる偽のヒントにも気づいてるよ。残念ながら、あんたもそれにひっかかっちまってるようだな。今のところ、進歩が意図的にねじ曲げられたとは信じられないね。ましていちばん先に進んでいる者の手でそうなったなんて」

「いつになったら信じられるんだい、ハードクロウ？」

「永遠に信じたくないね。今夜、おれは新しい見通しを得た。そいつはおれに火をつけた。フォーリー、今ただよってる期待感は、野暮天が何を言おうと変わらないよ。今夜、おれはこの国きっての柔軟で興味深い知性の持ち主がワシントンを訪れる場に立ち会った。彼みたいな人間がいるなら、失敗なんかあるはずない。彼ら選りすぐりの男たちが、おれたちをこのどん詰まりから救いだし、もう一度帆に順風をはらんで——」

「船乗りじゃあるまいし。その新人はどんな果実を実らすんだい？」

「野生リンゴ《クラブアップル》と答えれば面白いかな。というのも、そいつの名前はクラブトゥリーというんだ」

「まさかカーライル・S・クラブトゥリーでは？」

「まさしくその彼だよ。どうして知ってるんだ、フォーリー？　あんたにはあそこに加わる資格なぞ——彼みたいな人間と知り合いになれる立場じゃないはずだ。まあ、たしかに連続自殺をスクープしたし、ファシストのフエンテスの一件もある。目覚ましくご活躍のようだ。最後に会ってからもう一年くらいか？　だいぶ年をとって、ずいぶんと——」

「大人になったんだよ、ハードクロウ。ぼくは最近大人になった。そう、ぼくは大物が登場したらその話が伝わってくるぐらいにはなったんだよ」

「そうか、あんたは科学記事の担当だったし、クラブトゥリーはどこぞに引っこんで科学者兼発明家としてそれなりの評判だったらしい。この街に来てたのは知ってたのか？」

「ああ」

「そいつは不思議だ。誰も知らないはずだったのに。それにしても、クラブトゥリーが高い地位に選ばれると見抜いたのは明察だな。告知もされてないのに。彼はすばらしい発明家だ。見事なアイデアの数々！」

「実に見事だよ。ハードクロウ、その柔軟で興味深い知性はいつ花開いたんだい？　きみがクラブトゥリーに会ったのはいつごろなんだ？」

「いや、今まさに会ってきたところさ。その場にいたのは、おれたち選ばれた記者だけだ。それに役人とお偉いさん。最後に会ったのは二十分前というところかな」

「ぼくが彼の死体を見たのはほんの二時間ほど前だよ、ハードクロウ」

「何を言ってるんだ、フォーリー？　カマをかけようってのか？　あんたの与太話のことは聞いてるぜ。おれは引っかからんよ。いったい何が言いたいんだ?」

「ぼくは運良くも、その新しい人間の誕生に立ち会ったってこと。産婆ってこんな気分なのかな? カーライル・S・クラブトゥリーはどんな服装をしてたか、教えてくれないか?」

「フォーリー、おれがその場にいなかったと疑ってるのか? 自分が選ばれなかったから? 服装を知りたいならそのまま見せてやるよ。もちろん撮影は禁止だった。だから当然、記者は全員自前でスパイカメラを持ち込んだ。たった今焼き付けができたところだ。ほら、よく撮れてる。初公開の写真だ」

「ああ、たしかにこいつはクラブトゥリーだな。少なくとも誰にも違いがわからないほど似てる。この仕組みがわかるならなんだってするよ。クラブトゥリーと同じ服、ぶかぶかのパンツもジャケットも同じだ。ジャケットのシャツに開いたナイフの穴はどうしたのかな? なあ、血はどうやって元に戻したんだと思う? 死体は片づけたのかな? あいつはいい奴だったんだが」

「たしかにそう見えたよ、フォーリー。真の偉人がみなそうであるように、てらいのない素朴な人物だった。クラブトゥリーは町に着いたときのままの格好だった。しかし彼のアイデアはまばゆい光を放っていた。フォーリー、あと何か言わなかったか? なにやら無意味なことを、無意味だが危険なことを喋っていたようだが」

「ああ、そうだね。でも、結局のところクラブトゥリーはまちがってた。そもそも尾行はぼくではなくクラブトゥリーについていた。それともぼくら二人両方についていて、その尾行がぴったり息があってたのかもしれない。ぼくはまだ自分の重要性にもいくらか誇りを抱いてるんだ。クラブトゥリーは何かびっくりするようなものを提供したかい?」

「真に偉大な存在はつねに単純だから、彼はこのうえなく重要なものを内ポケットのマニラ封筒にしまっている。想像してみろ、フォーリー、人類の運命と性質を変えてしまうかもしれないものだぞ」

「クラブトゥリーがシャツからマニラ封筒を出したって? その場を見たのかい?」

「ああ。封筒に入ったパンドラの箱。クラブトゥリーが取り出したのは、まさにそういうものだ」

「じゃあ、ぼくが取り出したのはなんだったんだろう」

「あれを分析するにはこれから何年もかかる。だがそれは実り多き年月だ」

「かもしれない。でも、クラブトゥリーは待ち時間抜きで実現したがってた。即座に実行に移したくて焦ってさえいた。さる集団に邪魔されるんじゃないかと心配してたんだ。どうやらその心配は当たったらしい。かくして新人類が登場する」

「フォーリー、あんたの態度は気に入らんな」ハリー・ハードクロウは乱暴に言った。「世の中、肝心のことを知らないかぎり、どうやっても全体像はつかめない場合がある。新聞記者なら、口と心を閉じとく頃合いを飲みこんでるはずだ。しまいには墓場行きだぞ」

「ハリー、誰だって最後はそうだろ?」

「主流派に異議を唱えたいだけなら別な機会にするといい。さっきから妙なほのめかしばかりだ。いいかげんその謎解きをするか、その気がないなら帰ってくれ。あんたのネタはどうも熱すぎるようだ。礼儀知らずの青二才のせいで火傷するのは御免だよ」

「ハードクロウ、もうひとつ答えを見つけなきゃならない疑問があるんだ。どうすれば、きみみたいな精神を堕落させられる？　きみは馬鹿じゃない。きみはここ、事件のど真ん中に座ってた。まちがいなく今起きてることの一部は知ってた。昔から奴隷根性だったわけじゃない。ずっと怯えていたわけじゃない。ひょっとしたら新人類が古い人間に押し入るだけじゃないのかな？　きみは本当に昔と同じハリー・ハードクロウなのか？　彼はコインの裏表両方を見られる人間だったが」

「今だってできるとも。どっちが表かもわかるぜ」

「きみは自分が話した以上のことを知ってるな。きみの目からのぞいてるのは囚人の脅えだ。奴らの仲間になっちまったんだな」

「おれは限られた取材陣に選ばれたと言っただろ、フォーリー。おれはたいていのものに選ばれる。そのためには、なにがしか諦めなきゃならん。だけど、たいていの人間にはこんなチャンスはまわってきさえしない。フォーリー、魂を売ったなんて他人を非難する前に、自分にそのチャンスが与えられたことがあるか考えてみろ。誰があんたなんかを買いたがる？　選ばれるのはごくわずか、誰もそれを拒否したりしない。離れて匂いを嗅いで吠えてたって、遠すぎて笑い飛ばす相手にもなりゃしない」

「そいつは愉快だ、ハードクロウ、笑えるな。でも、ぼくは自分のやりかたでやるさ」フォーリーは袖から何かを払い落とす仕草をしたが、そこには何もなかった。

「ハリー、ほんのちょっと部屋をはずしてくれないかな？」フォーリーはたずねた。「もう一人のハリーと少し話をしたいんだが」

「ハリー・ハードクロウはおれ一人だ。もうあんたにはうんざりだよ、フォーリー。とっとと出ってくれ」

「おやすみ、ハリー」フレッド・フォーリーは乱暴な口と真っ赤な頬に告げた。「おやすみ、ハリー」と男の目の中の囚人に告げた。

フレディはミゲル・フエンテスの宣戦布告をタンカースリーに電話で伝えた。この男も今やフレディの送るネタはなんでも素直に受けいれるようになっていた。

「まちがいないか、フレディ?」と訊ねただけだった。「おまえが保証してくれたら、印刷にまわすよ」

「ええ、まちがいありません。彼が報じて欲しいと考えていたとおりです」

フレッド・フォーリーは部屋に戻った。部屋はすっかり調べつくされていたが、中は乱されてはいなかった。「ぼくが何を持ち運んでるのか知りたきゃ、頭をこじ開けてもらうしかないな」とフォーリーは独りごちた。

フレディは鏡に自分の姿を映した。本当だ——ちょっぴり年をとり、はるかに成熟していた。フレディは新たな自信を手に入れた。それからベッドでつかのま荒れ模様の眠りをとった。

フレッド・フォーリーはこの世界の二十四時間サイクルに適応できたためしがなく、たいていは自分の稼業を利用して逃げていた。いつもは眠たくなるまでベッドに入らず、起きたくなるまでベッドから出てこなかった。フォーリーは人類がもともとなじんでいた世界の三十四時間サイクルに強く適応していた。だけどときには合わせたほうがいいし、翌朝は早くから謎に満ちた謎の女性とデートの約束があった。

苦しい夢に続いて、苛立たしい目覚め。そのあいだには不気味な荒野。メッセージ・センターたるフレッド・フォーリーのまわりでは、あらゆる種類のあぶくが渦巻いていた。

ジェームズ・バウアーの前には力強く知的な男、ベデリアの父リチャード・ベンチャーが立ちふさがっていた。ベンチャーは屈強な精神と真の人間的深みを兼ねそなえていた。単刀直入だった。賢明だった。組織の実際の（雰囲気を左右する）中心にまっすぐ向かう力を持っており、ジム・バウアーの精神とまっすぐ向きあった。ベンチャーは若いころ、同じような存在と対峙したことがあった。その対決には勝利し、雄々しく帰還し、充実して成功した人生を送ってきたが、些事にまで十分に注意を払っていたわけではない。そんな中に娘ベデリアの件があった。今、ベンチャーはその埋め合わせをしようとしていた。

ベンチャーは脳波網を打ち叩き、壊そうとしはじめた。ジム・バウアーは、共鳴する魂を鳴り響かせ、脳波網に反撃を呼びかけた。だが、本当にバウアーが脳波網の主人なのか？　そこには何人も力強い人間がいた。

ホンドー・シルヴェリオも自分から接触してきた。彼はベンチャーに、協力してジェームズ・バウアーを殺し、残りの脳塊はホンドーの考えに添って処理しようと提案した。さらにそのあとベンチャーも脳波網に加わり、バウアーの地位を継ぐべきだとも。リチャード・ベンチャーは驚いた。

「蛇が冗談を言ってるかどうか、どうすればわかる?」とベンチャーは自問した。「あいつらの心理はよくわからんが、学ばねばなるまい。いや、そんなことはやるものか。狂ってる」

ベンチャーは、戦うとなればとことんまでやる男だった。だが今度の戦いは思っていたよりも、はるかに厳しかった。バウアーに真っ向から組みついた。ジム・バウアーと同じくらい、精神も肉体も魂もタフな男だった。二人は雄牛同士のごとく戦えただろう。だがホンドー・シルヴェリオはどうしたらいいのだろう? まだら緑のユーモアは完全な悪ではなかった。非人間的ではある、だが完全な悪ではない。

脳波網に加わっている精神的スポーツマンたちはどうしたらいい? クレーの描く魚にして聖なるセクシー娘ウィング・マニオンは? 一瞬、ベンチャーはその心に死んだ妻の精神と出会ったような気さえした。サルツィー・シルヴェリオの螺旋式の情熱は? サルツィーに揺すぶられ、ベンチャーは目がまわって調子がおかしくなってしまった。優雅な悪魔アルーエット・マニオンはどうしたら? あまりの調和主義ゆえに、千の世界から汚物を持ち込んで浮かれ騒ぐ男を? さらに灰色の幽霊レティシア・バウアーと灰色の肉体レティシア・バウアーがおり、一人は死に、一人は催眠状態で、どちらもマゾヒスティックな苦悶にあえぎ、救いを求めていた。この奇妙な二重性にまつわる正真正銘の謎と強烈なエネルギーは、ベンチャーにはまったく理解できなかった。そしてベデリアその人がおり、そして網に加わった本物の悪魔がいて、その二人は不自然に近かった。

「いやはや、これまでもイカレた男と付き合ってばかりだったが、本物の悪魔ははじめてだ。あの娘はどうも精神がゆるいな。こいつに比べたらフレディは可愛いもんだ。あんな娘がわが下腹から生まれたなんて！」

広い視野と決意を備えていたリチャード・ベンチャーすら、この多重的存在との遭遇にとまどっていた。実の娘は網から抜けるのを拒んだものの、さすがにベンチャーへの攻撃に加わろうとはしなかった。むしろ、ホンドー・シルヴェリオ同様、網に加わるよう誘ってきた。ベデリアの提案は、アルーエット・マニオンを殺して、その地位に取って代わるというものだった。とはいえ、この戦いも提案についても、あくまでもベデリアの無意識でのできごとだった。

螺旋式の情熱を持つサルツィー・シルヴェリオは狂ったようにベンチャーに惹かれていた。彼女は強い男には夢中になるのだ。そしてウィング・マニオンはベンチャーに収穫者《ハーヴェスター》がいかなる存在かを説明しようとしていた。ことによると、収穫者《ハーヴェスター》たちは収穫そのものよりも重要だという理由を。

ドラゴンと戦うときには、決して相手の美しさに魅了されてはならない。ドラゴンの手足や付属肢は、ときに虹色に輝いて見える。興味深く芸術的存在で、遠吠えと炎の鼻息で刺激的な音楽を奏でる。リチャード・ベンチャーは戦っていた。だが、敵を構成する多くの部分が自分自身の不可思議な一部でもあった。

別のメッセージ、別の人々やそのかけら、魂がまた別の身を焦がす炎のまわりを飛び交う別の魂。マイケル・ファウンテンは壊れた世界の上で両手を握りしめた。多くを知るマイケルだが、世界の修繕法はわからなかった。同名のメキシコ人のほうは少なくともそこはわかっていた。

ミゲル・フエンテスは低木林《チャパラル》で開かれた深夜法廷の判決を得て、九人の男性を処刑していた。矯正不能な優雅な犬どもを殺すのは不愉快な仕事だったので、フエンテスはみずから手を下した。それからロバの尻に頭をあずけ、一人孤独に泣いた。

「あいつはぼくよりも若いじゃないか」とフレッド・フォーリーは言った。「世界に命令を下すべき人間は、どこか他にもいるはずだ」

パトリックたるパーティグルー・バグリーの透明犬がいた。犬というより猿に近く、見方さえ知っていれば目にも写る。今、フォーリーには見えており、プラッパーガイストはしかつめらしくウインクした。そのとき、フレディにも相手が何者かわかった。そいつは昔、新聞漫画の『カッツェンジャマー・キッズ』に出ていた島猿だった。だが、馬鹿げた新聞漫画の登場人物たちは、通常は書き手自身も知らないのだが、みな外部の独立した存在なのである。犬が、猿が、ポルター・プラッパーガイストが隣にいてくれるのはいいものだ。どんな犬や猿よりもかしこくいたずら好きで、殺しも巧みにやってのける。

カーモディ・オーヴァーラークがいた。額に宝石をつけたお洒落なヒキガエル、顔をバケツに突っこんでるのは痛みのせいだろうか？　だがカーモディは、フレディがここ数日でほんのわずか身につけた能力を大いに発揮していた――どこの誰に夢見られても、それを感じとるのだ。夢のカーモディは、想像ではなく本物だった。鋭く力強く侵入してくる。カーモディ・オーヴァーラークのことを夢見たり考えたりするのは危険だった。

短く浅い眠りだった。最悪なのは、鼻につく夢でも、苛立たしい目覚めでもなく、その合間にある不気味な荒野だった。人間は、元の世界にいたときも、もともと適応していた長い昼夜のサイクルで暮らしていたときも、夜見る夢に、荒野に苦しんだのだろうか？　それとも、これは現在の適応過渡期にかぎったことなのか？　それをなくせば何かが失われる。切り取れば血が流れる。あの夢はすでに我々の一部となっているのだ。

パトリックと鷹たち、数え切れないほどの腕をもつ犬顔の水蛇《ヒュドラ》、嘘のように世紀をまたいで飛び出す人々、城と館、そしてモラーダという名の家の壊れた階段はパティオから……どこへ？

ようやく夜が明け、朝が訪れた。

「まったく、待たせやがって」とフレディは輝く田舎娘に向かって言った。

朝になるとフレディ・フォーリーはレンタカーを借り、メリーランドの隠れ家へと走らせた。オリエルの雑でわかりにくい説明にではなく、むしろ本能にしたがって走った。近づくにつれ感じられてくる。朝の光の中で何かが歪むのが、周囲の非現実とはかなさが、まっとうな耳なら高すぎて聞こえない音が、病んだ詩が、大岩が取りのけられて出現したような、青々とした草地と藪が感じられた。建物もまばらな郊外に来るのははじめてではなかったが、こんなに感じたことはなかった。だが最近、フォーリーは他の目を通し、収穫者《ハーヴェスター》の目を通し、パトリックの目を通し、鷹の目を通し、ヒキガエルの目を通して見ることを覚えたのだ。他人の目を使わないと、多くのものを見落としてしまう。

家は鬱蒼とした茂みの中に隠れていた。優美で低く――「ヒキガエルのように身をこごめ、イブの耳に近づく」――ここに違いない。それ以外の動物の隠れ家ではありえない。前夜まで彼女がそういう存在だとは知らなかった。今では見る前にすべてわかっていた。

オリエル・オーヴァーラークは、戸口で喉と鰓《えら》を震わせながらフレディを迎えた。全身に銀をまとい、青銅色に輝いていた。こんな印象的で謎めいた生き物は見たことがない、とフレディ・フォーリーは思った。

「連れてきて下さった？　誰か持ってきてくれた？　あの人たちの誰かを中に抱えてきてくれた？もっと開けっぴろげになって。でないとクルミみたいにあなたの頭をかち割って、いますぐ食べちゃうわよ。あたしは欲しいのよ。今すぐに二人ほど欲しいの。あなたはどうやってつながったの？あたしも融けあいたいわ。いますぐ融けあえるように、手伝ってちょうだい！」

「脳波網の連中のことですか、奥さん？　どうやってあいつらのことを知ったんです？　匂いがついてるのかな？　ほんの少しかすった程度なのに。あいつらのことは忘れましょう。いくつか質問したいだけなんです」

「質問だなんて！　あたしは螺旋式の情熱とまだらな蛇のユーモアが欲しいのよ。あたしは今すぐ彼の体が欲しいの。あの女たちがもっと欲しいのよ！　あの人たちの一部でも、あなたの中に入ってないの？　じゃあ、今すぐあなたが欲しいわ」

オリエルにぎゅっとつかまれて、その熱さにフレディは驚いた。低く見積もっても五十度を越える体温は、旧訂版人類ではありえなかった。それに誓ってもいい、彼女の体内では二つの心臓が猛烈に脈打っていた。そしてその目は、見るのではなく見てもらうための目だった。「古きエナメル仕上げの目を、ここで打ち棄てよ」「ミルトン『リシダス』」という詩句が脳裏をかけめぐった。名づけられぬ感情がフレディ・フォーリーの中でほとばしり、爆発しそうになった。

「彼のことを教えてちょうだい」宝石の目をもつ生き物は切望した。「本当に二本持ってるの？　彼女はどんな様子？　のたうって、痙攣して——教えてちょうだい、見せてちょうだい」

「オーヴァーラークさん、ぼくも二人を直接見たことはないんです。二人とも網の人間で、ぼくは網にわずかに撫でられた、それだけなんです。わあ、もう勘弁して！」

圧倒的な感情はなおもフレッド・フォーリーの中で高まっていた！　フォーリーの中で爆発する！　そして彼の震える胸にチェスタートンの詩句のもじりが浮かんだ——

あるいは汝、蝿の王を愛するのか
ヘブルの地を害し、葡萄酒を
腰に浴びせられたる者を、
それともパシュト、
目に緑柱石をはめた者か？「オスカー・ワイルド『スフィンクス』」

フレディはその感情に圧倒されてしまった。彼はバラバラに砕け散った。

「あたしを笑ってるのね！」オリエル・オーヴァーラークは驚きで蒼ざめた。「ああっ、傷ついたわ！　死にそうだわ！　感謝を知らないけだもの！　あたしたちが傷つくのはそれだけなのを知ってるでしょ?」

まあ、笑うか、破裂するかだった。フレディにはどうしようもなかった。巨大な笑いの塊を吐き終わったころには、燃えさかっていたオリエル・オーヴァーラークは氷のように冷たくなっていた。

「本当に申し訳ありません」とフレディは釈明した。「あなたの目は何にも似ていません。あなたのかたちは何にも似ていません。あなたの情熱は、たぶん、脳波網そのものに属するもので、ということはあいつらとは別の脳波網の一部なんですね? ただ単にぼくが礼儀知らずで、心の奥底からの感情がなく、そういう熱いあれこれがわからないんです。さあ、ちょっとだけ口とんがらして(その表情、素敵ですよ)、気が済んだら質問に答えてくださいな」

と言いつつ、フレディはまたも吹き出しそうになった。「金色のただよう蛇」が心に浮かんだのだ、ああ、あの詩句が!

サソリとクサリヘビ、アムピスバイナの苦しみ
ツノクサリヘビ、ミズヘビ、ウミヘビの悲しみ

オリエル・オーヴァーラークはそのすべてであり、にもかかわらず美しく、この美しさを理解できない者、原初の情熱と甘すぎる詩につつまれた美を味わえないのは、ただボンクラな田舎者だけだった。

「あたしは質問なんて信じてないの」オリエル・オーヴァーラークは不機嫌で気の抜けた返事を返

した。「質問に答えるなんてもってのほか。どっちも時間の無駄だし、あたしたちに足りない唯一のものが時間だから」

オリエルは笑いにひどく傷つけられ、まだあえいでいた。致命的な侮辱で宝石の目がこぼれ落ちそうだった。

「ミセス・オーヴァーラーク、お嬢さん、緑目のお人形さん、ぼくは最近、時間をたんまり持っていそうな人について調べてるんです。何世紀もの時間を持ってる人たちについて」

「いいえ、時間をたんまり持ってる人なんていやしないわ」と疲れたオリエルは答えた。「だって、持ってる時間はみんな同じよ。一日生きるたびに一日年をとる。怖ろしいわ。出口を探してるけど、どうしても見つからない」

「どのくらい急いでるんです、オリエル？」

「あたしはいつも急いでる。一分一分を大事にしなくちゃ。一秒一秒を何より興味深いものにするの。でも、あなたはなぜか何よりも興味深いものに思えるわ。あなたの喉のラインときたら！　あなたの体のなめらかな動き！　どうかあたしを失望させないで」

「きっと失望させますよ。ぼくはそんな風にできてないんです。誰も四六時中絶頂でいられませんよ」

「そう、四六時中絶頂で、生きているあいだはずっとよ」とオリエルは言い張った。「必ず変種が、興奮が、新しい平穏があるはず。たった今あたしが味わってる鋭い苦痛が、さらなる側面があるはず。新しいものじゃないとだめ、長く続いちゃいけない。しばらくすれば、本当の意味で違うものなどなくなってしまう。そのときにはしばらく休んで食欲を高めて、大事な日々に備えるのよ」

「ええと、お手間はとらせませんので。オリエル、ぼくが知りたいのはこういうことです。この二年間で、ご主人のカーモディ・オーヴァーラークさんに何かはっきりした変化はありましたか？」

「あたしがおねがいしたいのは、どんな質問もしないこと。変化はあるに決まってるでしょ！　あの人はいつだって大きく変化してるわ——二年前にも、二日前にも、二秒前にも。だからあの人はとても素晴らしいのよ」

「ぼくには一風変わった理論があるんです。二年前のカーモディ・オーヴァーラークは、今のカーモディ・オーヴァーラークとは別人だという説なんですが」

「あら、もちろん別人だわよ。彼はつねに変化してるんだから。カーモディは変幻自在。カーモディはカメレオン。あたしたちはみんなそう」

「あたしたちって？」

「質問はやめて。もううんざり。情熱がないなら帰ってちょうだい。昨日の晩、見つめられたときには、質問よりもっといいことを考えてると思ったのに。質問の答えが欲しけりゃ、百科事典を見なさいな」

「あなた自身が百科事典なのかも、オリエル。あなたが二年前に結婚してたカーモディ・オーヴァーラークは、今結婚してるカーモディ・オーヴァーラークと同一人物なんですか？」

「あたしは一人としか結婚してないわ」

「結婚して何年に？」

「さあどうかしら。数えるのは難しいわねえ。たくさん引き算して、ちょっぴり足して、ちゃんと記録をつけてる人はいるかしら？　そこが怖ろしいところよ、記録をつけるのは。計算するのにも時間がかかるし、あたしには時間がないの」

「ぼくは数年前にもカーモディ・オーヴァーラークと会ってます。それはぼくが昨日会った人とは別人だったけど、まちがいなく同一人物に見えました」

「ああ、それは単なるヘマよ、あたしたち――あたしは彼のことはよく知らないの。一度きりしか会ったことない。詳しい部分までは知らないわ。ちゃんとやってくれる人がいるから。ねえ、その件について追求するのは危険だと言われなかった？　あなたの身に何も起こらなければいいけど。あなたの喉のライン！　体のなめらかな動き――」

「さっきも聞きましたよ、オリエル。そう、ぼくの命は危険にさらされてます。三人の男から手を引かなきゃ命はないと脅されたし、一人からは手を引いたら殺すと脅されました。たぶんそれで相殺でしょう。ぼくは、今のカーモディ・オーヴァーラークが五百年以上前に生きていたカー・イブン・モッドと同一人物だと考えてるんです。それについて何か知りませんか？」

「あたしの夫とその人の類似について、わりと笑える記事があるわよ」

「ぼくが書いたら、あまり笑える記事にはならないでしょう」

「あなたがきっと書かないその記事は誰にも信じてもらえないわよ」

「オリエル、ひとつだけわからないことが。マムルーク朝は宦官王朝ですよね。本当に彼が最高だと思ってます？　それとも、この再帰にまつわる件には、もっと深いものがある？」

「ああ、あなたは何もわかってない。そんな素敵な喉のラインしてるくせに、何もわかってない。このやり方は、あなたたちが言ってるのとはまったくの別物。実際には、情熱を一千倍にも増さなきゃならないの。新米たちがそのすべを知らないのはいいことなのかも。あれは弱い連中向きじゃない。でも、今の時代にもなにかを持ってる人たちはいるようね。ああ、脳波網の人たち！　ああ、あなたがそれを望めば！」

「二年前までカーモディ・オーヴァーラークだった男、その男はどうなったんです、オリエル？」

「殺されたんじゃない。あまり深く考えたことないわ」

「気にならない？　だって、あなたの夫だったんでしょう？」

「何を言ってるの？　あなた、どこまでわかってるの？　ほんのちょっぴり推測して、残りをまったく見落とすなんて」

　オリエルは髪の毛をいじくっていた。退屈しはじめていた。拒絶がもたらす強烈な苦痛さえ、長くは続かない。涼をとろうとするかのように、髪に風を通してふくらませていた。フレディはそれに気づいて、オリエルのことをちょっぴり理解した。

「あたしのことをちっともわかってないわね、眠れるアドニスさん？」

「いや、ようやく大体わかりましたよ、オリエル」

「なんでわかったの？」

「その耳です。昨日の晩、ミス・エヴァンズは言ってました、あなたは耳の形が悪いから、いつも髪で隠してるんだって」

「あの女、目に物見せてやる。あたしの耳は抜群なのよ」

「そのとおり。でもそいつは太古の耳《アルカイック・イヤー》ですね」

「もちろんよ。毎回新しい耳をつける必要はないでしょ？」

「あなたも再帰者の仲間なんですね？」

「そのとおり。で、ようやく推測したわけだけど、その知識をどう活かすつもり？　ある集団があたしたちの優良施設に収容されてる。そこにいるのは、そういうことを推測しちゃった人たちなのよ。あなたをそこに加えてあげてもよろしくてよ。事実をありのまま受け入れられないのは狂気の証明ですからね。あたしたちが難攻不落の存在だという事実をね」

「なんであなた方はみな用心深くて、不安気にぶるぶる震えてるんです？　どうして、秘密を守るために人を殺したり監禁しなきゃならないんです？」

「あーら、それはあたしたちがとっても急いでて、とっても情熱的で、時間はあっという間に尽きてしまうからよ」

「二年前までのオリエル・オーヴァーラークはどうなりました？」

「よく知らないし、別に気にもしてないの。例の施設で、あたしこそオリエルって主張してるんじゃない。それとも死んだのかも」

「古い体は使わない？」

「ときどきはね。それにもっとつまらないかたちで使うこともある。知らなくてもいいことよ」

「昨日の夜、あなたの仲間がクラブトゥリーという名前の発明家と差し替えたのは？」

「クラブトゥリーになったのはあたしの古い友人。戻ってきてくれて嬉しいわ。彼も一千倍もの情熱を備えた人なのよ。取っ替えられた元の人間のことは何も知らないわ」

「人を交換して、誰にも気づかれないのはどういう仕組みなんです？」

「あら、あたしたちは擬態するのよ。これは古代から伝わる技術。同時に、向こうにもこっちを擬態させる、時間を遡ってね――あなたには理解できないでしょうけど。自分の容姿はそのままに保ちつつ、置き換えた先の相手の容姿も受け入れるのよ。昔ながらの擬態のその先まで知りつくしていないと、とうていわかりっこないわ」

「写真や絵を比較して、少しはわかりましたよ。いったい何が目的です？　なぜ世界の回転を遅くして、それを止めようとするんです？」

「政策には関与してないのよね。ひとつには、あたしたちはつねに物事を仕切らなくちゃならないし、デタラメに流すわけにはいかないから。あたしたちはやりたいからやるんであって、それ以外の理由はあなたの知ったこっちゃない。なぜなら世界とその住人はあたしたちの足置き台で、台が広くなりすぎるのはよくないことだから。夫と会ったときに訊ねなさい。ずっと言葉巧みに言い抜けてくれるはず。思うに、彼と話したあとにはどこぞに送られちゃうわね」

「その件については、ぼくにも意志があります」

「意志なんてたいしてないのよ、なめらかな身のこなしのあなた。あなたを装飾品として見てあげられるのはあたしくらいだもの」

「あなた方と同じ能力を持ちながら、仲間になってない人はいる？」

「ああ、たまにいるみたいよ。どなたかご存じ?」

「たぶん。しかとはわかりませんが。オリエル、あなたはどこまで遡れるんです?」

「たとえ再帰者だろうと、女性に年を訊くもんじゃなくてよ。かなり昔になるわね」

「カーモディと同じくらい?」

「いえいえ。そんなに古くはないわ。拾われたのは、もっと最近。新規採用もあるのよ。あたしたちは生殖しないから。それに、事故で失うことがある。何世紀ものあいだ、遺体の防腐処置を禁じようとしたわ。でも、ごく狭い地域で、それも限られた期間しか成功しなかった。自分たちの遺体処理に関しては、細かく指示と命令を残すようにしてる。それでも忌まわしきものが入りこむことはある」

「でも、いつかはみんな死ぬ。そのあとは?」

「あなたたちはいつか死ぬわよね。そのあとがなんですって? あなたたち、今生きている人はみな、あたしたちが死ぬずっと前に死ぬの。そして誰一人、戻ってきて向こうに何があるのか、報告をした人はいないわ」

「あなたたちには良心はないんですか?」

「あたしにはないわ。ええ、あたしたちはそんなもの持ってない。あなたたち未入門者たちも、やっぱり良心を無くしつつあるわよね。あたしたちは進化の過程にいて、大きな距離をはさんで、あなたたちの前でも後でもあるのよ。たとえ以前良心があったとしても、そんなものはすっかり脱ぎ捨てたわ。さあ、もうお開きの時間よ。あなたは情熱を持ってると思ってたのに。少なくとも男か、それともけだものか、せめて爬虫類だと思ったのに。実を言うとあたしがいちばん好きなのはそっちなんだけど。久しぶりだわ、こんなに失望させられたのは。あなたがその気なら、人生で決して手に入らない経験を味わわせてあげたのに。あなたにちょっぴり新しいものを期待してたの。あたしたちは徹底した官能主義者なのよ」

「あなたはそうでしょうよ、オリエル。もう時間切れだけど、あとふたつ。旦那さんはなんでネズミを飼ってるんですか？」

「趣味よ。それ以上知る必要はないわ」

「あと、なんでバケツに頭を突っこむんですか？」

「本人に訊ねなさい」

「そうします」

フレッド・フォーリーはメリーランドの朝の隠れ家を後にした。

「その喉のライン、なめらかな動き」とオリエルは言った。

「『でなければ汚らわしきカエルの水槽にしよう
まぐわい産み落とす場所として』」とフレディ・フォーリーは言った。

第九章　だが、おれは奴らをたいらげるぞ、フェデリコ、おれは奴らをたいらげる

昇天は、時いたれば、通常の手順にしたがい、古い型の上の段階にあがりそのまま上昇してゆく。我々には春が来て、夏が来て、秋が来る。それから冬が来る。それは打ち破る季節だ。型にしたがって上に打ち破るか、さもなくば打ち破られる。

それは大いなる冬《フィンブルヴェト》、破壊の冬、雪の巨人が雷光の怪物じみた冷たい炎を送りこむ荒々しき冬であってはならない。しなびたような亜熱帯の冬、外にいる四種の生き物が門から中に入ってくるような不活発な冬ではない。愚鈍な冬、心がくじけるような冬でもない。そんな心霊的、精神的霜が降りたあとに来るのは病んだくりかえしの春でしかない。

その冬は、ある意味では、常緑の冬、「冬が腰まで来てもさえずってる夏の鳥」が歌う夏、速やかな正気のうつろい、正しい注文と丁寧な法の、屋内の手作業と指物師の仕事の冬でなければならない。「蒼白な鎌を持ってやってくる幽霊は何者だ？

今年の収穫はとっくに刈り取ったぞ。とく去れ、血の気のない収穫者《ハーヴェスター》どもよ、おまえたちの季節は終わった」

速やかな正気と鋼のような神経の一冬を過ごしたのち、我々は二度目の春を迎える。それはくりかえしではなく、古いかたちでのはじまりをやりなおすのでもない。それは螺旋のように上昇する渦がさらに高く舞う、大騒ぎの春になるだろう。鳥はこれまで以上にさわがしく、若駒はひづめを打ち鳴らし、大地はさらに新芽をめぶき、精神はさらに高揚し、空ははるかに永遠になる。死の冬を打ち破ったとき、はじめて螺旋の春が訪れ、我々はようやく第五の館に入ることができる。そしてそののちは、ただひたすら歓喜と上昇あるのみ。

——モーリス・クラフトマスターによる散文詩

フレディ・フォーリーは身辺整理をした。短い時間でできるかぎりのことを。内なる回路を通して、どんより煤色の収穫者《ハーヴェスター》たちがはしゃぎ暴れているのを感じながらも、楽しく片づけた。今では、リチャード・ベンチャー同様、ドラゴンを作りあげる騒々しい音楽と虹色の手足も見えるようになっていた。

クラブトゥリーのマニラ封筒の中身は、フレディの手で責任ある男、マイケル・ファウンテンの元に届けられた。とはいえ、フレッドは中身が偽物で、本物は別の用に供されていると考えていた。マイケル・ファウンテンなら偽の影から本物の姿をあぶりだせるだろう。

そしてフレディは心の中でサルツィー・シルヴェリオにも会った。「今年の早いうちに、蛇は脱皮するだろう」とフレディは言った。「つまり早春吉日ってことだよ」

フレディは故郷の弁護士にも電話して、遺言状第三号を唯一真正の遺言とすると宣誓し、一号、二号、四号、五号を破棄するように命じた。フレディには他人に遺贈する財産はほとんどなかったが、価値もあり財と言えそうなものも少しはあった。

そしてベデリア・ベンチャーも彼の心の隅に、図々しく苛立たしく居座っていた。ピンク色の硫黄、薔薇の香りの業火など。フレディはガールフレンドを二流の悪魔に差し出す気などさらさらなかった。この件はまだ終わってない。

フレディは小包と大型封筒をいくつか用意した。出かけるとまとめて郵送した。大型封筒はマイケル・ファウンテンに書留便で送った。それから散髪と髭剃りをして、こざっぱりと身支度をととのえた。

「わたしは体外で別の子供たちを生みました」床屋の椅子に座っているとき、脳内で灰色の幽霊が囁いた。「生まれた子はみな奇形の猿か、でなければ蛇の子か、扁平なヒキガエルか、おかしな魚か、霊の子供でした。幸いにも、あの子たちはすでに消え去りました！　わたしは道に迷い、混乱しています。それでもなお、別の道を行かねばなりません。あの人たちに整えられた道は行きません。今夜です、もしそれが夜ならば。今日です、もしそれが昼ならば。わたしはもう一人の子、美しく光に満ちた子を身に宿すでしょう。不屈の者は何者にも決して屈しないのです」

フレッド・フォーリーは自分に軽く気合いを入れ、まっすぐ医師の元へ向かった。どの医者でもいいわけじゃない。フォーリーはさる評判のいい医者をたずねた。ひとつだけしっかり確認したいことがあったのだ。

「気をつけろ、フレディ」とぐろをまく情熱と大いなる同情の中心に居座る、知的で卓越して高貴な蛇が言った。病院の待合室に入ったときだった。「よく考えるんだ、フレディ、誰がここにおまえさんを導いた？　とっとと出て行くべきだと思わないか？　おまえさんにこんな医者など用はあるまい」

「この手の医者こそ必要かも」とフレディはホンドー・シルヴェリオの投げた影に向かって言った。「あんたらが頭の中で跳ねまわってるもんだから、これ以上何かする前に自分の正気を確かめときたいんだ」

「フォーリーさん、お入りください」体の外の耳に受付嬢の声が聞こえて、フレディ・フォーリーは診察室に入っていった。

「ここに来た理由をできるだけ手短にお話しします」フレッドは評判のいい医者に向かって言った。医者の目は見えず、眼鏡に光が反射していた。だが、その眼鏡の裏には評判のいい目があるはずだった。「自分が正気だという証拠が欲しいんです。これまでそういう依頼はありました？　しっかり調べてもらって、その上で法的にも効力を持つ診断書を書いて欲しいんです」

「ううむ、いや、こんなのは初めてです、フォーリーさん。そういったかたちのはね。法的な問題がないかぎり、法的書類なんて求めませんから。あなたの正気が問題になったのですかな？」

「ええ、まあ、あちらこちら、いろいろですね。たいていは冗談まじりで、おまえ頭おかしいよ、とか言われるんですが……あー、冗談じゃすまない場合もあって。実は自分の正気が問われると信じるに足る理由があるんです。それも近々に。ぼくはでっちあげで入院させられてしまいます。誰一人頼れぬ状況で。その前に、優秀なお医者さんからお墨付きをもらっておきたいんです」

「たいていの入院患者はでっちあげで入院させられたと信じてるんですよ、フォーリーさん。でも、ほとんどは入院してからそう言いだすものです。入院以外に選択肢はないんですか？」

「以前は選択肢を与えられてました。黙ることです。ぼくはそうしなかった。たぶん、もう遅すぎるでしょう。さあ、ぼくを診察して、しっかり正気だと言ってください」

「フォーリーさん、ちょっぴりネジがゆるんでると診断される可能性もありますよ。入院させる理由がある、となるかもね。どうも被害妄想の気があるようだし」

「先生、妄想なんかじゃありません。ぼくは二回も脅迫を受けてるんです。一回は生命を、もう一回はこの身の自由を奪うと警告されました。どっちの場合もはっきり目を覚ましていたし、幻覚じゃありません。聴力は人並み以上に鋭い。他人に関しても健全な知識を持ってます。ある特定の線に添った質問はするなと脅迫されたんです」

「なら手を引けばいいでしょう。正気の人間ならそうしますよ。正気の人間は、問題を可能なかぎり単純に解決するんですよ。あなたの場合だと、そこで手を引くのがいちばん単純なやり方のように思われますが」

「でも、手を引きたくないんですよ」

「じゃあ、あなたはたぶん正気じゃない。ある程度まで、その一件に関してはね。なぜ自分の生命を脅かすことから手を引かないんです？」

「結構頑固なたちなんです。それにぼくなりの原理原則があります」

「どちらも正気の証拠とは言いがたいですね、フォーリーさん。むしろその正反対です。正気じゃない人はつねにかなり頑固で扱いづらい。それに、きわめて強い原理原則を抱いているがたいていは明快な理由などない。まともな人間は現実に折り合っていくし、大人になるにつれ原理原則は弱まっていく。あなたの場合なら少々弱まっているべきです。あなたは子供じゃないんだし。気付いてないかもしれませんが、子供は正気じゃないんです。でもあなたの年になったら、正気が育ってきていなければならない」

「正気という言葉の意味するところが違うのかな。先生、ぼくは子供のころはまともでした。それだけは自信を持って言えます。それに他の子供もおおむねまともでした。大人になると、その正気をちょっぴり減らしちゃった奴もいますが。ぼくの場合は、ほとんどなくしてないと思いますよ」

「ああ、わたしたち二人では、確かに正気の意味合いが違うようですね、フォーリーさん。あなたは前後あべこべの考え、正気とは言えない考えを抱いている。正気とは、あるがままの世界に適応する能力のことです。たとえ世界が理想の水準からちょっと狂ってると思えたとしてもね。あなたはたいへん健康そうで、感覚もおかしくないようだ。ここまでのところ、態度も乱暴ではない。入院しても面倒な患者にはならないでしょう。その点はありがたい。適応が困難なのは、つねに監視人ではなく患者の側なんです。さて、フォーリーさん、あなたの現実に対する態度を見ようじゃありませんか。あなたの職業がもっぱら虚構の上に成り立っていることを考慮にいれてね。自分の取材を虚構化するとき——自分がそうしていることを理解していますか？」

「もちろんです」

「それに流されることはない？　現実と虚構の違いがわからなくなることは？」

「もちろん、流されますよ。じゃなきゃ記者の存在価値がない。でも、それは優れた役者が役に入るようなものです。それに現実と虚構の違いはわかってますよ、違いをはっきりさせなきゃならないときには。でも、たいていは必要ない。どっちだって変わりありません」

「何を否定して、何を受け入れるか、そしてそのすべてをどう扱うか、どっちだって変わりない？　フォーリーさん、たとえば魅力的な人物をインタビューして、実は異星人の宇宙船に乗って他の惑星に旅したことがあると相手が言い出したらどうします？　その証拠を見せられても動じませんか？」

「ぼくは誰のどんな証拠に対しても偏見を持たずに接したいと思ってます、先生。記者として、どういう証拠だろうと調べないで頭から却下したりはしません。それで、先生のご質問は単なる仮定じゃないですよ。ぼくは実際、妙な乗り物で別の惑星に行ったと主張する人間を三人もインタビューしています。それに三人とも、人を惹きつける魅力たっぷりでしたよ。魅力をふりまき、魅力的な話をし、その乗り物は磁力で駆動してるって言ってました。二人のはいい記事になりましたが主張自体は眉唾でした。でも三人目にはしばらくのあいだ心を開かされましたよ」

「ほう。では、彼のおかしな考えに心を閉ざすようになったきっかけは？」

「外惑星への小旅行を手配してくれると言いだしたんですよ。でも、約束の時間にあらわれなかった」

「なるほど。では、もしその旅行に行っていたとしたら、そのことは信じましたか？」

「もちろん。実際に行ってたら、当然信じたでしょうね」

「それが不可能だとわかっていても？　それは良くない、フォーリーさん、たいへん良くない」

「先生、もし経験したとしたら、それは可能だったってことですよ。すっぽかしはよろしくない。それでぼくも信頼できなくなりましたし。でも、絵葉書は送ってくれましたよ、ガニメデから。いささか怪しい言い訳ですが、出発が早まって、ぼく抜きで旅立つ羽目に陥ったんだとか」

「ガニメデからの絵葉書だって？　フォーリーさん、自分が何を言ってるのかわかってますか？ガニメデというのはたしか木星の、ともかくどこか大きな惑星の衛星ですよ。どうしてそんなことを――」

「それが消印はコロラド州プエブロだったんです。人生で一番がっかりしたできごとでした」

「そういうことが現実に起きてほしいと思っている？」

「ええ、もちろん」

「良くないですね、フォーリーさん、たいへん良くない」

「奇跡が本当であってほしいと望むのは悪いことですか？　それは正常だと思うんですが」

「子供にとってはね。あなたの世界観はあきらかに幼稚だ。それ自体が悪いというわけではないですが。まあもうちょっと診てみましょう。もし巨大カタツムリが地球を支配して人類を絶滅させようとしてる、と言われたら?」

「その情報源と、どこからその情報を得たのかを考慮します。貝殻のカケラほどでも情報があれば、あくまでも追求します。本当に地球征服を狙う新種の巨大カタツムリがいないか、全力を尽くして調べます。情報源がよこした証拠はすべて調べ、それに加えて、どうすれば記事にできるかを念頭において、自分でも証拠を創作しますよ。取材対象が何もなかったとしても、奇妙な、おどけた、あっと言わせる「はたして誰に真実が分かろうか?」的な草稿を練る。もし本当の証拠があればとことんまで掘り下げますよ。今、この瞬間にも、ぼくの心の目には『巨大カタツムリの這い跡を追いかけて』という見出しが見えますよ。まかせてください、カタツムリ集団のリーダーへのインタビュー一番乗りはぼくですから」

「そんな記事を作るのに、実際に時間を費やす気があると?」

「ええ。今とりかかってる件が終わったら、どんなネタにだって時間を費やしますよ。必ずや面白いネタになります。巨大カタツムリの記事ができなければ、巨大カタツムリの存在を信じている男についての記事が書けるかも」

「ますます悪くなるな、フォーリーさん。ではひそかに超人種族が世界を支配し、普通の人類を貶めているという記事があったらどうします? その記事を信用しますか? 検証してみる? これはテストだとも言えますよ。そういう妄想を抱く患者がいるんですよ」

「え、いるんですか？」

髪の毛よりも細い糸を何本あつめれば人を縛れるのだろうか？　秘密の蜘蛛について書いた記事があったら信用する？　それとも蜘蛛の巣にからめとられても、まだ信じようとしない？

　この医師はどこか異常だった。話しているとどうにもフォーリーの癇に障った。何がひっかかるのかはわからないが、すぐ近くに浮かんでいる。もうちょっとでわかりそうなのだが。

「答えはなし、と。あなたは超人種族の存在を信じてるんですか？　ところで、その超人種族と普通人類とはわずかな特徴でしか区別できない、という記事を読んだり、そういう情報が頭に入ってきたらどうします？　人を見るたびにその特徴を探し、しまいには陰謀論を抱くようになるのでは？　町を歩く人の顔に、その特徴を見たと思いこむようになる？　自分を尾行する人間の顔にその特徴を見いだすのでは？　助言を求めて訪れた相手の顔にもその特徴を見るのでは？　自分を診断しようとする医師の顔にそれが見えてくるのでは？」

「たとえば太古の耳《アルカイック・イヤー》、といったものですか？」

「なんであってもですよ、フォーリーさん。太古の耳というのは、あなたの幻想のあらわれですかね？　ひょっとして、おかしな耳をした連中の世界征服の陰謀を想像してるのかな？」

「ぼくが想像してるだけなのか、実際に起こってるのか。ええ、ぼくはおかしな耳をした大昔の連中が世界を支配しようと企んでると考えてます。たしかにネジがはずれた人みたいに聞こえるかもしれない。他は誰一人、見えていないもののようですし」

　フォーリーはとうとう自分自身の正気を疑う誘惑にかられた。医師はたいへん巧みに誘導したのだ。だが誘惑にかられはしたものの、実際に疑ったわけではない。目の前に証拠があった。自分の目がまだ確かならだが。医師はおかしなかたちの耳をしていた。疑問の余地なく。

「良くないですね、フォーリーさん、たいへん良くない」と医者はくりかえしていた。

「先生、ぼくはどうして先生に助けを求めに来たんでしょう?」フレディ・フォーリーは唐突に訊ねた。

「なぜわたしに訊くんですか、フォーリーさん? 診察を受けに来たのは、わたしが評判のいい医者だからでしょう?」

「ええと、評判のいい医者だというのは誰に聞いたんでしょう?」

「誰が言ってもおかしくないですよ、フォーリーさん。実際評判はいいのですからね」

「先生の名前と住所はどこで知ったんですかね?」

「さあね。たぶん、きみには医者が必要だと感じた友達が教えたのでは? それとも電話帳で見たのかも」

「なるほど、でも見てないんです。先生、ぼくはあなたの名前も住所も知りません。どうやってここに来たのかな?」

「たぶん歩いてきたんでしょう。車かもしれない。わかりませんが」

「先生のことは誰からも聞いてません。いい評判なんて聞いたこともない。でも、他のお医者さんのところに行こうとは一度も思わなかった。知り合いの誰にも医者の評判なんかたずねてない。場所も名前も誰からもきかず、まっすぐここに来たんです。一度もきいたことないのに、最初から評判のいい医者だと確信を抱いてた。どこからこの考えがやってきたんでしょう？」

「おやおや、今度は超人種族が自分の精神をコントロールできると信じている？　良くないですね、フォーリーさん、たいへん良くない」

「どうしてぼくの名前がフォーリーだと知ってるんです？　どうして受付嬢は知ってたんです？　なぜぼくが記者だとわかった？」

「フォーリーさん、これまでに記憶や情報の欠落を感じたことはありませんか？　少々興奮していますね。よければ軽い鎮静剤を注射してあげましょう。その上でさらに話しあいませんか」

「椅子から立ったら蹴り倒すぞ、先生！　鎮静剤なんてごめんだ！」

「なんと、暴力的ですな！　どうやら症状が出てきたようだ」

「茶番はよしましょう、先生。ぼくだってペテンはわかりますよ。先生も奴らの仲間ですね」

「わたしも仲間だって？　フォーリーさん、心弱くなったときはすべての人がその一味に見えてくるんです。あらゆるところに敵が見える。全世界があなたに陰謀を企む」

「先生、ぼくもその点は考えましたけど、そうはなりませんね。ぼくに対して全世界が陰謀を企んでるのではなく、あなたたち一味が全世界に対して陰謀を企んでるんです。先生、ぼくに何をしたんです？　識域下の、心語的暗示ですか？　どうやって？」

「あなたの主張は典型的な精神疾患のパターンに従っていますよ、フォーリーさん。一部典型的な妄想、それとも全体を信じているかも。表を歩くのは危険かもしれない。暴力の徴候もありますしね」

「邪魔するなら、もっと徴候を見せてやる」

「今すぐ拘禁命令を出せるのですよ、フォーリーさん」

「なんでわざわざ？　もっと大きな蜘蛛と会う約束をしてるというのに。向こうもぼくに興味を持ってるはずなんだ。じゃなきゃわざわざ会おうとしない。少なくともぼくのことを気にしてる。じゃなきゃわざわざここに送りこんだりしない。そして、彼の客間に迎えられるときには、太古の、切り子面でこしらえられた目に見られているだろうな」

「蜘蛛の客間ですか？　あきらかな幼児性の発露だ。ああ、フォーリーさん、わたしは喜んであなたの正気に関する診断書を書きますよ。ただし、ご希望のものとはまったく逆の診断をね。でも、あなたの言うとおりだ。どこへ行こうと、あなたはしっかり監視されるでしょう。残されたわずかな時間では何もできまいよ」

フォーリーは評判のいい医者の元を辞去した。怒りつつも警戒して表に出た。不意打ち攻撃に気をつけ、あらゆることに気をつけて。だが、気をつけすぎるのもやはり危険だとフレディにはわかっていた。行動範囲が狭くなってしまう。

そしてまたしても、フォーリーは自分の正気を疑う誘惑にかられた。あの目立つしるし、忌々しい奇妙な耳が、道行く人の顔にはっきり見えたのだ。新聞売りの少年、買い物客、油を売る電報配達、脇目もふらぬ観光客。フォーリーが狂いかけているのか、さもなくば奔馬性の暗示が心に埋め込まれたのか。売り子の娘に、警察官に、おもちゃくらいのサイズの小さな黒人小僧に、親切な老嬢にあの耳がついていた。フォーリーは後催眠暗示とかそういうたわごとまで考えた。ごく当たり前のものが、ときに、まるではじめて見たときのように特別に見えてくることがある。ついに来たぞ、フレディ、ついに来た。だが、もしもこの状態に落ちこんだのなら、抜け出すこともできるはずだ。

フォーリーは目を細めた。自分は奇妙な耳を出せた。ならば消せもするはず。蛇をこの目で見ることができた。蛇を消すことも。かつて老蛇番からその技を学んだのだ。

老蛇番は蛇を見ないようにする技を教えてくれた。フレディが刑務所取材をしたときのことである。蛇を見えなくできる――精神の多大な力、極度の集中力、充分な勇気、自明の事実を真っ向から否定する能力が必要だが。大いなる努力によって蛇を追い払える。面倒なのはそっちではない、と蛇番は言った。その苦労ですっかり疲れ果てて干涸らびてしまうので、回復しなければならない。お手軽な回復法を試みると、結果また蛇を見ることになってしまう。「折りあったほうがええ。折りあって生きるんじゃ」というのが老蛇番のアドバイスだった。

だが、大いなる努力で幻覚の蛇が消せるのならば、太古の耳も近代化できるはずではないか？　フォーリーが大いなる努力をはらうと、町を行く人たちはもはや妙な耳をしていなかった。というよりは、もはや再帰者特有の太古の耳ではなかった。耳自体は相変わらず妙だった。フレッドはこれまで、耳のことなど気に留めていなかった。だが、今ではほとんどの人が決して気づかないことに気づいていた――耳というのは昔から妙ちきりんなものなのだ。

そこまで気づいたとき、フレディはさらなる霊感を得た。人間はみな生まれつきそれぞれに妙ちきりんなのであり、普通の人などいないのだ。だが霊感だけではなんの役にも立たない。

「ぼくに必要なのは、金と力があって、最後までついてきてくれる友達だ」とフレディは一人ごちた。「悪天候のときの友だ。どこかに一人くらい、ぼくに何が起きようと気にとめず、お金に物惜しみせず、恥も外聞も危険も恐れない人がいるはず。ぼくが狂っていようがいまいが傍にいてくれて、戦いを楽しんでくれる人が。そういう友がいれば、すぐに連絡をとって、ぼくにこれから降りかかる災難のヒントをあげるんだが。でも、ぼくにそんな友達はいるんだろうか？

ああ、いるとも。それに、最近くっついてる悪魔から彼女を引きはなす助けになるかもしれない。彼女はいつも必要とされたがってるし、ぼくには今彼女が必要だ」

ビディー・ベンチャーは、さまざまな欠点こそあったが、まさしくそういう友人だった。お金に物惜しみせず（父親のお金だが）、まさに恥も外聞も危険も恐れなかった。ビディーは正気の人間よりも狂人の側に立とうとした。そして心から戦いを愛していた。どこからどこまでも悪天候にふさわしい友だった。たいそう無垢で、なおかつ心の底から腐っていた。彼女しかいない。彼女は誰よりも忠実だった、さまざまなものに。ビディーは忠誠心をコートのように着替えた。さあ、そろそろもう一度フレディ・コートを着てもらう頃合いだ。

フレディは電話を使わずにビディーを呼び出した。自分でも気づかぬうちに、別なかたちの通信手段が身についていたのだ。ビディーをつかまえはしたものの、彼女の関心を引くことには失敗した。ビディーは地下の浜辺にいて、猛犬に身体を引き裂かれている真っ最中だったのだ。「足りないよ、それじゃ足りない」とビディーは犬どもに呼びかけていた。「あんたたち、足しか引き裂いてないじゃない。白身の肉を食べたくないの？」

その状態では、いくら呼びかけようとフレディの声は届かない。仕方なく、フレディは電話をかけ、ベルが四回鳴ったところでビディーは出た。「あら、フレディ」とビディーはすぐに答えた。「今レコードかけてて、曲が終わるまで電話に出られなかったの。ええ、あなたが望むならすぐにでも飛んでくわ。どこへ行けばいいの？　どこにいるの？　フレディ、そこにいるの？　もしもーし？」

「ぼくはワシントンにいる、ビディー。元気だよ。ここワシントンで元気だと言えるかぎりではね。とりあえずは元気、でもたぶん今日の終わりには自由でいられなくなる。拘束されるなら、確実にアジロ・サンタ・エリザでだろうけど、先方はぼくなんかいないと言い張るだろう。もう一度ぼくの声を聞きたければ、そこへ来てぼくを救い出しておくれ」

「フレディ、あたしの杖の石突きちゃん、もしそうならなかったら、今夜遅くに電話してちょうだい。電話がない場合、朝一番で飛んでくわ。ねえ、わかってるわよ、サンタ・エリザに放り込まれるのがどういうタイプの人間かは。前からあなたのことちょっぴりその気があると思ってたけど、他の連中にはそう思われたくないし、公式に認定を受けるのは絶対にいや。あなた、まだ酔っぱらってるの、フレディ？」

「ああ、同じお酒を飲んでるよ、ビディー」

「じゃあ、やっぱり何かあるのね。本当にただの間抜けな思いつきだったら、閉じ込められないはず。わざわざ間抜けを閉じ込めたりはしない。しないってわかってる。パパも連れてきましょうか？」

「うん。お父さんからは、その場で待て、助け出してやるって言われたんだ。そのときにはまだ入ってなかったけど、今にして思うと先を見越してたのかも」
「コウモリにつかまってか、じゃなきゃ飛行機で行くわね、フレディ」

お金と権力のある友達はいいものだ。

一時間とちょっぴり西の先で、もう一人の若者が包囲され、拘束の危機に瀕していた。迅速に展開した二国の軍隊によって、袋小路へと追い詰められたのだ。米軍は頭上から飛行機とヘリコプターで、無線を前後左右、上下に飛び交わし、ジープとトラックの機動力で、ライフルとオートマチックとバズーカ砲とマシンガンで武装し、キャニオン・クリークの両岸をほぼ干上がった河口からリオ・グランデに至るまで抑えた。メキシコ軍はセラニアス・デル・ブッロの岩だらけの山地を踏破し、同じ大河の南岸ほぼすべてを抑えた。武装した小型船が、けたたましいエンジン音をものともせずに浮かび、チョコレート色の水を掻き分けていた。

ミゲル・フエンテスと百人の部下たちだった。いや、六十人の部下だった。いや違う、二十五人の部下はほとんど袋の鼠になっていた。だがその人数も集団そのものも、このあたりでときに小川が砂漠に消えるように、砂の中に消えつつあった。半分はメキシコ軍の偵察兵の中にまぎれこんだ。大多数がもともと兵士で、新たな忠誠対象を見いだしていたのだ。

十五人の男とリーダー。残りは閉じる網からどうやって逃れたのだろう？　そのとき三人の男が銃火に倒れた。十二人の男とリーダーが、岩だらけの荒れた丘にはさまれた峡谷に閉じこめられた。峡谷の口は川に面している。前後から迫り、左右から迫り、上から狙い、最後の角に殺到する。怒声、警告、希望、火器の炸裂音。最後通告、そして合同部隊が殺到する。

罠は閉じた。だが中には何もなかった。出口はすべて閉ざされたまま。蟻の子一匹逃さぬ捜索。協議と叱責。空中から地上へ空中へと二つの言語で通信。火炎放射器で茂みという茂みを焼き払う。十二人の男とそのリーダーはどこへ消えた？　狭く逃げ場のない峡谷に入っていき、そこから出てこなかった。だがその中にもいなかった。

「フェデリコ、フェデリコ、おいフレディ」洞窟から、網を介して遠い町へと通信が飛んできた。「どうだ、見てたか？　いやはや、たいした離れ技だったろ！」

「出ていけ、ミゲル、おまえの相手をしてるヒマはないんだ」とフレディ・フォーリーは答えた。「ぼくの首には縄が巻きついてる。麻縄の肌触りに慣れようとしてるとこなんだ」

「おれが言ってるのも縄のことさ」ミゲルは有頂天だった。「兄弟《オンブレ》、縄ならおれにもかかってるとも！　見てただろ、あんたが見てたのは知ってるぞ」

「見てはいたけど、目は他のものを追いかけてた」とフレディは通信した。「前もって準備してれば、誰だってあれくらいできる。でも、どうやってやったんだい？」

「おれが今どこにいるのかわかるか？　地面のど真ん中さ」

「網の目状の洞窟だろう、ミゲル。パトリックのオークレアが教えてくれた。そのまま中で迷子になって、二度と出てこられないぞ。長さは五十キロもあって、道を知ってるのはパトリックだけだ」

「で、パトリックのオークレアの精神からそいつをひねり出せないとでも？　さあ、おまえには声明文を発表してもらうぞ」

「おまえに付き合ってるヒマはないんだ、ミゲル。すっかり勘違いしてやがる。他の生き物と同じくらい下劣な奴だな」

「たしかにそうかもな、フェデリコ。それなら、あえて下劣と呼ばれよう。おれは自分の任務を信じてる。たとえ他の生き物たちと同じくらい下劣でも、他の生き物とは違う。おれは奴らを襲撃する。奴らを打ち倒す。おれは蛇を食べる者。ええ、蛇を食べる奴は蛇と同じくらい下劣だって？　だが、おれは奴らをたいらげるぞ、フェデリコ、おれは奴らをたいらげる。もうすぐおれの時間だ。さあ、今からおれが伝える声明文を告知するんだ。おまえの精神にそう命じてやる。

　おれは八十人以上の男、八十粒以上の種をばらまいた。あいつらは今この瞬間にも広がっていく。すぐにいい場所を見つけて芽吹くだろう。全員、おれの手で鍛え上げたんだ。それぞれ短い時間であったとしてもな。あいつらは根を生やし、成長し、すぐに新たな細胞を作りあげる。世界に告げよ、おれは今世界のど真ん中にいる、地面の下の墓の中にいる。そして三日目にしるしと驚きとしてあらわれる。この言いぐさは神聖冒瀆そこのけだ！　なあに、たまには聖なる角を突っ切って、聖霊たちをびびらせてやらないと。フェデリコ、おれのかわりに宣言しろ。無理にでもやらせるぞ」

「そうするのはわかってるさ、ミゲル。なんにせよ、茶色の骨ごと腐っちまえ！　声明文さえ伝えたら、クズみたいに投げ捨ててやる。三日目にしるしと驚きとしてあらわれる、か！　いい加減にしろ！」

「ヒントをやろう、フェデリコ、ヒントをな。おまえもいずれ地下に潜るだろう。穴の中に追いこまれ、地下に幽閉されて、さらにそこで自分自身の中に閉じこめられるんだ。おまえは侵され、おまえは死に、地下の特別な墓に葬られる。そして三日目に、おまえも地中からあらわれる。ヘマするなよ、フレディ、この見事な離れ技を」

「ミゲル、ぼくの頭から出ていけ。おまえにはもううんざりだ」

「だけど、おれの声明文を告知するんだぞ、フレディ。無理にでもやらせるぞ」

「わかってるよ。やってやるとも。それが終わったら出てけよ。まったく、羽化しきる前の奴はトカゲよりもタチが悪いな！」


フレッド・フォーリーはタンカースリーに電話し、ミゲル・フエンテスの声明文を伝えた。

「こいつは本気で救世主熱に憑かれてるな。フレディ、今日ノルウェイのさる集団がミゲルの支持を表明した。インドネシアからも来てる。情報源はうちの記事だけなのに。よし、こいつは掲載しよう。フレディ、今のところ、おまえは世界を出し抜いてるようだしな」


それからフレディはカーモディ・オーヴァーラークのオフィスに向かった。評判のいい医者の診療所の住所を知らなかったのと同様、オーヴァーラークのオフィスがどこにあるのかも知らなかった。だが足の赴くままに向かえばよかろう。

何かがフレディの頭の中でカチンと鳴った。待ちのぞんでいた約束がようやく実現した。オーヴァーラークが告げたのだ。フォーリーをただちに通すように、フォーリーがただちにやってくる、と。

第十章　そんなに怖がるなんて、か弱い体の持ち主でもあるまいし

クジャクのモーが羽ばたくまえ、サルのなかまがさけぶまえ、
鳶のチルが、まっさかさまにおりるまえ、
ジャングルをすーっとすぎたかげとため息、
それこそ恐怖、おお、小さな狩人よ、それが恐怖！

——キップリング

オーヴァーラークの秘書の顔は荒削りで、真っ白で、仕上げ不足で、フォーリーには残酷さと臆病さの表現と思えた。「奴の飼い犬だから、奴を鏡に映してるわけだ」フォーリーは小声でひとりごちた。

単にフォーリーの思い込みなのかもしれない。秘書は気のいい奴かもしれないが、少なくとも陽気なタイプではなかった。目は濁っており、盲目にも見えた。

「なぜオーヴァーラーク氏があなたに会う気になったのか、さっぱりわかりません。ですが、面会

の理由を書かねばなりませんので。どんなご用件ですか？」

「オーヴァーラーク氏に助言したいことがあってね」とフレッド・フォーリーは言った。

「彼に助言など必要ないでしょう。ましてや、あなたからなどね」と秘書は答えた。

「オーヴァーラーク氏が扱っているのはもっぱら日用品的助言だから、新しい分野にも目を向けたほうがいい」フォーリーはきっぱりと言った。「ぼくが扱っているのはあまり普通ではないし、しかも無料です」

「あなたの面会を受け付けるよう、指示されています、フォーリーさん。ご連絡しようとしたのですが、失敗しまして」

「いや、きみはうまくやったよ、曇った目をした秘書くん、きみはうまくやった。しっかりぼくに届いたとも」

「では、お入り下さい。ですが、必要以上に時間を浪費しないように。オーヴァーラーク氏の時間はたいへん貴重ですから」

「ぼくの時間だって貴重だよ。ただぼくはまだ時間を金にかえる技を身につけてないだけさ」

ああ、オフィスはたしかに豪奢だったが、フレディが想像していたのとは異なる豪華さだった。それは圧倒的な量の仕事をこなす事務所のように見え、フレディは大いに驚いた。だだっ広いが物であふれており、ファイルが並び（ファイル自体が不気味な装飾となって芸術的だった）、積み上げられた雑誌類を片付ければ会議机として使えそうな非常に大きなテーブルが二つ、まわりにある大量の機器のおかげで操縦席とも見まごう机がいくつか、そしてさまざまな録音・視聴・通信機器があった。そしてカーモディ・オーヴァーラークその人、装飾的人間がそこにいた。

「フォーリー、わたしに訊きたいことがあるそうだが」とカーモディ・オーヴァーラークは言った（彼はフォーリーに椅子を勧めなかったが、フォーリーは勝手に座り、カーモディは苛立ったようだった）。「もっぱらわたしが喋ることになる。まず第一に、当然のことだが、きみが変な気をおこすといけないので、二人きりでは会わない」

「ちっぽけなフレッド・フォーリーごときが怖いんですか？」とフレディは挑発した。

「わたしは誰も恐れたりはしないよ、フォーリー。肉体的にも万全だが、下々の者がやる仕事にわざわざ手を染めようとは思わない。今日はおかしなふるまいをしているそうだね。なぜだね？」

カーモディの目は逃げたがっている囚人のものではなかった。それは中に救いを求めて避難した者の目だった。出たがっていなかった。出てくる気がなかった。

「今朝は自分のことを診断してもらおうと医者をたずねたんです、カー・エイエンノ・モッドさん。自分じゃ別におかしなふるまいだとは思いませんが、医者のほうが変だった。ぼくに自分の正気を疑わせようとしたんです」

「フォーリー、それはきみ自身に狂気を認めさせようとしたんだよ。それが治療の第一歩なのだ。我々はどんな人でも治療できる」

「オーヴァーラーク、病気は治ったけど患者は死んだという格言もありますよ。ぼくはあなたに奇妙な運動について訊ねたかったんです。あなたがその中心にいると信じる材料があります」フレディが言うと、カーモディは割れたガラスのような目を向けた。人を不安にさせる目。中を覗きこむことはできない。切り子面で跳ね返される。

「きみがやりたいのは、自分の推測をわたしにぶつけて驚かせることだろう、フォーリー。それから、すべてを告白させようというんだろう。とても子供じみている。自分がどれほどつまらぬ存在なのか、わかっていないのかね？」

「いえ、自分がつまらない存在だなんて考えたことはありません。ぼくはつねに信じています、すべての人間には――」

「――尊厳がある、と。それはごく最近に生まれた考え方で、実際には根拠なぞないのだよ。きみはなんの武器も持たずにそこに立っている。いったいどんな状況で、わたしがすべてを、いや一部でも、きみに話す気になると思う？」

「ぼくがじきに排除されて、その情報を利用できなくなるという状況です。それに重大な秘密を抱えている人が、捕虜の前でその秘密を見せびらかしたくなる自慢めいた気持ちですね」

「わたしにはそんな自慢心なぞないね、フォーリー。ああ、ほんの少しはあるかな。いや、そんな状況ではとうていすべてを、いや一部でも話す気にならない。だが、わたしが話したくなる状況があるのは事実だ」

「それは今ですか？」

「そうだとも。かろうじてね。聞くところでは、きみはすでに我々の本質を調べつくしてるそうじゃないか。つまり、我々は自分が生きたいと思うときには生き、そうしたいと思ったときには臨死に近い生命停止状態に入り、それからまたよみがえり、また停止する。我々はつねに何よりも強烈な経験を味わい、可能なかぎり自分自身を広げようとする。それに、我々は邪魔者を許さない。我々について他に何を知りたい？」

　フレッド・フォーリーは突然のひらめきで理解した。カーモディー・オーヴァーラークは狂っている。何が「今世紀最高の理性」（カー・イブン・モッドだったときはそう呼ばれていた）を狂わせたのか？　まちがいない。彼はまったく別の世界に生きている。目の前にある世界を見ていないのだ、多重的な目をもちながらも。それこそが狂気だ。

「オーヴァーラーク、わざわざ世界をいじくりまわさなくとも、生きて死んで生きてればいいじゃないですか。なんで好きこのんで世界に害毒を注入するんです？」

（ぼくはまちがってた、とフォーリーは思った。**こいつが信じていることは、真実起きていることとはほど遠いのだ。見せかけだけで中身は何もない）**

「最初からはじめようか、フォーリー。そのもうちょっと前から」とカーモディは言った（カーモディの声の裏にはつねに笑いがあったが、明るい笑いではなかった）。「ある人にとっての害毒は、別の人には快楽にもなる。世界は我々のためにあり、我々が世界のためにあるんじゃない。世界に対して何をしようと正しいのだ、我々が楽しめるかぎりはね。きみは何かの基準があると思ってるが、そんなものはない。きみたちが永遠と思っているのは、ごく最近に生まれたものばかりだ。はるかに古い写本である我々はそんなものには縛られない。我々は長いあいだきみたちと戦ってきた。きみたちは、例によって自分なりの理論で、我々が世界を支配していると思ってる。大間違いだ。とはいえ、かつては支配していたし、今だってしようと思えばいつでもできる。恐れるがいい、我々が完全に目覚める日を。そして我々は目覚めつつあるのだ。ふたたび世界をこの手に握る。あとからやってきたモグリどもが、いっとき天と地を支配していた。ついに我々は戻ってきたのだ――無慈悲に」

「他の人にも権利がある、とは思いませんか？」

「他の連中はとっくに自分の権利を使い切った。モグリどもを追い払って今こそ古代の伝統が復活すべきときだ――ああ、フォーリー、勘違いしてたよ。赤ん坊に説明しているとこうなりがちだ。きみは民衆のことを言ってたんだな。民衆に権利があるかと聞きたかったのかね？　いやいや、民衆に権利なんぞあるわけがなかろう」

「自分たちは民衆とは違うと？」

「違うね。何ひとつ同じところがない。我々はとうの昔に神格を得ている」あきらかな狂気、角張った目に、顔はときに幽霊の照明を浴び、ときに死んだ魚の色をして、その笑いには汚れた残酷と病的な恐怖が潜む。万物の頂点に立っているというのに、なぜこんなに怯えているのだろう？

「人間は神にはなれませんよ、カーモディ。レトリックならともかく」とフレディは言った。「神格化というのはカエサルを神だというようなものでしょう」

「フォーリー、今度スウェトニウスの『ローマ皇帝伝』を読むときは（もちろん独房でも本の持ち込みは許されているからね）ローマ十二皇帝のうち、どの三人が我々の仲間なのか当ててみるといい――三人もいるのだからね。彼らはすでに神だったのだ。民衆から神性を認められたのは、民衆を満足させたからに他ならない」

「カーモディ、あなたの言葉は皮肉まみれだ。神格化とやらの本当の意味は？」

「それは行為、発言、口に出された瞬間に真実となる宣言だ。それはつねに人間の可能性としてある。ああ、すべての人間というわけじゃない、だが多くの人間のだ。きみが思ってるよりずっと多い。千人に一人、ひょっとしたら百人に一人、神となれる人間がいる。たいていの蜂は女王蜂になれる、というのと同じだ、正しい歴史的うねりにさえ乗ればね。歴史のうねりを、蜂の巣程度の小さなもので言祝ぐのは法外だと思うかもしれん。だが人間の巣のような小さなものにかけて言祝ぐのも同じくらい法外なのだ。つまり、きみたちがわたしに自分の重要性を訴えるのは、小さな蜂の巣がきみに向かって訴えるようなものなのだよ。きみは自分の利にかなったり、不快をとりのけるためなら、蜂の巣を壊すことに良心の呵責を覚えたりすまい――たとえばある地域の蜂が病気を媒介するといった場合だ。そして我々は、きみたちのほとんど、または全員を滅ぼそうとなんら良心の呵責など覚えない。それが必要だったり好都合である場合には。実際必要なのかもしれない」

「カーモディ、あなたの考えは少々法外だと思います。神になるとあなたが言うとき、実際に意味してるのはデマゴーグのエリート集団、（あなたがたの定義で言うところの）超人の仲間でしかない」

「フォーリー、きみにはわたしが言う意味などわからんよ。わたしはかつて部族神だった。文字通りに、実際に。我々みながそうなのだ」

「何人いるんです、あなたたちは」

「最初に生まれたもの、最初の十二人。それはずいぶん前、幾千年も前のことだ。わたしは本当に部族神だったのだよ、フォーリー。他の神々すら凌駕した。わたしは神化され、神性を持ちえたがゆえに秘密の知恵の水脈に触れた。我々が圧倒的に知的だったのは、本当に知性があった時代、まだ人々が知識や資料の重みで足を引きずっていないころのことだ。我々が知っていたのはすべて直接的知識だ。我々は同盟を作り、オリュンポスを築きあげた。我々はティターン族を滅ぼし、世界を支配した。おっと失礼、フォーリー、きみの心に山だし丸出しな表現が浮かんだようだな。〝桃園の豚〟とかなんとか。ふむ、以前に話した男の心にも、この表現が浮かぶのを感じたことがある。なんなんだ、それは？　我々の最古の神話にも桃園の豚など出てこないのだが」

「ならあなたは神話を忘れてるんですよ、カーモディ。桃園の豚はまちがいなく、大昔から後々まで存在しています。でもティターン族を倒して支配したというのは、文字通りの意味じゃないでしょう」

「いやいや、文字通りだとも！　オリュンポスというのは昔の高山荘の名前を発音どおりに表記したものだ。我々は神であり、そこで神々として生きていた」

「そしてホメーロスの神のように、人々の営みにちょっかいを出した？」

「ちょっかいを出していたし、今でも出すとも。我々こそがホメーロスの神々なのだ。ただしホメーロスが考えていたよりもはるかに年をとり、はるかに狡賢いがね。我らはさらに荒々しい叙事詩の神でもある。そして叙事詩の神がすべてそうであるように、我々は黄昏を迎え復活を果たし、そして――おい、フォーリー、気をつけろ！　二度とそんなまねをするな！　今度そんなことをしたら、その場でぶち殺してやる」

カーモディ・オーヴァーラークは蒼白な怒りに燃えて立ちあがっていた。

「何をするなって？」フレッド・フォーリーは抗議した。「どういう意味です？　ぼくは武器も持っていないし、なにも企んじゃいない。何を言っているのかちっともわからないよ」

「わたしを笑うな、フォーリー！　もし笑ったりしたら、その場でぶち殺してやる！　許さんぞ。わたしの哀れな妻のことも笑ったろう。わたしは傷つけられたら許さない。ちょっとでも脳味噌があるならわたしをからかうような真似はするな。この場でぶち殺してやる。本気だぞ」

「どうぞ続けて下さい、オーヴァーラークさん。こんなおもしろい話の腰を折ろうとは思いません。さっきまでは腹を抱えて死にそうだったけど。今の脅しのおかげでしっかり治まりました。この場で殺されたくないですし。ぼくにとっちゃ笑い事じゃない。どうぞお先を」

「続けるとも。知らないかもしれんが、ティターン族も我々を笑うという過ちをおかしたのだ。それゆえに我々は奴らを虐殺し、それは未曽有の戦いだった。フォーリー、我々はたんなる部族神ではなく、民族的英雄でもあったのだ。すべての民族的英雄には共通点がある。英雄は姿を消し、やがて再臨する。そうした原型の裏に存在しているのが我々だ。すべての民族的伝承において、民族的英雄は再度目覚め、救世主《メシア》として迎えられる。ユダヤ教においてすら、救世主は以前も生きており、その到来は降臨というより再臨なのだと考える一派があるくらいだ。

さて、すべての伝説の裏には事実があり、我々の伝説の裏にも確固たる事実がある。民族的英雄は、その名で、または別の名で、生きて死んだように見える。だが彼らは寝ているだけなのだ。そして戻ってくる。彼らの多く、我々の多くは、それを何度もくりかえしている。わたし自身、大昔には大いなる伝説だったのだ。我が伝説はほとんど跡形もなく消えてしまったが」

「耳がぴくぴくしてますね、カーモディ。そいつは太古の耳《アルカイック・イヤー》の特徴ですか？」

「フォーリー、我々の耳は聖書にも記された痒い耳だ。新しいものが欲しくて痒いのだ。別に恥ずかしくはないぞ。肉体的にもぴくぴくと痒いのだ。いやはや、新奇なるもののいかに絶えてひさしいことか！　痒みが空振りに終わることがいかに多いか！　フォーリー、さっき言いかけたように、わたし自身の伝説は跡形もなく消えてしまった。だから新たに伝説をつくるつもりだよ」

「あなたの話は十割引で聞かせてもらいますよ、カーモディ」とフレディ・フォーリーは言った。

「死の脅迫を受けてるから笑いはしないけど。そんな話は受け入れられない」

「どうしてかね？　わたしが再帰者であることはきみも認めてるじゃないか」

「認めてましたよ、カーモディ。でも話を聞いて逆に信じられなくなった。あなたは人間にとりついて変化させてしまう亡霊だ。実体を持たない狂った幽霊、素通りしてゆく影響力だ。でもあなたは人間じゃない。一度として人間だったことはない」

「わたしはきみが最初に信じていたとおり、再帰する人間だ。我々再帰者集団には世界を支配する力がある。これだけの力があるんだから、伝説として語られるべきではないか？」

「そうかもしれない、カーモディ。でもすんなりとはおさまらない。有名人がそうとはかぎらない」

「すんなりは現代のこしらえものだよ、フォーリー。伝説の外套を羽織っているのは、たいていは無価値なにせものさ」

「民族的英雄じゃない。大衆の英雄じゃない。あなたは大衆の敵だ」

「違うな。奴らのほうが、恩知らずにも、たびたび我々に逆らったのだ。我々とて最初は人間であり、いうならば大衆の仲間だった。そのあと我々は部族神となった。我々はそれぞれに部族をかかえ、ときに霊感を与え、興味深く観察した。わたしが受けもったのはユダヤ人より古い、自分の名前も忘れてしまった離散《ディアスポラ》民族だ。知識《インテリゲンツィア》人とも呼ばれていた。もともとは民族であり人種だったが、それは忘れ去られてしまった」

「インテリが知性を禁じられているのも無理ないですね」

「そして我が部族が偽の神にしたがおうものなら、その上に神の怒りを落としてやる――新参者の部族神もやってたな」

「まるでフロイトかユングから引っぱり出したような話ですね、カーモディ。そんなのは嘘っぱちだ」

「なにが本当なのかね、フォーリー？　我々自身、何が現実を形づくるのか、つねに頭を悩ませてきた。説得力ある答えを見つけられるか、仲間内で賭けをしていたくらいだ」

「でも、もし実在しないなら、あなたたちはいったいどんな生霊なんだ？　人に吹きつけ、別の人にちょっぴり似せて姿を変える風？　恐怖に影響され、恐怖に震える薄っぺらい幽霊？」

「たしかに影響されるかもしれないが、断じて恐怖に震えたりはしない。だがあの恐怖は――いや、あれだけは説明もできない！　説明するより、忘れてしまうほうがずっとたやすい」

「そしてあなたには道徳心のかけらもない。倫理はすべて人がこしらえたものだと？」

「もちろんだ。だがきみこそなんの道徳心もないんだよ、フォーリー。きみにあるのは道徳の記憶だけだ。記憶こそたくさんあるが、どれひとつ自分のものではない。もともとはどこにあったと思う？　わたしはそこにいた。どこから来たんだ？　それはいつも過去形なのだ。人間は道徳心を持ったことなどない、いつも道徳的だった記憶があるだけだ。一種の逆向きの希望なのだ。だが、きみにはわかるまいよ、フォーリー」

「ぼくにもようやくわかってきました。結局のところ、あなたはただの人間でしかないんだ。あるいは人間未満のもの。決して人を越えた存在じゃない」

「結論はまだ早いよ、フォーリー。ある点では、我々はまだ人間だ。とはいえただの人間ではない。我々が神性をまとう儀式は、たんなる無意味な身ぶりじゃない。それには意味がある」

カーモディ・オーヴァーラークはポルターガイスト、あるいはバーティグルー・バグリーの犬猿みたいなプラッパーガイスト程度のものだった。ときには見えない生き物以下でさえあった。オーヴァーラークは恐怖の技を使った。その技しか知らなかったのだ。どこからともなくあらわれる、恐怖で凍りついた生霊が、その恐怖を伝える。それによって、彼は怯える相手に、ちょっぴり自分の力をふるう。そして怯える者はつねにあふれるほどいる。

「でも、あなたは永遠でも全能でも全知でも遍在でもない」とフレディは言った。「まちがいなく遍在はしてない。あなたの神性は何で構成されてるんです？」

「だが我々は永遠にいちばん近いものだ。そして、少なくとも、たいへん力がありたいへん多くを知っている。ああ、たしかに我々の領地は盗まれた。そのことは否定しないよ。ときおり、はしっこい奴らが出回ることがある。だが、最後にどこに落ち着くかはわかっている。そして我々自身の中では、我々は遍在してるのだよ、フォーリー。すべてにおいて先取権を保持しているんだ」

「誰に領地を盗まれたんです、カーモディ？　そこのところは気になるな」

「ああ、昔ウルから旅人が来て、オアシスで約束がなされた。その約束は正しく果たされはしなかったが、約束の記憶だけは残った。さらにガリラヤ人の件があり、それとなかばひとつになって、ギリシャ人どももやってきた。多くの者が来ては去っていったが、我々は自己満足に耽っていた。ただ背後で物事をあやつって満足していたわけじゃない。半ダースもの長々とつづく戦いで血を流し、瀕死の傷も負った。じきに戦いと言えるものではなくなったが。我々の仇敵はみな死に絶え、あとはその死骸にたかった寄生虫どもを服従させるだけのことだ」

「じゃあ、本当にぼくらが蜂と変わらない、たぶんアリのような存在だと思ってるわけですか？」

「いやいや、もうちょっとマシだよ。だが我々の環境計画にとって邪魔だとなれば、きみたちの大部分にはお引き取りねがう」

「そして誰にも邪魔はされないと思ってる？」

「もちろん、きみたちに我々の邪魔はできない。人がビルを建てるために蜂の巣を取り除こうとしたとき、蜂に抵抗のすべがないように。まあ、誰かが軽く刺されることはあっても、蜂の巣は守れまいよ」

「なんでそんなに怯えてるんです、カーモディ、そんなに力があるのに」

「わたしが怯えてると言いつづけるのはなぜだ？　じゃあ、きみは蜂に怯える人間を見たことがあるのか？　我々の計画環境においてはきみたち大多数の除去が要請されている。したがってきみたちは駆除されるだろう」

「どうやってやるつもりです？」

「難しくはないよ。これまでにも何度もやったことだ」

「なんのためにネズミを飼ってるんです？」

「なぜそのことを知っている、フォーリー？　ネズミを飼うのは人間を飼うのと同じ、遊び相手としてだ」

「そのネズミは人類駆除の計画と関係している？」

「何を言っているのかわからんよ」

「ネズミを使って、人類を破滅させる疫病を蔓延させようとしてるのでは？」

「ああ、そうとも。ネズミは、主として疫病を蔓延させるために使う。疫病は、主として駆除手段として利用する。ただし補助的な手段だ。疫病はなまくらな武器で、あまり信用できん。しっかり乾燥した火口（ほくち）と理想的な状況が得られないかぎり、素早い伝播は望めない。今はそういう状況には ないのだ。きみたちは忌々しい殺菌世代、七度洗いなおすほどの嫌悪の世代だからな。いったいどこで覚えたものだか──我々じゃないのは確かだ。疫病は補助的な手段にしかならんよ。我々には決して失敗しない手段が他にある」

「それはなんです、カーモディ？」

「ヒステリーだよ。恐怖だ」

「父はよく言っていました。『これはただの悪夢だ』と三度唱えれば夢から醒めるって。でも父は間違っていた。三度くりかえすと本当にひどい悪夢をより強固にしてしまうんだ。カーモディ、あなたをこしらえるピースは集めきったようです。あとは時間さえあれば組みあげられる」

「監禁されれば、時間などいくらでもあるぞ、フォーリー」

「もうひとつだけ質問があります。唐突だし馬鹿馬鹿しいことだけれど」

「聞くがいい。ただし警告しておくぞ、もし笑ったら即座に殺すからな」

「カーモディ、顔をバケツに突っこむのはなぜです？」

「ああ、フォーリー、よくぞ聞いてくれた、本当だよ。というのも、その話をする前に、まず突っこまなくちゃならんからだ。もうその時間を過ぎて、わたしは陸に上がった魚みたいに口をぱくぱくさせてるんだ。実のところ魚そのものだとも言える。遊び終えていないが、きみを追いはらおうと思っていたところだよ。だがその話が出たからには、実際にやってみせよう。わたしにまつわるグロテスクなものを求めてるのなら、まさにこれがそうだ。陸に上がった魚ほどグロテスクなものはない。だがなんなら見ていくといい」

フォーリーはカーモディ・オーヴァーラークの後について隣の部屋に入った。「バケツ」とは実際には大きなクリスタルの水差しかボウルに似たもので、透き通っており、中の水は注がれたばかりのように波打っていた。オーヴァーラークと話していたとき、どこかで水を注ぐ音が聞こえたことを思いだした。よし、ヒキガエルにも泉をくれてやろう！　パトリックにだって泉はあるんだから。

痩せているように見えたがカーモディ・オーヴァーラークはシャツを脱ぐと筋肉質だった。フォーリーはいたく驚いた。日焼けしていたが、それだけじゃない。肌にはとても細かい木目があり、魚の鱗を思わせた――とはいえ、それまで魚の話をしていなければ、そんな連想はしなかっただろう。

オーヴァーラークは思いっきり息を吐き、肺を空っぽにして、息が抜けると上半身を折りたたんだ。それから、頭と首と肩を大きなボウルに突っこみ、息を深く吸いこんだ。これが手品ならたいへんいい出来で、フレディ・フォーリーを驚かすためだけに仕組んだものとは思えなかった。

この人間は、本当に人間だとして、水中で深く息を吸いこんでいた――本当に水だとしてだが。見開いた目には新たな輝きが宿っていた。オーヴァーラークはニヤリと笑ったが、それは人間の笑いではなく、魚の笑いというわけでもなかった。それは野蛮な力と永遠の若さをそなえた部族神の笑い、全構成要素が故郷でくつろぐ笑みだった。とはいえ、その力と若さはどこかいかがわしかった。

フレッド・フォーリーは水をすくいあげ、舐めてみた。ほのかな塩味がする――潮がうちかえす汽水域の水か、大河の河口にほど近い海の水のようだ。あるいは太古の海の水のよう、今の海よりはるかに塩が少なかったころの海水のようでもあった。だがなぜフレッド・フォーリーはそんなことを思いついたのだろう？

水面にはわずかな藻が浮いており、小さな魚もいた。水道水ではなかった。どこかの場所から汲んできた水か、さもなくば注意深く調合されたものだった。フォーリーは突然、部屋の中にこの水を汲みあげる井戸があると確信した。そこは一階ではなかったが。オークレアの山の上で、下には乾ききった洞窟しかないのに湧き水が出ていたように。

ところで、どうにも説明できないことが起きていた。カーモディ・オーヴァーラークは五分以上水に顔をつけており、水そのものも変化し流れていた。小魚の群れが横向きに泳いでいく。小魚はボウルの弧に添って裏にまわるのではなく、ただ消えていった。そして別の種類の魚があらわれた。すべて同じ方向に流れてゆき、ガラスそのものから出てきて（そうとしか見えなかった）、まっすぐ泳いでいって、またガラスの壁に消えるのだ。光学的幻影を見ているのか、そのボウルの中に強い水流があるかのいずれかだった。

オーヴァーラークの水中呼吸はどういうわけか仮死状態の鍵となっている。それにしてもおかしな鍵だ。どんな鍵穴にも合いそうにない。普通の人間ならとっくに死んでいるはずだ。というのもオーヴァーラークはもう十分、十五分も顔を水につけたまま、水中で呼吸していたからだ。明らかに彼は普通の人間ではなかった。

やがて、水がボウルからなくなった。抜けたと言い切れないのは、水を抜く穴がなかったからだ。ボウルの中では水流のあとに風が吹いてきて、気がつくとボウルの内側は乾いていた。オーヴァーラークは顔をあげた。歓喜に輝き、すっかりリフレッシュした様子だった。

「素晴らしい、フォーリー、素晴らしいぞ。きみもやってみるといい。人間を立てなおすにはこれがいちばんだ」

「カーモディ、あなたには何かがある。ほぼ納得させられましたよ」とフレッド・フォーリーは言った。「ちょっぴり人間を越えてるように見えました」

「いやいや、これに関してなら、わたしは人間を越えたものではない。むしろ人間以下だろう。空の元素を完全に支配できてないからな。以前は水に戻らなければならないのを恥じていたが、そんな必要はないと自分に納得させたのだ」

「結局のところ、部族神に恥など必要ない」

「そのとおりだとも、フォーリー。だがきみはまだ理解してないな。こんなものは別に謎でもなんでもない。たんにわたしが大昔まで遡るというだけだ」

「あなたの奥さんはなぜ顔をバケツに突っこまないんです、カーモディ？　やってるとしても、そんな話は聞いたことがないな」

「妻はわたしほど昔にまでは遡らないからだよ、フォーリー。彼女が加わったのはつい最近、ほんの数千年前にスカウトされたんだ。だが、我々太古の者たちは海を覚えており、そこから逃れきれない」

「まったく理解できません、カーモディ。仮死状態について理論をいくつか組みたててみたけれど、頭を水に突っこむ件はどこにも結びつかない」

「わたしは深海で生まれたのだよ、フォーリー。まだ地球に猿も人も生まれていないころ。だからときどきそこへ戻らなければならない、陸で生まれた者とは違ってね。わたしは最初に陸、空／浜の出会うところにあがり、最初に水の上で生きることを選んだ者だ。我々にとって最初のオリュンポス山はそんな空、潮がうちよせる場所だった。山頂を探してもその痕跡は見つかるまいよ、フレッド・フォーリー。オリュンポスの宮殿は海抜レベルの洞窟にあったが（海面こそが我らの天空だった）、今では水面下だ。ああ、あれはもうずいぶん昔のこと、何十万年も昔の話だ」

フレッド・フォーリーは健全な時間感覚の持ち主だった。数十万年の時間と、数億年の時間との違いはわかっていた。そこのところがわかってない素人もいる。それに猿も人も地上にいなかったのは、ありえないくらいはるか昔のことだと知っていた。ならばどういうことだ？　カーモディ・オーヴァーラークはあきらかに自分の言葉をすべて信じていた。だが彼は結局、借りた身体でしか存在できない、ありえざるポルターガイストではなかろうか？　そしてポルターガイストという奴は、知識と偽知識のごった煮を抱えこんだ、かなり単純な生き物ではなかろうか？　あいつらは世界について、自分自身について、迷信じみた信念を抱いていまいか？　自らにまつわる幽霊じみた神話があるのでは？　「おまえさん、幽霊を信じる者は馬鹿だと思っとるだろ？」ずっと昔、ある老人に訊かれたことがある。「いやはや、幽霊のほうが何を信じてるか知ったら、さぞかし驚くだろうて！」

「おお、わたしはみなを陸に導き、空へと舞い上がらせた」とオーヴァーラークは語った。「すべては視点の問題だ。我々は空飛ぶ魚だ、我々すべてが。そしてその最初がわたしだった」

「あなたはいかれてる、オーヴァーラーク」とフレッド・フォーリーは言った。「でも、もうちょっとつきあいましょう。あなたは最初に、ぼくにすべてを話す動機が一つだけあると言いましたね（ぼくにはわからなかったけれど）。これで大体すべてを話したことになる。その動機とはなんです？」

「きみを仲間に加えたいのかもしれん。実際、ときおり人を加え、数を保っているのだよ」

「ぼくがどれだけ速攻で断るか、わかってないでしょう、オーヴァーラーク」

「きみはどれだけ速攻で飛びつくか、わかってないんだよ。フォーリー、もし本当に目の前に差しだされたらね。まだオファーはしとらんよ。だがするかもしれない。いずれにせよ、きみはまず投獄の時間をつとめあげねば。それから、我々はきみの精神状態を覗きこむ。だが、これまで拒んだ者はいない。我々には分別があり、拒否されるようなリスクをおかさない。我々が申し出るのは受け入れる者だけだ。きみの場合、数日後にはまちがいなく受け入れるだろう。ではきみを連れていってもらうかな」

「でも、なぜです、カーモディ？　なぜぼくを自由にさせるのが怖いんです？　そんなに怖がるなんて、か弱い体の持ち主でもあるまいし」

「わたしはか弱い体の持ち主だ、そうとも。そして手早く食事を済ませるが、その前にきみを追い払っておこうか」

「それを見られるのはちょっぴり恥ずかしいんだな？　生きたまま食べるんですか、カーモディ？ネズミを、生きたままで？」

「食べるとも、子供がポップコーンを食べるようにな」（この言葉にフレッドは不快感を覚え、カーモディが自分を深すぎるほど読みとっていると感じた。あの子犬のポップコーンはどうなったたっけ？　ラーカー家のガキどもは、言葉通り本当に食べてしまったんだろうか？）「きみが監禁される二番目の理由はね、フォーリー」とカーモディ・オーヴァーラークは続けた。「きみが狂っているからだよ」

「何を証拠に？」

「きみと同じ職業についている者が証拠だよ、フォーリー、ハリー・ハードクロウという男だ。彼は昨日の晩、きみがうわごとを口走っていたと証言するだろう。さらにわたしの妻が、きみが頭のおかしい人みたいにふるまったと証言するだろう。さらにさる評判のいい医者が証言するだろう。彼は正真正銘この分野の専門家だ。あるいはわたし自身が証言してもいい。

もし狂人として監禁されるのが嫌なら、殺人者として監禁する方法もあるが。昨晩、ある男が殺害された。その不幸な男はカーライル・S・クラブトゥリーという名前で旅していたが、実は別人だ。カーライル・S・クラブトゥリーは優れて高名な人物だ。残酷に殺害された浮浪者は、どこかでその名前をひろって騙っていたのだ。その夜、店の前は暗かったので、きみが男を殺害したと証明はできないかもしれん。だが、男の死体を見て、それを警察に届けなかったことは証明できる。きわめて濃厚な殺害容疑がかけられるだろうな。血も涙もない冷酷な殺人だったしね」

結局、人を縛りあげるのに、蜘蛛の糸はそれほど必要なかったのかもしれない。そして蜘蛛は一時も休まず働きつづける。まあ、やっぱりフレッド・フォーリーは狂っていたのかもしれない。なんといっても空／浜の上に立つビルの上階で、プラッパーガイストと話しているのだ。単なる騒がしい風だか生霊だか、自分のものでない体を占有しているおかげで目に見えているだけの代物と。さまざまな欠陥を持つこの幽霊は、何よりも狂っており、恐怖の中で生きている。だが自分が生きている恐怖の一部を外に伝えることで、この幽霊は世界を動かす影響力さえ持てるのだ。

「たしかに、あの殺人は血も涙もない冷酷なものでしたよ、カーモディ。あのときもぼくは怒り狂ったし、今考えても頭に血が上る。さあ、口笛で三下どもを呼べばいい——だけどぼくだって黙って引っ張り出されるわけじゃない。何人かぶっ倒してくれる」

「奇妙なことだが、その点ではきみと同じ思いだ」とオーヴァーラーク。「わたしはあの三下たちが好きじゃない。何人かぶっ倒されるのを鑑賞させてもらおう。あとに控えた連中が、しっかり仕事をやってくれるさ。いいかね、フォーリー、もしわたしがきみのような立場に追い込まれたら(実際にあったわけだが)、最初の奴は鮮やかに片づけ、二番目は地味にやり、三番目には汚い手を使う。そのあとは、たいてい大乱闘だ」

フレッドもほぼその線で考えていた。口笛は聞こえなかったが、オーヴァーラークは何かの合図を送ったようで、三下たちが部屋に雪崩れこんできた。フレディは最初の奴をすっきり鮮やかに叩きのめした。二人目は地味に片づけた。だがそこまでだった。三人目、四人目、五人目、六人目がいっせいに襲いかかってきて、フレディを半殺しにした。乱闘はすぐに終わり、フレディは縛りあげられた。

フレディは怒りたけってみせたが、そのまま連れていかれた。フレディは連行され、古いビルの中に埋葬された。それが一日目であった。

第十一章　「おまえを呼んではおらん」と主は言われた

――高き者を恐る、畏ろしき者多く途にあり……銀《しろかね》の紐は解け、金《こがね》の盞《さら》は砕け、吊瓶《つるべ》は泉の側に破れ……

――『伝道の書』十二章五節

〈バグ〉にいるのはたいそう知的な連中だったが、フォーリーはほどなく、中には方向性を見失っている者がいることに気づいた。彼らがさまざまなことで強調する点、その興味の中心がときどきちょっぴり中心をずれているように思える点、おふざけを真剣に取り扱おうとする点、平衡感覚が歪んでいる点。そう、〈バグ〉の仲間の多くは、どこかおかしかった。

〈バグ〉は、ときには〈本部〉とも、〈学校〉とも、〈リトル・イーライ〉とも、〈会議場〉とも呼ばれた。〈幸せなうつろ〉とも〈放牧地〉とも呼ばれた。〈コウモリの巣〉とも〈気狂い屋敷《バグハウス》〉とも〈癲狂院〉とも呼ばれた。患者の一人は〈クルミ割り人形組曲《ナットクラッカー・スイート》〉と呼び〔「気狂い（ナット）の続き部屋」とも解せる〕、一人は〈ロング・ハウス〉と呼んだ（オーストラリアでは「だらだらと退屈《ロング・アンド・レイジー》」と「クレイジー」が押韻スラングとなる。世界のどこの精神病院に行っても、南の国から来た紳士が一人くらいはいるものだ)。だがフレッド・フォーリーの新しい仲間たちはポトマック河畔のオールド・ワンウィット病院のことをただ〈バグ〉と呼んでいた。

〈バグ〉は歴史ある施設だったが、そこにカーモディ・オーヴァーラークの三下たちはフレッド・フォーリーを監禁・埋葬したのだ。施設には、同じように葬られたよく似た魂たちがいた。ボフリー、モイヤー、フランブル、ブライアント、スローンなどなど、みんないい奴ばかりで、みなが全身真っ二つに引き裂かれてギザギザの裂け目をむきだしにしていた。

埋葬初日の午後は退屈なものだ。フォーリーは〈バグ〉の青々とした芝生を歩きながら独り言をつぶやいた。〈バグ〉では独り言は珍しくない。大声での独り言さえも。

「さてこいつは問題だ」とフレディは言った。「ぼくは誰からも診察を受けてないのに、水も漏らさぬ完璧な診断書を含む書類ができあがっていた。こういうのを効率化というらしい。ここにいる仲間たちも、みんな同じ目に遭ってるんだろうか?

仲間たちは迷子ばかりだ。ぺらぺらと口はまわるけれど、みな現実との接点を見失ってる。ひとつの要点を取りあげて、さまざまな角度から興味深く論じることはできるのに、それを世界と結びつけられないでいる。理論の規程点《ポイント・オブ・デパーチャー》というジョークの意味はわかっても〔「理論を捨てれば出て行ける」の意味にも解釈できる〕、それがジョークだと理解できない。でもぼくもその一人としてここにいて、外の世界からは違いがわからない。

ぼくと同じ理由でここにいる人もいる――長命か、死から甦っている人々の集団があると信じていて、その集団が世界を支配する陰謀を企んでいると信じている人たちが。ぼくは彼らと何か違うんだろうか？

唯一の違いは、ぼくはジョークが理解できて、彼らにはできないってことかな？　でももし再帰者についてのあれこれが全部ジョークで、ぼくがそれを理解できてないとしたら？　それならぼくもやっぱり狂ってるのか？」

そのときフレッド・フォーリーは正面の木に頭をぶつけた。

「少なくとも、ぼくは注意散漫だ。正常な人間は考え事に夢中で木にぶつかったりしない。こう考えれば慰めになるかな。ぼくみたいなタイプは監禁当初は狂ってなくて、この場所の雰囲気や、ずっと続く投薬のせいでちょっぴりおかしくなるのかも。いや、そう考えてもあまり慰めにならない。この場所の雰囲気からどうやって逃れればいい？　どうやって投薬を逃れる？　そしてどうすればここに長くいずに済むんだ？」

もうひとつ、フレッド・フォーリーに自分の正気をほんの少し疑わせる小さな出来事があった。レオ・ジョー・ラーカーが〈バグ〉にいるようだった。そしてラーカーは以前の警告をくりかえした。

「フォーリー、連中にやれと言われたことだけはやるな。やるなと言われたことをやるんだ。馬鹿になって、むこうみずに、ドジを踏んで、愚かになれ。でも続けるんだ。おまえさんくらい馬鹿なら、そいつの芯にまでたどりつけるかもしれない。自分一人で最後までやり抜かなきゃならん。おれは途中でやめるなと言ってるだけだ。フォーリー、あいつらにも殺せるかもしれないが、おれはもっと惨たらしく殺せるぜ。あいつらが怖い脅しをするなら、おれは倍も怖い思いをさせてやる。さあ、約束の時間だ。おっと、忘れてた！　とうに約束の時間は過ぎてたんだったな。今じゃおれたちと一緒にここにいる。馬鹿でむこうみずに愚かになって、ご苦労なことだった。おまえも、やっぱりおれたち賢い人間以上に肉薄できたわけじゃなかったな」

「レオ・ジョー、元気かい？」とフォーリーは訊ねた。このレオ・ジョー・ラーカーにはどこか妙なところがあった。彼は今では黒人だった。その点に疑いの余地はない。だが少年のころはそうじゃなかったのだ。メキシコ人、ジプシー、インディアンだったかもしれないし、アイルランド移民の可能性もあった。だが断じて黒人ではない。子供のころには今みたいな大人になる気配はかけらもなく、声も似ても似つかぬものだった。だがしかし、この男はあの夜、暗い戸口からフレディに話しかけたのと同じ人間だった。そう、そして彼はたしかに子供のころ死者を甦らせたレオ・ジョー・ラーカーだった。たとえ頭がおかしくなっても、まちがいなく言い切れることがある。

「なんでおれをそんな名前で呼ぶんだい？」とレオ・ジョーは訊ねた。「ここでつけられてる名前じゃないぞ」

「ぼくがつけられてる名前もフォーリーじゃない。でもあんたはすぐにそう呼んだだろ」

「そのとおり。だけどそのレオ・ジョーなんちゃらはおれが使ってる名前じゃない。自分でも聞いたことがない。本当におれの名前なのかい？　おれはたぶんあんたが考えてる相手じゃないぜ。なあ、なんであいつは急に高いところを怖がるようになった？　さっきまではそんな奴じゃなかったろ？」

「どんな奴だって、レオ・ジョー？　あっ！」その男とはジェームズ・バウアーだった。もちろん、彼はそんなところにはいなかった。バウアーは家にいて、ときおり肌寒いパティオに座っていた。だが脳の編み手、収穫者《ハーヴェスター》は肌寒さなんてつまらぬことは歯牙にかけない。眼下にのぞむ湖で、ウィング・マニオンは毎晩泳いでいたし、ホンドーとサルツィーのシルヴェリオ夫妻が一緒に泳ぐのも珍しいことではなかった。収穫者《ハーヴェスター》たちにとって寒すぎることはない、たとえ真冬でも。

レオ・ジョー・ラーカーがフレッド・フォーリーを追いかけて網に入ってくるのは、いささか奇妙ではあった。とはいえ、レオ・ジョー・ラーカーにかぎって特別奇妙と言えることなどあるだろうか？

ジェームズ・バウアーは二千キロ彼方で震えていた。脳波網の支配者なのに震えていた。バウアーはパティオの縁に近づき、湖に降りる鉄とコンクリートの階段を見下ろした。鋼鉄の手すりを握り、揺すぶってみた。

「そんなに高いわけじゃないんだぜ、フォーリー」とレオ・ジョーが言った。「水面まではゆるやかな階段が十二段、湖の深さも一メートル二十センチほどだ。でも、あいつは見たことないぐらい怯えてる。急にああなったんだ。以前は高さを怖がったりしなかったのにな」

それはスクリーンに投影された映像ではない。その存在は五感のすべてに感じられた。網に触れた人間は誰でも網を読み返せるし、触れた人間に触れた中でも鋭い者はこの仕組みを読み返すことができるのだ。

「アルーエット、アルーエット・マニオン！」ジェームズ・バウアーが遠く離れたパティオから怒鳴ると、アルーエットは家から出てきた。彼も怯えていたが、高さを怖がっていたのではない。

「わたしを無理矢理ここまで引っぱってきたな」とアルーエットは言った。「熱があるようだぞ。今度は何をするつもりだ?」

(「デカブツはもうひとり殺すつもりだぞ、フォーリー」とレオ・ジョー・ラーカーは〈バグ〉で言った。「おまえだってわかるだろ? 止められないのか? あれは本物なのか?」

「実際に起こるのはまだ何時間も、何日も先だよ」とフレッド・フォーリーは答えた。「いや、ぼくもどうやれば止められるのかわからない。それに本物じゃないよ、レオ・ジョー、ほとんど本物に近いけど。一部はね」)

「もう耐えられない、アルーエット」とジム・バウアーは言った。「この高さ! みんなこんな高さが平気なのか? この高さに比べたら、世界一高い山だって蟻塚にしか見えん。足を踏み外したら、暗黒の空間をいつまでも落ちつづける。どこかに安全具はないか?」

「おまえが怖がってるのは深さで、高さじゃないぞ、ジェームズ。そしてわたしが抱いてる死の恐怖と同じく、それが網の力を強めてるんだ」とアルーエット。「おまえはわたしをあざ笑い、わたしはおまえをあざ笑う。そうして、俺たちの怒りが網の餌になる」

「山のてっぺんにいるあいだに、やっとかなくちゃならんことがひとつある」とバウアーがうなった。「今度こそ、きさまをぶち殺してやる。腹ばいになれ、アルーエット。きさまは長いあいだ這いずって、それから死ぬんだ。さあ、ひれ伏せ! 言うことをきけ!」

かくしてアルーエット・マニオンはパティオの石造りの床に腹ばいになった。恐怖で顔を真っ黒に染めて。

フォーリーはプラッパーガイストのような存在を五感の隅で感じた。ということは〈バグ〉にもパトリックがいるのだ！　おなじみの生き物がここにいた。

「他のチャンネルに変えてくれないか、フォーリー＝スミス？」とそこに加わったブライアントが訊ねた（だがブライアントはパトリックではなかった）。「あんたたち、変わったテレビを持ってるな。画面に枠がなくて、目を閉じてても見える。どうせなら草稿を書いてる奴も入れちゃどうだい？　おれも演説の草稿をまとめるのが趣味でね」

「いいとも、ブライアント」とフレッド・フォーリーは言った。「興味があるなら入るといい」〈バグ〉の患者たちには強い霊能力を持つ者もいた。二人、三人を介して脳波網に入れるのは霊能力の強い者だけだ。

そこにいたのはマイケル・ファウンテン、痩せて皺だらけの六十歳の男。いかつい顔で、ピンクがかった髪がわずかに脳天にはりつき、平原インディアンかアルメニア人のような鉤鼻をしているが、それにしては色白すぎる。

マイケル・ファウンテンはディクタフォン（速記用録音機）に向かって講義していた。これを起こして講義の初稿が作られ、手直しして最終稿となる。マイケルが口述しているのはのちに〈黄金のガラス・ボウル〉と名づけられるたいへん優れた講義だった。

「知的だが素朴なタイプの学生を用意しておくこと」とマイケルは口述していた。「そして、わたしはその質問に答える。質問者は今のところ仮想的存在だが、それは問題ではない」(これはまちがいだったが、マイケルは理解していなかった。このとき、本物の質問者が、マイケル自身はいまだ受け入れていない手段で、マイケルの心に直接質問を送りこんでいたのだ。最初の質問者はグレイホースといい、知的ではあったものの、ちっとも素朴ではなかった)「報酬に見合った仕事をしている講義者ならば」とマイケル・ファウンテンは続けていた。「目の前に座っている生徒たちからどんな質問でも引き出せるはずだ。いちばん似つかわしくない生徒を選び出し、自分の望んでいる質問をさせる。身ぶりを通じて、期待の表情を通じて、キーフレーズを投げかけることで。知的な講義者、教師ならそれが可能なのだ。きみたちは知的エリート層に加わるべくしてここにいるのだから、その戦略を説明しよう。きみがその一員である証拠は、ひとつにはわたしの講義を聴講していることである。エリートの可能性がないなら、そもそもこの講義を聞いてはいない。生徒たちは、たとえエリートであっても、与えられたフレーズにしたがって考え話していると(とりわけ自分が自立していると考えている者は)自分自身に怒りを感じ、欲求不満や無力感を覚えることもある。それでも自分の心や言葉から出てくる疑問とその流れを拒否できない。それは心の浅瀬から生まれるもので、淀んだ深みは放置されたままなのだ。

ああ、質問者はなぜこの世界という黄金のガラス・ボウルにまだ貧困や悲惨の穴があるのかと訊ねている。若き友よ、そうした穴が残っているのは、いまだ頑固さや自尊心の穴があるからだ。『貧乏人はそれでも自分なりの頑固さを持つ権利があるのでは?』と若い友人が訊ねているな。いや、それはあやまりだ。もはや誰一人として、どんなにちっぽけな頑固さを持つ権利はない。獣は頑固になるかもしれないが、人はその必要はない。『貧乏人でもささやかな自尊心を持つ権利があるのでは？』いや、我が友よ、それはあやまりだ！　ひとかけらの自尊心も許されない。もっとも低き人にも、高き人に対しても。言葉の本当の意味を考慮すれば、おのずとあきらかだ。たぶん、鳥や狒々は自尊心を持っているだろうが、人間はちがう。自尊心が本当の意味で人間のものだったことは一度もないのだ。金持ちは遠い昔に自尊心を痕跡にいたるまで手離さざるを得なかった。口ごもり、抗議したが、結局は諦めたのだ。それはいい取り引きだった。自尊心の名残なんかより、富と安楽のほうがはるかにいい。そして頑固な貧乏人たちも、その面倒な重荷を捨てさえすれば、富と安楽の世界に入れるのだ。ラクダ（学名カメルス・カメロプス）が針の目をくぐるほうが、自尊心の重荷を背負った人が黄金の遺産を得るよりもたやすい、とかつての預言者が言ったように。おや、誰か質問したい人がいるようだね？」

（「ぼくにやらせてよ、フォーリー」と宇宙人と称するロラスが言った。「やってみなよ、ロラス」とフレッド・フォーリーは言った）

「おお、質問者はなぜわたしたちは星々や外宇宙を諦めてしまったのかと訊ねている」とマイケル・ファウンテンはすらすらと答えた。「微笑ましい質問と言わざるを得まい。わたしたちはこれ以上研究することも、そこを訪れることも諦めた。なぜなら、どこかで限界を決めなければならないからだ。興味深いのは、この質問を投げてくる相手のほうだ。たいてい、道徳的人間と呼ばれるタイプである。妻は一人で十分だと信じている人が、世界はひとつで十分だと考えないとは、なんとも皮肉な話ではなかろうか？　どうしてそんな風に逆転してしまうのか？　わたしたちは限界によって自由になる。みずからをひとつの世界に制限することで、このひとつの世界を本当の意味で味わえるのだ。その代償がこの世界での完全な自由なのだ。空を覆いかくせ！　ひとつきりの太陽の先には何もない。わたしたちが手にしている黄金のガラス・ボウルはたったひとつの特別なものなのだ。奇妙な世界に浮気心をおこすなかれ！」

（「おれにやらせてくれ、フォーリー」と、たぶんレオ・ジョー・ラーカーかもしれない男、だがみんながそう思っている人物ではないかもしれない男が言った）

「ああ、今度は、なぜわたしたちは世界をこんなに小さくしてしまったのか、なぜ投げ捨ててしまうのかという質問だ」マイケル・ファウンテンは中南部の自宅でディクタフォンに喋りかけた。「ふむ、彼の言わんとするところはわかる。そして二番目の質問に対する答えは、わたしたちは投げてはいない、だ。少なくともわたしはそう信じている、今この時点では。

今話しているのは、わたしたちに与えられた仕事、この世界とこの人生のことである。それは巨大な、優美な、貴重な、クリスタルのボウルのようにも見える。わたしたちは黄金のガラス・ボウルを両手で捧げ持っているのだ。たしかに、かつて思い願っていたほど大きなボウルではないかもしれないが、どうやら捧げ持ち運べるかぎりの大きさだ。

だがわたしを〝反生命主義者〟呼ばわりする、化石化した頑迷な連中にはもう我慢ならない。連中は卑しい指で昔の科学者たちが出した数字を指し示し、この世界は一千億人の人口を支える余裕があるなどとぬかすが（極端な場合には、その倍にも）、世界がそこまで発展するためには、特別な努力と発明工夫が必要だという明白な事実には触れようとしないのだ。そしてさらに明々白々な、そんな特別な努力と発明工夫は、現在のようなかたちの人類には不可能だ、という事実にも触れようとしない。

過去の人類にはそうしたことも可能だったろう。だがわたしたちは進歩の過程で捨て去ってしまった。わたしたちが築きあげ、この手に握っている世界は、正しいサイズで調整された心地よい世界だ。『巨大な努力の苦労』は幸いにも過去のものだ。わたしたちは巨大なサイズに憧れる恐竜ではないし、巨大な数を切望する群性昆虫でもない。わたしたちは人間だ。世界の人口は過去十五年連続して減少しており、さらにこれから五十年間は減少を定められている。今後は混みあうことも押しあうこともなく、尋常ならざる努力を求められることもない。わたしたちは王者であり、王者の住処を求めている。ああ、これはわたしたちエリートのみが知っていることである。わたしたちがもたらしたわけではない。ただし、それにともなう名誉は借りておく。口座に信用貸しをつけておく必要もあるわけだ。その到来を少し早めた可能性はあるが、わたしはその点も疑問だ。これは生物学的な振り子が振れたに過ぎないのだ。わたしたちが今やるべきなのは、振り子が逆方向に戻らないよう、しっかり止めることだ。

世界が『度胸を失った』と言う連中にも我慢ならない。この場合の〝度胸〟とは、動物たち、あるいは人間になる過程のけだものの特性だ。完成した人間には無関係だ。そう、わたしたちは度胸を失った。そうであってほしい、と少なくともわたしは思う。そんなものは有史以前の怪物たちと一緒に葬ってしまおう。二度とそんなものに世界が惑わされないように。お若い方、これで質問への答えになったかな？　ああ――彼はいくらか混乱して、いくらか憤っているようだ。自分が本来訊ねるつもりの質問とはちょっと違っていて、にもかかわらずそれが自分の口から出てきたのだからね。それはわたしたちエリートには発することが許されない質問であり、決して発せられない質問である。若者にはまだその質問のための言葉は持たないだろう。わたしたちが与えるキーワード以外に、それを語る言葉はない。そしてその言葉を持つ年齢になれば、質問そのものを忘れていることだろう」

（「おれにも老いぼれの相手をさせてくれ、フォーリー」とクロールという名前の男が言った。「あんたら髪をきれいに梳かした連中が世界をすっかり掃除したっていうなら、今世界を騒がせてる怪物はいったいなんなんだ？」）

「また質問だな」とマイケル・ファウンテンは言った。「想像上の観客ではなく、実在する客からの質問のようだ。不思議だが、本物の質問者が本物ではない質問をしている。質問者が把握しておくべきなのは、怪物は外部ではなく内部に存在するものだということだ。実際にはいないのだから、世界を守ってもいないし、襲ってもこない。怪物とは人間における無意識の残滓だ。そうした象徴は、かつては我々に必要だと信じられていた。かつてはそうだったかもしれないが、今は違う。前人間的存在が横切った四本の禁じられた道に、四つの脅威が立っている。

ヒキガエルの象徴は忌まわしき出自と死、そして再生だ。そしてヒキガエルの象徴に取って代わり、それを昇華して雄牛の象徴（それは同時に悪魔《ワリカウ》でもある）が生まれた。たぶんヒキガエルも雄牛もともに凝視する視線の持ち主だからだろう（そしてたぶん、ツノヒキガエルの暗喩でもある）。ヒキガエルの頭についている宝石は生命の輝きを示すが、生命の誕生は冷血動物としてだった。

大蛇は不法な智慧を象徴する。大蛇は前人間的存在の目に映った人間の姿なのだ（無毛で不自然な動きをする人間は、毛が多く柔軟性と関節において劣る前人間的存在には蛇のようにも見えた。前人間的存在と人間とが同じ人物の中で共存している場合もある）。大蛇の代替物は蛸と水蛇《ヒュドラ》の象徴である（自由に歩き、道具や武器をあやつる人間は、前人間的存在からは余計な手足を持っているように見えたのだ）。そしてまた、理由は不明ながら、大蛇の代替としてライオンの象徴も用いられる。

鷹の象徴は空の狩人、鳥の殺害者、いと高き権威、暴政、最初に騎乗した者の力による支配だ（馬にまたがった人間は、ある意味で、空を翔ぶ力を持つ鷹男なのだ）。

アナグマの象徴は洞窟あるいは隠れ家の象徴で、大地に穴を掘る頑固者、あらゆる後衛の中でもっとも後ろを守る後衛を意味する。アナグマの代替は熊の象徴、〝獣の仮面をかぶった人間〟の象徴、そして最終的に人間の象徴でもある。原始人たちは、人間の象徴と人間そのものを混同しなかった。

以上四つの象徴は、現代人にふさわしい象徴ではない。それは人間になる過程の動物に用いられる象徴なのだ。だが、象徴は無意識においては今なお有効で、象徴を通じて無意識が我々に訴えかけようとしていると考える者もいる。わたしたちは本来必要な要素を自分自身の外部に切りはなしているが、象徴はそれを取り戻せ、と警告しているのだという。わたしはそうした見解には与しない。同時に安易な解釈も否定する。つまり触手を伸ばすリベラリズム（大蛇／水蛇）は、嚙みつき顎の保守主義（頑固なアナグマ）と対立する。あるいはそれぞれ並はずれた下部組織に煽られ、地下から生まれる共産主義（頭上の宝石をひけらかすヒキガエル）と再生されたファシズム（狩人である鷹、獲物を狩る成鳥）とが対立する、というようなものだ。世界にはたしかに対立軸が存在する。だがそれはそんな風に物語化された、寓話的なものではありえない。いや、わが若い質問者よ、質問でないものに対して答えもない。外部の怪物などいないのだから、世界を攻撃するものも、守ろうとして騒がすものもいない。本物の怪物ではないのだ」

（「老いぼれじじい、おれたちは本物だ」クロールはたいそうアナグマらしい、押し殺したうなり声で言った。「おれたちは消えない人間、消えない怪物、おれたちは本物の怪物なんだ」）

そこでフレッド・フォーリーにもクロールがパトリックであり、パトリック以上のもの、つまり王侯《クロール》だとわかった。名札についているのは名前ではなく称号だったのだ。実を言えばクロールはボルチモアとワシントンのパトリックであり、大陸全土を支配する上パトリックまたの名をクロールだった。同時にクロールはちょっぴり単純で愚かなのもわかった。個人よりもその職責のほうが重要だということである。

だが新たな力、新しい人間が投影芝居に加わった。フレッド・フォーリーの入れる場所ならどこにでも入っていける男だ。通信に集まっていた患者たちも、みなこの新入りの存在を強く感じた。

（「また怪物がやってきた」クロールがアナグマのうなり声を出した。「頼むからあいつが本物じゃないなんて言わないでくれ」新たにあらわれた怪物はミゲル・フエンテス、本物の怪物だった）

二千キロ離れた自宅の書斎でひとり口述していたマイケル・ファウンテンはひどく不安を感じて

いたが、それでも勇をふるって講義の言葉を続けた。

「わたしたちは頂点に達しており、さらに上に登るすべも、突破するすべもない。わたしたちは完成へと近づき、簡素なやり方で完璧に仕上げようとしている。わたしたちは頂上にたどりつき、そこは見事に真っ平でなんの変哲もない場所だった。わたしたちは世界を完成させた。見よ！」

そしてどうやったのか、マイケル・ファウンテンは実際に大きな、精巧な、貴重なクリスタル・ボウル、「黄金のガラス・ボウル」を両手に捧げ持っていた。それは美しかった。ほとんど実物そのものに見えた。

「これが世界だ」マイケルは恍惚とした自己催眠状態で述べた。「これこそがわたしたちの生、わたしたちの最終的達成。その小ささを心配する必要はない。これより大きな世界は与えられなかったのだから、これこそがもっとも大きい世界。傷があるのではと心配するには及ばない。その傷とはわたしたち自身のことなのだ。そしてわたしたちが傷ではないと言えば、誰も反論できまい。世界が壊れやすいと恐れる必要はない。わたしたちが大事に捧げ持ち、落とさずにいるかぎりは」

「**落とせ！**」ミゲル・フエンテスの雷鳴のごとき怒号が轟いた。通信でつながっていた者たちは全員、突然炸裂した荒々しい命令の大砲にとびあがった。そして**マイケル・ファウンテンは世界を落としてしまった。**

世界は澄んだ音をたてて一千の小さなかけらに砕けた。世界は割れて、すべての光が瞬いて消えた。マイケル・ファウンテンの顔も壊れて砕けて光を失った。マイケルは顔をおおってくずおれ、乾いたすすり泣きをもらした。

「何がまちがっていたのだ？　何を忘れていた？」とマイケルは呻いた。

「おまえが忘れてたのは、馬鹿にしちゃいけない相手が一人はいたことさ」ミゲル・フェンテスは立ちのぼる狼煙のような声で言った。鷹たちは、パトリック同様、そうしたことを強く信じていたのだ。


「メキシコ野郎、爺さんをぶっつぶしちまったな」とレオ・ジョー・ラーカーは言った。「あのメキシコ野郎のこと知ってるのか、フォーリー？」

「ああ、よく知ってるよ」

「おれも昔は知り合いだった」とレオ・ジョー。「以前、メキシコ人だったことがあってな」

「さっきの奴は本物だった」とクロール。「おれと同じで本物だ。でも、爺さんは偽物だったな。立派な口上をとなえてたけど、最後までやりとおせなかった。粉挽き屋を通りすぎ、まっすぐ蒸留所に行って、そこで水差しを落としちまった」

「あのご老人がおかしかったのは」とエイリアンだと称するロラスが言った。「昔は泉の場所を知ってたってこと。でも最後に泉に行ったとき、水差しを落として割っちゃったんだ」


しかし〈バグ〉での生活、墓穴での生活にも決まり事はある。しばらくしてから尋問を受けた。隔離された。さらに注射を打たれ、鎮静剤を射たれた。だがフォーリー自身はここに葬られて以来、ずっと沈静状態だった。身のまわりの清潔を保つための講義まで受けた。それから晩ごはん。

監視つきの娯楽時間もあった。これは根本的な語義矛盾だった。監視つき娯楽という提案をしたせいで、悪魔は地獄に落とされたという。いろんな説があるが、これが掛け値なしの真実だ。患者たちは気が狂っていた。だが、こんなことを楽しめるほど狂っていたわけではない。

それから就寝。眠っているあいだも監視つきで、この墓穴にはまっとうな暗闇すらなかった。そののち頑固な眠り、そして監視抜きの現象。

脳波網は緊張し、不自然な苦悶で興奮していた。ジェームズ・バウアーとアルーエット・マニオンは無法な死の情熱にとりつかれ、互いを呑みあおうとする二匹の蛇のように絡みあっていた。アルーエットを目の前に這いつくばらせても、バウアーは絶対的な優位に立っているとは言えなかった。バウアーは自分自身の恐怖、震えるような高所恐怖にとらわれていた（自宅の地面と同じ高さのパティオに座っていたのだが）。アルーエットはその恐怖を知っており、どうすればその恐怖が増すかもわかっていた。

するとと闘技場は崩れ落ちる砂場となり、計り知れない高さの断崖となり、そしてジェームズ・バウアーとアルーエット・マニオンは死ぬまで戦う二頭の雄牛だった。バウアーはより大柄で、屈強だった。バウアーは敗北を知らない老ボス牛だった。角は長く太く、首は盛りあがり、こぶだらけで、胴体もかさばり、ひづめは固く、すべて合わせて怖ろしい存在だった。戦えと命じたのはバウアー本人だったが、挑戦者はアルーエットのほうだった。アルーエットは高台を占め、坂を下って突撃した。体勢を整え、再度突撃をかける。バウアーは戦いがはじまる前から断崖に追いつめられていた。息を吸いこむと砂がさらに崩れ、崖から落ちそうになる。身をこごめると、足下から支えが滑りだしていくようだ。雄々しい角を固い芝生に打ちこんで支えようとしたが、打てば打つほど地面はすかすかで、砂の地盤が崖から雪崩になって落ちていった。大声で吠えると、足場はさらに危うくなった。アルーエットは上から襲いかかり、バウアーをひざまずかせ、引っかいて切り裂いたが、鎧をかぶった大きな頭は動かず、バウアーは屈せず正面から向き合った。

バウアーはアルーエットと角を絡みあわせ、背を弓なりにして、力強くアルーエットの首をへし折った。軽いほうの雄牛は上に乗り、角を絡ませ、身を震わせて哀れに鳴いていたが、足下のおぼつかないバウアーは角をふりほどき、相手を突き放せずにいた。後ろ足が空をかき、また砂を摑んで、足の下で押しつぶし、そしてもう一度何もない怖ろしい空をかいた。偉大な雄牛とて、踏みしめる大地なしでは突撃すべてを受け止められはしない。

アルーエットは死につつある……ならば死なせよう、だがどうやって振りはらえばいいのか？そしてアルーエットは、死の恐怖に半狂乱となりつつも、バウアーを道連れにするつもりだった。死など恐れぬボス牛が唯一恐れていたのが墜落死であり、雄牛のバウアーは角に重荷をぶらさげたまま、崖っぷちから底なしの深淵にこぼれ落ちる砂のごとく走って逃れようとした。

そのとき闘技場は奈落となり、緑の岩に緑の影が落ちた。二匹の大蛇が、お互いに相手を呑み尽くそうと争っていた。バウアーはより強く太かったが、アルーエット・マニオンのほうが顎が長そうだった。大きく口が開き、顎がはずれ、さらに開き、大きく広がり、粘液があふれ、鳥もちのように増え粘り、まさしくスネーク・オイルのように滴り垂れ落ちた。アルーエットは長い顎でバウアーの鼻面をとらえ、鼻孔と目を塞いで、真っ青なシャボン玉のように薄く引き伸ばしてぱっくり開いた顎を閉じ、幅の広がった半透明の顎でバウアーを窒息させようとした。

バウアーは巻きかかり、のたうつ蛇の格闘に勝ち、またしてもアルーエットの背骨を折った。だが死の痙攣のさなかでアルーエットはふくらんでかじりつき、バウアーの頭を呑みこんで、じわじわと胴体を呑みくだしてゆき、焦げつくような胃液と精神液でバウアーを火ぶくれにして殺し、ぴったりしたビニールのさやよろしく自身の抜けがらをバウアーにはりつけた。窒息しながらも、バウアーは身をよじり、またよじって、なんとかして死の皮を切り裂こうとした。

バウアーは、自宅のパティオでしわがれたうめき声をあげていた。その声は死ぬまで止まりそうになく、かたやアルーエット・マニオンは石畳の床でのたうち、必死で死を恐れ、必死で殺しから逃れようとしていた。

闘技場は——不愉快な間隔で——変化した。脳波網でさえ想像できない、おぞましいものへと。死の戦いの場面が試されるたびに闘技場は姿を変え、また変えた。網のメンバーたちは、強烈な芳香を放つ死と苦悶の演劇によっていつまでも続く精神的オーガズムを味わいつづけていた。芝居はまだ何時間も続くのだ。

ホンドー・シルヴェリオは嫌悪と憎しみの波に揺すぶられた。この高貴なる蛇は自分自身の深淵を覗きこんで嘔吐した。そのとき、ホンドーは自分が網の支配者になるか、さもなくば打ち破るしかないと思い定めた。だがそれは一分、一時間、一日かけても出来ることではなかった。

また別の闘技場、さらに別の闘技場。宙ぶらりんの場所で苦しむバウアーの死せる妻はバウアーが地獄へ落ちていくのを見送った。灰色の苦しみ、存在しない拷問。生きている妻はひどい強硬症《カタレプシー》に落ちこみ、自分にかけられた催眠が死によって解ける日を待っていた。本当に死ねば解けるとしての話だが。聖なるセクシーダイナマイトとシナモン・クッキー（ケルベロス用犬クッキー）は情熱にとらわれていた。網を打ち破る情熱に。

ベデリア・ベンチャーはフォーリーの元にくるだろう。今晩遅くか明日の朝早くか、コウモリの翼か飛行機に乗って。だがまずはこの情熱の風をたっぷり浴びねばならなかった。

全員がそうだった。みな精神的スポーツマンであり、これが彼らのスポーツだった。騒々しく邪悪に、最終的に嫌悪にかられて打ち棄てるまで続く。だが丸呑みする恐怖の味は、不快感がまさるまで、長く王座を統治しつづけるだろう。

別の場所では、一人の若者が地下の洞窟にある自分の墓所で悪さをしていた。ミゲル・フエンテスはそこへ狩りたてられたが、同時に狩人たちを追いまわしていた。実のところミゲルは悪戯好きなメキシコ少年のままで、無邪気で身軽だった。地下の洞窟については誰よりも知っており、誰も自分から逃れられない、と軍の偵察相手に豪語した。そして狩られながらも、当の偵察部隊を引きまわして、迷子にしては殺していた。ついに地下から甦るとき、この若者は羽の生えそろった成鳥になっていることだろう。

また別の場所では（それは連中の一人ではあるが誰ともしれない。というのもあの種族はお互いよく似ているのだ）一人のパトリックがサムエル記の白日夢を見ていた。聖書のいちばん哀しい詩句である——

そしてパトリックは答えた。「主よ、わたくしはここにおります」そしてさらにくりかえした。「わたくしはここにおります。主に呼ばれてまいりました」だが主は答えた。「おまえを呼んではおらん。帰って寝ていなさい」

いやはや、どうして主はパトリックを呼んでくれないのだろう？　パトリックたちは待っている。ああ、どれだけお召しを待っていることか！　他の者にはお召しがかかっている。だがパトリックには一度もない、数千年のあいだ用意してひたすら待っているというのに。

「スミスだかフォーリーだか誰だか知らんが、そいつのスイッチを消してくれ」エイリアンだと称するロラスが抗議した。「おれたちは眠たいんだ。おまえが総天然色の夢を見てたら、いつまでたっても眠れやしない」

第十二章　第四の館

我は受け止める、投げつけられし厳しい真実
そして世界を振りまわす優しい空事！
我は知る、雄牛と鷲と人と
獅子——世界の党派は四つ

我は雲のような精霊をのみこむ
地中の部屋に閉じこめられ葬られて
今わが墓所で雷を収穫して
怪物たちをひとつにして屍衣にくるむ

死もしくは生命、それがここ第四の館
それは生きるべき世界の根となる
すなわち巨大な困難と巨大な力
しばし死のうとも、我はナイフを嚙んだ！

ほむべき大地で、我は育ち与える
夜明けを予言し、形作りながら
——エンディミオン・エレンボーゲン
「壊れた貯水池と生きている水」

「人間の全体性、あるいは世界の全体性は聖性をともなう」とパトリックのクロールは言った。「我々の内なる至上の怪物もまた聖化されるだろう。怪物をそこに据えたのは〝怪物たちの王〟とも呼ばれる御方なのだから。我々に怪物を切り棄てる権利があるのか？　神を編集しようとはいったい何様か？　我々が強きものを自分の中から追いだして抑圧すると、岩と雲はもう一度それを産み落とす。我々が内なる泉を涸らしてしまうと、外なる泉が恐ろしい勢いで噴き上がる。怪物の血が体内を走らずば我々は生きられない。全的存在にとってのみ、生は生きるに値し、死は死ぬに値するものとなる。ここ第四の館に至るとき、我々も全体でなければ無に等しい」

「そんな妙ちきりんな文句、どこから拾ってきたんだい？」とフレッド・フォーリーは訊ねた。

「手引きからだよ。パトリックの職務として、毎朝唱えることになってる文言だ」

「でも、パトリック自体が怪物なんじゃないのか？」

「ああ、そうだろう。だがおれたちは人間を象徴する怪物なんだ」

フォーリーの埋葬、または監禁二日目の朝のことだった。

「今朝早く、男とその娘がおまえを訪ねてきたぞ」と看護人がフォーリーに伝えていた。「だけど、二人にはおまえの痕跡を見つけられなかった。ここにはいないと確信したようだ。実際おまえはここにいないのさ」

「ふうむ。じゃあここにいるのは誰だい？」とフレディは訊ねた。

「記録ではジュリアス・スミスだ」

「だからみんなぼくをスミスと呼んでたのか。その人と娘さんに、スミスって名前で入院してることは伝えたのかい？」

「いや、これでおしまいにならんようヒントはかなりやったがね。今朝は二人とも気前良かったな。この次はもっと気前良くなってくれそうだ。あいつら、金持ちなんだろう？」

「かもしれない。でもどぶに捨てるような真似はしないよ」

「そいつを判断するのはこっちの仕事だね、フォーリー＝スミス。確かにおれはときどき一攫千金を狙いすぎて台無しにしちまう。でもちゃんと埋め合わせはしてる。埋め合わせをして、たいていは結構な稼ぎをあげてる。カモがどれくらい持ってるか、ちゃんとわかるんだよ。あの女の子――あの目――あれは本物なのか？」

「全部じゃない。でも会ったのはきみで、ぼくじゃないよ」

「誓って、あんな目ははじめて見た。目玉に絵が描いてある。妙な絵だ。蛇と怪物と泉と大変動。あんなものを見るのははじめてだ。でも彼女、普通に歩きまわってた。目玉に絵が描いてあるのに、どうしてまわりが見えるのかね？」

「あの娘は道化だけど、それ以上のものだ。変異を遂げてるから、全身でものを見られるんだ。ぼくもだけど。今、そのことに気づいたよ。目玉なんて必要ないだろ？　〈バグ〉に刺青師はいないかい？　目玉に刺青を入れてもらおう。世界初の刺青入り目玉の持ち主になるんだ」

「ああ、一人いるぜ。金さえ払ってくれりゃ——おまえの口座から、なにがしかを俺の口座に移してくれりゃあ——どいつだか教えてやるよ、そうしたら——いやいや、おまえ、かつごうとしてるな？」


やれやれ、墓の中じゃ、最後の喇叭が鳴るのを待つくらいしかやることがない。それとも非常時に鳴る中間喇叭か？　だが探求心さえあれば、興味深い質問はどこからでも拾い出せる、たとえ墓の中にいたとしても。フレッド・フォーリーは病院の医師の一人に、気になっていたことを訊ねた。


フォーリーがここの医師と和解したわけではない。宿泊客よりはましだが、医師たちもやっぱりねじ曲がってるとフォーリーは思っていた。ジョークへの対応も問題だった。ジョークを聞かされると、医師たちは鋼のように冷たい目でじっと見つめ、それからカルテに意味不明の記号を書き込むのだ。デッカー先生は医師の中ではましなほうだった。ほんのちょっぴりだが。

「先生、ぼくが考えているのは、集団幻想はありふれたものかってことです」とフレッド・フォーリーは訊ねた。

「ごくありふれたものだよ、スミス、ごくありふれている」とデッカー先生は答えた。

「それなら、ぼくらのように集団幻想を抱いているグループは他にもいるんでしょうか？」

「少なくとも今現在、この病院だけで一ダースはいる。これまでに数百はあったとも」

「その中でいちばん普通じゃない――ええと――妄執というと何になりますか？」

「数年前、低周波の影響で歯茎がゆるくなると思いこんだグループがあったよ。連中は超低音を使った音楽に強く抗議し、猛烈に反対運動をくりひろげて「グープ・ボックス」とかいったコイン式の機械を襲撃して壊したりした。しまいに軍隊の「葬送ラッパ」から低い音をいくつか抜こうとした」

「それで、その結果は？」

「ああ、グループは分裂してね。本当の意味での団結はなかったんだ。一部の患者は退院した。一部は別の妄執に移った」

「いや、そういう意味での結果じゃなくて。知りたかったのはテストの結果なんです。はたして超低音は歯茎をゆるくしたんですか？」

「とんでもトマトダマシだ、スミス！　いったいなんの話をしてる？　そんなテストがあるわけないだろう！」

「じゃあ、なんでそれが妄執だと言い切れるんです？　ひょっとしたらこれまでにない鋭い観察眼の持ち主だったのかも。本当にテストしなかったんですか？　他のグループというのは？」

「ごく小さなグループがあったな、三人きりの。我々の定義では、これが最小だ。三人とも蒸気機関車の機関士で、寂しい夜には汽笛に答える巨大飛行生物がいると信じてたよ。その生き物は列車をまるごと持ち上げられるほど大きくはないが、機関車一台で走っていたら持ち上げられるというんだ。蒸気機関車の行方不明事件はそいつが原因なのだと言い張ってたよ。巨大飛行生物は汽笛を求愛行動だと信じてるんだそうだ」

「で、実際に機関車の行方不明事件はあったんですか？　その説明の真偽を検証した人は？」

「スミス、ふざけてるのかね？」

「それほどでも。実際、機関車が夜に単独で走っていて消えた事件を何度か耳にしたことがあります。いずれここを出て、他の件も片づいたら検証してみるつもりです。まだ他にもありますか？」

「そうそう、一九七九年六月十九日の朝に五大湖地方で大地震があり、南の湖岸が沈んで数千人が溺れ死ぬと固く信じてた連中がいたな」

「でもまさにその日ですよ！　それは正しかった！　つまり中には正しい信念を抱いているグループもあり、あなたが間違ってることもある証拠じゃないですか！」

「もちろんその日付は正しいよ、スミスくん、そしてその地域からの避難が間に合っていれば、数千人の命が助かったはずだという主張も正しい。だが、この妄執がはじまったのは、地震が起きて三年もたってからなんだ。その妄想に取り憑かれた者はみな自分が数年過去に、地震の起きる前の時間に生きていると思いこんでいた。全員が間一髪被害をまぬがれた目撃者で、そのせいでおかしくなったんだ。あと、すべての赤毛女は、人類と交雑して面倒と破壊を撒き散らすために外宇宙からやってきた宇宙生物だと考えている集団がいた」

「それを証明する例ならいくつか挙げられますよ」とフレディ。

「わたしだって挙げられるとも」と医師は言った。「たしかに赤毛の中には別世界から来たと思える者もいる。おみくじクッキーの格言や教訓は、実はチベット奥地に住む悪の親玉が送ってくる邪悪な暗号だと信じてる変人たちもいる。

それから白いオークの木は人食いで、理由なく姿を消した人は、みな白いオークの木のそばで行方不明になっているはずだと考えている一派があった。連中はオーク材はきわめて危険な成分を含んでいるので、オーク材を大量に使用する家具工場の従業員には規制を加えるべきだと信じていた。白オーク派はまだいくらか残ってるよ。

だが、多数派はきみが属しているグループとたいへんよく似た信念を抱いている。世界を支配しているのは、これこれの特徴がある秘密組織の連中で、その組織は世界の破滅をたくらんでおり、その陰謀は今にも成功するところだという。誰もが自分たちの警告に従って今すぐ行動すべきだと主張する。実のところ、きみが抱いてるのも世界破滅組織妄想の一バリエーションに過ぎないんだよ」

「もしもその集団のひとつが正しかったとしたら?」

「どうなるかって? そりゃあ世界破滅の陰謀は成功するだろうね。きみたちの警告はまちがいなく無視されるだろうから」

「デッカー先生、本当にぼくは頭がおかしいと思いますか?」

「ああ、ある一点ではね、スミス。一点の狂気は、完全に正常ではない人類にとっては平均的なものだ。わたしは心から信じているが、一点はっきりした狂気を抱えているのは、人間にとって健康のサインなんだ。そのおかげで人間は精神のバランスを保つことができ、それ以外の点で正気でいられる。通常の場合、狂気はごく小さな、内密な、人に危害を加えない奇矯な一点に存在する。きみが行きすぎたのはそこなんだよ、スミス。この関係性社会では、奇矯さはあくまでも小さなものであるべきだ。隣人を悩ませたり、害を与えたりしてはならない。そして、それは決して地位の高い人への誹謗中傷につながるものであってはならない。きみの場合、そこが良くなかったわけだ」

「じゃあ、先生は世界を破滅させる陰謀があるとは信じてない?」

「おそらくあるだろうね、スミス、それも数千個もの陰謀が。世界はよく熟れたリンゴで、みんな一口かじりたいと思ってる。でも、わたしは実効性のある陰謀なんて、人食いの白いオークの木と同程度にしか信じられないよ」

「ここでいちばん新しい集団妄想はなんですか?」

「きみ自身のものが昨日、一昨日に生まれてる。今日新しいのが生まれたよ。新しい伝染病の流行という妄想だ。なんでも死の波動が訪れて、最初は鼻がムズムズし、それから倦怠感といらつき、やがて眠気に襲われ、最終的に死にいたるのだとか」

「ぼくには普通の経過のように思えますが」

「そのとおり、だがこの妄想の信者によれば、そのすべてが五時間で進行するんだという。そして彼らによれば、それを伝染させる細菌は遊糸か、ハコヤナギの木から飛んだ綿で(だがこのあたりにハコヤナギなど生えてないし、そもそも綿ができる季節じゃない)、もっともありそうな説としてはそうしたものに似た、外世界からやってきた何かに乗って運ばれるのだという。患者たちは病気の徴候をきわめて詳細かつ明瞭に述べているよ。それが存在しないことを思えばね」

「五時間しか猶予がないんじゃ、あまり警告の意味はありませんね。とりあえず聞くだけは聞いときましょう」とフォーリー＝スミスは言った。「ぼく自身、鼻がムズムズしてます。ということは暗くなるまでに死ぬのかな」

「きみは自分でも妄想にとらわれてるね、スミス、なのに他人の妄想を冗談にできる。ああ、うっとうしい、蜘蛛の糸みたいなものに一日中まといつかれてる！　いったいなんなんだこれは？　だが、これは患者のあいだで真剣な恐怖の対象になっているんだよ、しかも伝染しはじめてる。我々としては狂信者を隔離しなくちゃならない」

「先生、冗談じゃないです」フレッド・フォーリー＝スミスは言った。「ぼくは突然の致命的疫病の流行がぼくらを待ち受けてると信じてます。それに実際鼻がムズムズしてるんです。それにちょっぴり疲れてて、イライラしそうです」

「わたしはそんなに心配してないよ、スミス。きみはパニックを起こすタイプじゃなさそうだしね。パニックの原因にはなりそうだが。鼻の痒みについては、どんな原因を持ってきても、それよりは簡単に説明できる。だが、奇妙なのは集団のメンバー（いまだにどんなつながりがあるのか解明できていない）が全員、ほぼ同時にこの奇妙な考えに取り憑かれたことだ。そして全員が暴力的な反応を示し、町中で大声で叫びながら、宙を舞っている宇宙的物質を破壊しようと暴れはじめた。

　だが、きみが加わっている集団や、その同類も同じくらい興味深い。集団妄想がどのように生まれるのか、これまではたいへん苦労して調べてきた。それも仕事の一部なんだよ。きみ自身はどうして起きたと思うかね？　スミス、きみに訊ねれば手掛かりが得られるかもしれないな。きみは集団の中でいちばん頭がいいわけじゃないけれど、いちばん素直で、いちばん話が通じやすい人間だからね」

「他の人たちのことはわかりません、先生。でも、ぼくらの集団のことだったら、どうはじまったのか、正確にお教えできます」

「ぜひ話してくれたまえ、スミス。わたしは長年研究してきたんだ」

「象が道の真ん中に突っ立ってるようなものですよ、先生。一人が見て、そのことを口にします。別の人が見て（それまで、その二人のあいだになんの関係もありません）、二人目も同じように口にします。そして三人目が見て（この三人目も他の二人とはまったく接点のない人）、彼もまた自分なりに言葉にする。そして、三人は象を見たと信じているせいで病院に閉じこめられる。三人が同じときに象を見たと信じているのは、同じときに象がそこにいたからなんです」

「スミス、そのアナロジーを敷衍するが、本当にいるならなぜ看護人には象が見えないのかね？」

「なぜなら彼ら、あなたたちは、頑固すぎて窓から外を見ようとしないからです。なぜなら象が通りのど真ん中に突っ立ってるはずがないと信じこんでるからです」

「妄想の核となっている事実は、きみにとってはそれくらい明白なことなのかね？」

「この件に関する事実は、ぼくにとってはそれくらい明白です。ようやく、道の真ん中に立っている象くらいに、陰謀のすべてがはっきり見えたんです。しかも、陰謀の首謀者本人の口から、その中身を詳しく説明されましたよ」

「よくないね、スミス、たいへんよくない」

「もし今入院患者がやってきて、外では雨が降っていると言ったら、先生は『よくないね、たいへんよくない』と言って、カルテにバッテンをつけるんでしょうね」

「たぶんそのとおりだ。わたしにとっては自動反応になっている。でも、きみには乗り越えてほしいと心から願っているよ。きみはいい若者だからね」

「先生、なぜスミスなんて名前をぼくにつけたんです？　それにジュリアスも。アダムの前を二世代遡っても、ぼくの家系にジュリアスは出てこない。なぜ本名で入院させてもらえないんです？」

「してるとも。きみの本名はジュリアス・スミスだ。きみは記憶喪失に陥り、大昔に死んだ人間が甦ってきて災いをもたらしていると叫んでいるところを保護された。通常の手続きで身元が確認されたので、いずれ以前の生活を思い出すはずだ。そう願っているよ。治療には大事なステップだからね」

「あなたも隠蔽活動に加わってるんですか、デッカー先生？」

「いや、わたしは隠蔽などしてないよ、スミス。わたしはこの施設の政治的な面にはなんら関与していない。そういう面があるのは認識しているがね。渡されたデータを受け取り、それを元に患者の治療に心をこめて取り組むだけだ」

「でも、ぼくの名前はスミスじゃない」

「まあ、わたしもスミスじゃない。それから鼻をこするのはやめたまえ。暇つぶしとして鼻こすりが流行しそうだ。今夜、存在しない新疾患で死ななければ、さぞかしがっかりするだろうね。それにしてもこのふわふわ浮いてるやつめ！　どこまでもついてくる。やめろと言ってもやめないんだろうね、スミス、妄想集団にも正しいものがある、と証明したいだろうからな」

デッカー先生も鼻をこすっており、フォーリー＝スミスは退散した。

その病気は想像上のものではなかった。実際に発生していた。新伝染病は他にも半ダースばかり生まれていたのだ。気づかれぬまま、この存在しない病気は多くの患者でその日のうちにすでに第二段階、第三段階にまで到達していた。そして夜のとばりが訪れるころには、首都人口の三分の一は静かに死んでゆくだろう。

やがてヒステリーが世界を震わせはじめるだろう。

奇妙な日であった。物事がかたちを持ちはじめた。頭上で雲がかたちをとり、揺れ動きはじめるように。小春日和だったが、雲のへりには冷え込みのしるしがあらわれていた。おなじみのものが見慣れぬものに見えた。見慣れぬものがなじんで見えた。アイスクリーム売りもなじみに見えた。

フェンスごしに患者たちにアイスクリームを売る男はレオ・ジョー・ラーカーだった。だがレオ・ジョー・ラーカーはまだ〈バグ〉の患者なのでは？　いや、そうではなかった。彼は今朝早くに脱走した、と連中は言った。一時間以内に連れ戻される、とも。みなはそんな真似をしてはいけない、自分たちを理解してくれる安全な場所から世界へ出ていくなんて、とも。

ならばなぜ、〈バグ〉のすぐ外にいるレオ・ジョー・ラーカーはつかまらないのだろう？　あちこち探しまわっているのに？　つかまえられないのは、レオ・ジョー・ラーカーが認識できなかったからである。〈バグ〉にいたときの姿とは似ても似つかなかった。外見はまったく異なる人間だったのだ。レオ・ジョー・ラーカーは何人ものまったく異なる人間となり、フレディ・フォーリー一人だけがそれと見分けることができた。レオ・ジョーがアイスクリーム売りになったのはフレッド・フォーリーにメッセージを伝えるためである。なぜ内にいて自由に話ができるときに伝えようとしなかったのか？　なぜなら、それでは奇怪とはいえないからである。フレディはメッセージの言葉も内容も知らなかったが、それでもその意味はすでに理解していた。それは「天晴れな阿呆になれ、フレディ。いま一度、天晴れな阿呆になれ。誰かが万人のために天晴れな阿呆にならねばならんのだ」。

フレディ・フォーリーがフェンスをはさんで向かい会ったとき、レオ・ジョー・ラーカーは《おいらはどんな馬鹿かいな？》という古いメロディをハミングしていた。

「馬鹿はあんたかい、レオ・ジョー、それともぼくか？」とフォーリーは訊ねた。

「おまえだよ、フォーリー、おまえのほうだ。暗闇の中でも目が見えるのに、真っ昼間からウサギみたいに罠にかかったちっぽけなフレディ・フォーリーさ。ウサギだって巣穴か岩穴に隠れるくらいはできる。おまえみたいに簡単につかまりゃしないよ」

「リトル・レオ・ジョー、どんなに顔を変えてもいい男にはなれない奴。なんでアイスクリーム屋台なんか引いてるんだい？」（だがレオ・ジョーは道化ではなかった。フォーリーにこう言ったのだ。「あいつらにも殺せるかもしれないが、おれはもっと惨たらしく殺せるぜ。連中にやれと言われたことだけはやるな。やるなと言われたことをやるんだ」レオ・ジョー・ラーカーは少年のころ、死者を甦らせたかもしれない男だった）

「おれはレオ・ジョージじゃない。あんたがこれまで会ったことのない人間さ。アイスクリーム屋台はものがよく見える場所なんだ」

「ぼくにとっては〈バグ〉もそうだよ」

「じゃあフェンスのそっち側にいて、いったい何ができるんだ？　フォーリー」

「わからないな」

レオ・ジョージ・ラーカーは患者にフレンチ・ライムのアイス・バーを売り、さらに別の患者にストロベリー・レベル・バーを売りつけた。すると警備員が彼を追い払おうとフェンスに近寄ってきた。

「あんたにはグレープ・シャーベット・バーだ、フォーリー」とレオ・ジョージは言った。「よく消化しろよ」

「フレンチ・ライムがいいんだけど」

「素直がいちばんだぞ。とっとけ。ちゃんと消化しろ」

フレディ・フォーリーはグレープ・シャーベット・バーを受け取り、すばやくポケットに突っこんで、ラーカーから離れた。警備員がやってきてアイスクリーム売りを追い払い、小遣いを握りしめて集まった患者たちを嘆息させた。

まったく馬鹿馬鹿しい。ポケットに溶けかけたシャーベット・バーを突っこんでるのも、そこにメッセージが記されていると知っているのも、このすべてが奇怪きわまりないと思うのも。人は生まれかわる前にどれだけ低劣な、笑うべき存在に貶められねばならないのか？　死と埋葬をも上回る屈辱であった。

早速、フォーリーに呼び出しがかかった。たいへん疑り深くなっていたフォーリーは、ラーカーとの遭遇がなぜか察知され報告されたと確信し、ポケットの中で溶けはじめたアイスをどうしようと悩んだ。堂々とアイスを入れておける場所じゃない。ポケットが冷たかったが、アイスを温めたくない。ただのグレープ・シャーベットではないはずなので、捨てたくもない。だがこれから尋問めいたものがあるなら、ポケットに入れておくのは嫌だった。

そこにいたのはベデリア・ベンチャーとその父だった。面会を認められたのだ。警備員や看護人も同席の上ではあったが。

「可哀想な酸っぱいピクルスちゃん」とビディーは言った。「ひどい目に遭ってない？」ビディーの目よ！　風景が、獄景が、怪景が描かれた目玉で、ビディーは最初から最後まで笑い転げていた。

「体の世話は万全だが、魂の世話はからっきしだよ、ビディー」

「フォーリー、なんという有様だ！」とベンチャー氏がぴしゃりと言った。リチャードという名前はあるが、誰一人その名は使わず「ベンチャー氏」と呼ぶ。だがベンチャー氏は二重のレベルでフォーリーのことを見ており、よく理解していた。

「ベンチャーさん、この有様のひとつは、ぼくがここではスミスであってフォーリーではないことなんです」とフレディは言った。

「きみがそう名乗ってるのかね、フレディ？　スミスの名前でもきみは見あたらなかったよ。だがビディーがここにいるはずだと言い張って、きみが見つかるまで帰ろうとしなかったのだ。我々のことは覚えているね？」

「覚えてるかって？　もちろんです。ぼくの頭はおかしくなんかない。おかしいのは、ここにいる人たちです」

「じゃあ、我々を知っていたころ、きみの名前はなんだった？」

「ぼくの名前は生まれてからずっとフレッド・フォーリーです。ただし最初の二時間はフレッドとロナルドのあいだで揺れうごいてましたが。フレディで正解だったのか、いまだによくわからない」

「じゃあ、なぜ今はスミスなのかね？　きみにはまちがいのない質問をするよ」だがベンチャー氏は警備員相手のゲームを続けながら、フォーリーの内面を読み取っていた。ひょっとしたらシャーベット・バーのメッセージもすでに読み取っていたかもしれない。

「ぼくもまちがいのない答えをかえしたいんですけど。なぜ今はスミスなのか、ぼくにもわかりません」

「なぜスミスと名乗ったのか覚えてない、ということか？」

「違います、ベンチャーさん。なぜぼくの名前がスミスになってるのかわからない、って意味です。たぶんぼくの存在を隠そうとしたんだ」

「フレディ、記録によれば、きみは自分でジュリアス・スミスだと言い張った」ベンチャー氏は落ち着いて指摘した。「そしてフレッド・フォーリーなどという人物は知らないし、そんな人間だった記憶はないと言っている」

実際には、ベンチャー氏の言葉はすべて、耳をそばだてる看護人と警備員に聞かせるためのものだった。目は別のことを語っていた。

「パパ、あんまりいじめちゃだめよ」とビディー。「この人、病気なんだから」だが目玉の風景はなんと言っている？　そこには、よこしまな嘲笑があふれていた。それにたぶん、ちょっとばかりの気遣いも。

「ベンチャーさん、もしそう記録されているなら、それはまちがった記録です。ここでは何やら怪しいことがおこなわれてます。この病院から救い出してくれませんか？　あなたの影響力を行使して」

「フレディ、ポケットから沁みだしてるのはなあに？」とビディーが訊ねた。

「シャーベット・バーだよ、ビディー。グレープ・シャーベットのバーだ」

「でもなぜなの、フレディ？　なぜ溶けるまでポケットに入れとくの？」

「ここじゃなかったら、どこへ入れる？」

「ハニー、あなたはいつもアイスをポケットに突っこむの？」

「しょっちゅうさ、いつものことだよ、ビディー」

フレディはどこかでしくじってしまったが、どうしても取り戻せなかった。フレディは天晴れな阿呆だけでなく、惨めな阿呆も演じさせられていた。何かに心をつかまれ、狂人の役割を強いられていた。だがそれでもフレディは看護人たちにシャーベット・バーを渡したくなかった。彼が本物の馬鹿である可能性が論じられている最中に、本物の馬鹿らしくふるまうのは嫌だったのだが。

「とっとと捨てちゃいなさいよ、フレディ」とビディーが言っていた。「そしたら拭いてきれいにしたげる」

「ううん、ビディー。こいつは捨てられないんだ。入れたままにしとくよ。ここよりいい場所はないし、ここに入れてると涼しいからね」

「ああ、フォーリー、わたしはこの一件の原因を調べようとしているんだ」とベンチャー氏は言った。「ビディーから、きみが追いかけてる何やらイカれた話の件は聞いているよ。てっきりビディーを遠ざけて、そのあいだにまだ明かせない秘密の件を追いかけるための煙幕だろうと思ってたんだが。ビディーもそうだ。だが、どうやらきみは、本気で五百年前に生きていた男が甦ってきて我々の人生に干渉していることを証明しようとしたようだな。本当なのかね？」

「そうです。本当に連中は戻ってきてます。ぼくは確実な証拠を握ってるのに誰も納得してくれない。ベンチャーさん、あなたにわかってもらえて、あなたの口から警告してもらえば、もっと真剣に聞いてもらえるでしょう」

「フォーリー、きみのことは以前から気に入っていた。ビディーがきみとつきあい始めたときにはほっとしたくらいだ。今でもきみと一緒ならこの子のためになるんだが。だが、フレディ、きみはあきらかに病気だ」

「ここにいる人間の中で病気じゃないのはぼく一人です」

「必要なものはなんでも手に入るよう手配しよう」とベンチャー氏は言った。

「外に出してください」フレッド・フォーリーは言いつのった。

「いや、それはだめだ、フレディ。きみは表に出られる状態ではない」

「おねがいだから溶けかけのアイス・バーを捨てさせて、フレディ」とビディーは懇願した。「ポケットに入れとくのはよくないわ」

「いや、このままにしとくよ、ビディー。どういうわけか、ここに全世界の謎を解く鍵が隠されてる気がするんだ。それに、ここにあると安心なんだよ」

ビディーは泣きだした。いや、本当に泣いてるのか？　涙の裏には押し殺した皮肉がこもっていたが、ビディーの目の裏に何があるのか誰にもわからない。

「ああ、フレディちゃん、あたしがどれだけあなたを好きなのか、わかってないでしょ。あたしたち、ふざけっこしかしなかったけど。ああ、フレディ、どうかよくなってね」

「じゃあ、きみもぼくが病気だと思ってる？」

「ああ、フレディ！」

「彼のポケットからその汚いのを取ってやってくれ」とベンチャー氏は看護人に言った。

「興奮するかもしれません。患者の中には、特定のものや考え方に固執する人がいます。病気がぶりかえすかも。それに、明日には洗濯した新品が配布されますから」

「さようなら、フォーリー」とベンチャー氏は言った。「もし何か欲しいものがあれば――」

「ここから出して欲しい」

「主の思し召しあらば。具合が良くなったら、すぐにでも」

「早くよくなってね、ハニー」とビディーが言った。「あたしがどれだけ愛してたか」

「でもぼくを信じてはくれないんだね?」

「ああ、フレディ!」

フレッド・フォーリー゠スミスを看護師の元に残し、ベンチャー親子は出て行った。フレッドはまるっきり馬鹿になった気がした。溶けたシャーベットは足とパンツを伝って垂れ落ち、ガールフレンドは自分を信じてくれず、去っていった。そして世界は再帰者たちに征服され、またしてもしくじってしまうだろう。

にもかかわらず、不思議なことにベデリアの目玉に描かれた絵がフレディに状況を伝えてくれた。あの絵は変化する、よろしいか、あれは変わるのだ。そして絵はメッセージを伝えた。

ロラス(実はエイリアン)、クロール(実はパトリック)、それにボーンフェイスと呼ばれていた男、みながフレッド・フォーリーのまわりに集まってきた。フォーリーはシャーベット・バーだったラベンダー色のゴミを調べようとしていた。

「フォーリー゠スミス、前をふさいでるぞ」とボーンフェイスが言った。「今ふたつのショウが同時進行中なのに、そこに立たれたらどっちも見えん」

おお! 今日もまたマイケル・ファウンテンが講義を口述している。そしてジェームズ・バウアーとアルーエット・マニオンは、なおも死の試練の中で絡みあっていた。男たちはショウを見たがっていたが、フォーリー抜きで見られるところまで通じていたわけじゃない。フォーリーは網に触れた。男たちはフォーリーに触れただけだった。

大いに洗練されたマイケル・ファウンテンだが、今日はその洗練がどことなく干涸らびて見えた。

以前の洗練が錆びついたのか、内向きに縮こまっていた。繊細な声はちょっぴりひび割れて弱々しく、端正な顔はちょっぴり仮面じみて素人くさかった。だが流麗な言葉は変わったろうか？

「世界に事件はあるのか？」マイケル・ファウンテンはディクタフォンに向かって口述していた。「今現在、世界に事件はあるだろうか？　噂は聞こえるし、しるしは見える。人によっては〝世界的事件〟と呼ぶような影絵芝居が演じられてはいる。だがしかし、わたしたちエリートは、そんなものにかかずりあう必要はない。我々が実際に欲望するのは洗練がさらに洗練されること、高貴さがさらに高貴たること、エリートがさらに屹立《エレクト》することだ。わたしたちは自分の中に引きこもる。多数なるものはどこか下品だ。わたしたちは下品さを切り詰め、量を減らさなければならない。千グロス単位からひとつのエキスを抽出する。そしてそのエキスをくりかえし精製するのだ」

「この人はまちがってる」とエイリアンのロラスが言った。「別の場所でも試したことがあるんだよ。でもうまくはいかなかったんだ。切り詰めたら死んでしまう。毎回そうやって死んでるんだ。木立ちを切り詰めすぎちまったら、高貴な木だって死んじゃうもんだよ」エイリアンのロラスは、地球訪問にあたって〈バグ〉のような場所を選んだ。自分の正気はこの奇妙な世界の正気とは違うものだと心得ていたからである。ここにはなんの苦もなく入れた。まっすぐ受付に行き、星からやってきたと告げ、それから一時間ほど活発な意見交換をしたのち、〈バグ〉のメンバーとして受け入れられた。彼はハンサムではなかったが、陽気で外向的な性格だった。そして少しばかりの肉体的特異性——小さな尾状突起物、三重の喉仏、対置できる巨大な親指——も不利にはならなかった。ロラスは頭もよく、よく適応していた。食事のあと、皿まで食べてしまったのは一度だけだ。他人に紹介されたとき、霊的抱擁をしてしまったのも一度だけ。あと一度だけ――)

マイケル・ファウンテンは口述を続けていた。「わたしたちは、当然、世界を削減できるようになり次第、大部分を放棄することになる。旧世界のすべては、今世紀中に放棄できるだろう。実際、あんなものに用はない。新しい世界だけで人間には十分だ。『家族は全員、ひとつの家で暮らすべきではないのか?』そして旧世界の多くの精神や神話も、また滅びてかまわない。ある意味で、旧世界は、すでに新世界のごった煮的な無意識となっているのだ。あえて言おうではないか、そんなものは捨ててしまえ! 来るべき世代は新世界の南大陸も同様に破棄してしまうだろう。人類にはひとつの大陸だけで十分だ。精錬され屹立する人類にとってはあり余るほどだ」

(フレディのポケットの中でシャーベットは溶け、乾き、あとには染みと、わずかなネバネバと、きつく巻いた紙が残っていた。フレディは紙を広げ、外の耳ではるかなマイケル・ファウンテンの声を聞きながら、読んだ。**そんなところにいても、おまえはなんの役にも立たんと紙には書いてあった。わからないのか、もう始まってるのが? 一昨日、新伝染病で二十人が死んだ。昨日は五十人だ。今日の日が終わるまでに二百人は死ぬだろう。そして明日はさらに新しい疫病が生まれる。そのひとつは最初の病気が引き起こすパニックだ。おまえにはなんの計画もないし、こちらにもたいしたものはない。何人か動かせる手駒はある。もう何人か必要だ。日暮れまでに使える奴を三人集めてフェンスを乗り越えろ。**ラベンダー色に染まった紙に、レオ・ジョー・ラーカーの粘っこい殴り書きがあった)

「究極的には、全人類がひとつの街に宿ることになるだろう」マイケル・ファウンテンの講義は続いていた。「不純物《ドロス》は消え去るだろう。あとには、いくたびも精製をくりかえした黄金だけが残る。さらに究極的には、全人類がひとつの家に宿ることになるだろう。円環は閉じて縮小する、これこそがもっとも重要なことだ。わたしたちは便宜的に、すべての円環的オルフェウス教を支持する。したがって再帰者たちの行為も支持せざるを得ない。だが、彼らはあくまでも、わたしたち自身の影でしかない。再帰者たちは誕生、死、再誕の循環がくりかえされるべきだと考えている。それはある意味では正しい。再帰者たちは世界にこの循環をくりかえさせる。彼らは世界が上昇することを許さない。世界が渦巻き、螺旋となることさえ認めない。したがって、わたしたちはひとつの方向性において彼らを支持するが、別の方向においては支持しない。もちろん、循環は上昇してはならないし、外向きに螺旋を描いてもならない。だが同時に永遠に単純な円運動で居続けることも許されない。それは縮小する同心円となり、循環を終えるごとに小さく、純粋にならねばならない。我々は一点にまで縮小する。やがて、ひとつの点に集中するだろう」

(「パトリックとその城が奴に抵抗するだろう」とパトリックであるクロールが言った。「たとえ流れが淀んでいようと、おれたちは開渠を守る。たとえ早く流れようとも、暗渠は認めない。あいつらは自分の尻尾を食べる蛇を掲げ、永劫回帰の象徴だという。いや違う。蛇は一巡りするたびにちょっぴり自分の尻尾を食べて、ちょっとずつ小さな蛇になってゆく。おれたちはあいつらにも、あいつらの縮小にも反対する！」)

「最後の人類、その最良の時(その〝時〟はほんの十秒にも満たないだろう)は、ほぼまちがいなく三人または四人の特別な人間にまで減っていることだろう」とマイケル・ファウンテンは続けていた。「それから統合のとき、縮小のフィナーレが訪れる。世界はその日、たった一人の原型的超人へと融けあうのだ。これこそ平穏で平和な考えではないか？　だがこの沈黙はなんなのだ？　かつての濁流は、この数年のあいだに、せせらぎ程度になった。そのせせらぎは、ここ数日で単なる水滴の滴りになってしまった。もはやその滴りも止まった。なぜこんなにも浅く乾いてしまったのか？」

（「けっ！　爺さんの泉が涸れちまったんだろうさ」とボーンフェイスは言った。「どうせそうなると思ってたぜ」骨張った顔の男は狂人だった。強烈に狂った人殺しだった。ときおり、道理のとおったことを言うように見えたとしたら――実際しょっちゅうだったのだが――それは言いまちがいだ。彼は狂っていた。ボーンフェイスはいつもその点を強調した）

（**だが、おまえの準備はできてるのか？**　とフレディが粘りつくポケットから取り出したレオ・ジョー・ラーカーのメモは問いかけてきた。**できていようといまいと、おまえは来なくちゃならない。おれ自身、自前の疫病をばらまく用意はしている。疫病、と言っても再帰者にとってのもので、世界に撒くわけじゃないがな。もう推測してるだろうが、おれは以前、あいつらの仲間だったことがある。だがおれ自身は最近勧誘された口で、今はもう抜けてる。自分がやったことの埋め合わせのために、こいつを止めるつもりだ。さて、おまえさんがやるべきなのは――**）

（「あっち二人にしようぜ、フォーリー＝スミス」とパトリックのクロールは言った。「干涸らびた爺さんなんかより、ずっといいものが詰まってる。ああ、たしかに爺さんも昔は泉のありかを知ってたのかもしれん。水差しを持って、泉を汲みに行ってたんだろう。だけど、もうそれは終わっちまった。もうあいつらに移ろう。あれこそは本物の戦いってもんだし、一座の脇筋もかなり強烈だから、見はじめたら目が離せないな」)

ジェームズ・バウアーとアルーエット・マニオンはなおも世界の崖っぷちでシーソー運動を続けていた。二人は次々に移り変わる闘技場で闘った。バウアーはなおも座りこみ、ずっしりかまえて顔は紫色で目が飛び出し、雷鳴のごとく息をした。アルーエットはなおも石敷きの床にドラゴンのように大の字に寝て、全身断末魔で震えながらも、最後まで毒を吐きつづけた。怖ろしい水蛇《ヒュドラ》の二本の腕が、お互い同士を引き裂きあい、殺しあっていた。これがために、この忌むべき怪物は何度も再創造されつつも、決して世界を破滅させられないのである。自分自身の触手を敵と取りちがえ、死ぬまで戦いつづけるのだ。

ホンドー・シルヴェリオが入ってきた。ホンドーは脳波網を破り、引き裂き、ばらばらにした。緑色のまだらなユーモアは、この新たな関心事のおかげで死の灰色を帯びていた。だがホンドーはまだ軽やかに踊り、サイドボードから酒を出して、小型ソファーに飛びこんだ。

ウィング・マニオンが入ってくると、何層も重なった嫌悪感で魚の鼻をしかめ、病めるドラゴンの夫、アルーエットを上から見下ろした。彼女もまた網から抜けるつもりだった。額には青黒い収穫者《ハーヴェスター》のしるしがついていたが、もはや収穫者《ハーヴェスター》ではなかった。彼女はアルーエットを抱きあげ(「太古の池からあがってほんの数日で、魚さんはとっても強くなったのよ」と自分自身のことを語ったものである)、相当長くて重いアルーエットをいちばん遠い椅子まで運び、たっぷりの気遣いをこめてそこに下ろした。ところがアルーエットは、あきらかに断末魔の痙攣をしているのに、いつのまにか、椅子から水銀のようにこぼれ落ちてパティオの床に広がり、嘲笑じみた崇拝の姿勢でバウアーの前に横たわっているのだった。二人にはまだ戦っていない闘技場が残っていた。レティシア・バウアー（死んでるほう）がやってきて、死霊らしく心配げに立ちつくした。ベデリア・ベンチャーもやってきて、生霊の触肢を伸ばしてその瞬間を見守った。そしてサルツィーもそこにいた。ああ、サルツィーはこの戦いに反撥しながらも魅せられていた。それは彼女が夢見ていたそのままに情熱的なものだったが、まったく正しいかたちではない。これが螺旋式だったらと、どれほど願ったことか！

　さて、話を戻すと、フォーリー＝スミスはレオ・ジョー・ラーカーからもらったメモを読み終わったところだった。そこには明確な指示が記されていた。このラーカーという男は本物の戦略家、貧乏人の将軍であった。ストリート・ファイト、街場の喧嘩をどう戦えばいいかよくわかっていた。そしてメモの最後の言葉は――**では、この紙を食え。たっぷりしゃぶって食え。美味しいシャーベット風味が染みこんでるはずだ。意志ある男は紙を飲みこめる。口に含んでも膨らんだりはしない。そんな気がするだけだ。さあ、飲みこめ。**

　そしてフレッド・フォーリーは飲みこんだ。

　フォーリーは入院患者を三人引き連れてフェンスを乗り越える手はずだった。それ以上いても役に立たない、とラーカーは書いていた。フォーリーには三人では役に立つまい、と思えたが。三人とはエイリアンであるロラス、パトリックであるクロール、アイルランド系であるオマラだった。だが骨張った顔の男は自分も連れていけと言い張った。ボーンフェイスは、目で見ていないにもかかわらず、メモの内容をすべて知っていた。ボーンフェイスは謎の力の持ち主だった。こんな輩は敵にまわすよりは味方につけるほうがいい。

街では蠅が落ちるように人々がバタバタと死んでいた。みなあまり苦しまず、眠気をもよおして死んでゆく。実際にはほとんどの人は病気などではなく、ただ死の示唆を心に植え付けられていたのである。

頭上では雲が生まれて育ちはじめていた。雲のへりは銀色に染まり（日暮れが近づいていた）、やがてモラーダと呼ばれるマルベリー色ともスミレ色とも紫色ともつかない色に変わってゆく。フォーリーは四人の男を集めた。ボーンフェイスを置きざりにはできなかった。この男はそれを感じとり、割りこんできていた。

「おれは昔は殺人狂だった」とボーンフェイス。「連中によれば、おれは治療されたんで危険はないそうだ。おれを治療したんだと！　おい、標的さえ教えてくれりゃ、おれはすぐにでも人殺しに戻るぜ。おいおい、おれを撒いたりするなよ。どうしても連れてってもらうぜ。おめえらのおぞましい仕事についちゃあ、おれ以上にふさわしい人間はいねえんだからな」

その日の午後と夜、その世界とその都市ではまちがいなく事件が起きていた。災いがあらわれた。それははっきり真実だと確認されたものだ。だが奇妙なことに、災いが訪れる数時間前にラジオや新聞で広く報じられたのだ。それはこしらえられたパニックだった。

二人の男がほとんど同時に殺された。一方は偉大なリベラル派の政治家だったが、その実は見せかけだけのインチキ野郎であり、もう一人は愛された保守派の指導者だったが、その実は家族からも鼻つまみの人物だった。これまた歪んでいた。どちらの殺人についても実際に起きる少し前に報道があり、双方の支持者が集まりつつあった。

そして暴動がはじまる少し前に、ヴァージニア州から軍が暴動鎮圧のために派遣されてきた。軍隊は通りに積み上げられたという死体の山を見つけられなかった。賢明にも彼らは待った。ちょっぴり早く着きすぎたのだ。

別の街区では、学生たちが軍隊を襲っていた。どの学生も兵士より平均して十歳は年上だった。大使館が焼き討ちにあった。民兵部隊がいくつも活動中だった。区別は腕章だけで、そもそも区別できない場合もあった。公共輸送機関の労働者たちが、支援の意志を示すため、翌朝一時間のストライキを宣言した。

フレッド・フォーリーは頭の中で舌打ちを聞いた。それはカーモディ・オーヴァーラークの冷酷な舌打ちだった。オーヴァーラーク一味はこの暴動を（失敗したように見せかけながら）成功させてもいいし、さもなくば（成功したように見せかけながら）失敗させてもよかった。どちらにしても連中はそこから連中流の価値観を引き出し、世界はさらに拘束されるだろう。

「いよいよ動くときだ」フレッド・フォーリーは四人の男に言った。「ラーカーによれば、〈バグ〉内の標的は一人きり。もっとたくさんいると思ってたが」

フォーリーはクロールにドクター・ミルハウスを殺すよう命じた。パトリックのクロールは人殺しをためらい、怖じ気づいているようで、ボーンフェイスは替わりたがったが、フォーリーはあくまでも命令をくりかえし、クロールは従った。

その間に、フォーリーは手早く指示をくりかえし、レオ・ジョー・ラーカーが隠して、そのありかをメモに記した武器を配り、そして待った。クロールが身震いしながら戻ってきた。ドクター・ミルハウスは殺せなかった、診察室に行ったときにはもう死んでいたのだ。フォーリーがボーンフェイスを探して見まわすと、彼は濃い影の中に佇んでいた。「おれになんか用か?」という表情がボーンフェイスの顔に浮かんでいた。ふうむ、ともかくも事はなされた。ボーンフェイスがやったのだ。だが、フォーリーとしてはパトリックのクロールを、簡単な仕事で最初に試しておきたかった。一味はフェンスを乗り越え、ラーカー曰く「長いナイフの夜」をはじめた。勲章を持たぬ将軍はみなそうだが、ラーカーもやはりちょっぴり演技過剰なのだった。

第十三章　そしてすべての怪物たちが立ちあがる

ある一つの内面的な事態が意識化されない場合、それは運命というかたちで、外部に生じることになる。すなわち、個人が一つにまとまったままで、自分の内部における対立を意識しない場合、おそらく外の世界がその葛藤を表して、二つに分裂してしまうということになるのに違いない。

――C・G・ユング『アイオーン』

攻撃目標！　ラーカーはフォーリーらのグループが狙うべき相手として有名な再帰者たちをリストアップしていた。だがもう一人の勲章なき将軍は、フォーリーの心の中であざ笑った。「そんなことをしても何も変わらないぞ、フレデリック」ミゲル・フエンテスは遠く地下から語りかけてきた。「そんなのは単なる気分転換、ちょっとしたお楽しみでしかない。やりたかったらやればいい。だが最初の段階はもう起こってしまったし、次の段階は明日、おれや他の連中（特におまえ）が出てくるまではじまらない。そんなのはなんの意味もない」

「意味はある！」とフォーリーは断言した。「おまえはおまえの怪物と戦ってろ。ぼくはぼくの怪物と戦う！　ふさわしいものがあるはずだ――ぼくに、そして世界に」

リストにはそうとう著名な人物が並んでいた。まさか彼らが再帰者だなんて、誰が疑っていただろう？　リー、トウィッチェル、クラムズ、ローウェル、グッドフット、マンセー、ネイピア、ナッシュ、キャボット、ボトムズ、ミス・コーラ・アダムソン。さて、人を導く存在、ひとつ上の場所に立っている者をいかに殺すべきか？　殺人のエチケットはいまだ未完成である。意図と行為自体が自己紹介の基礎になる。殺人は社交でもあり、ビジネスでもあるのだから、流麗な規則があってもいい。その作法を記した手引き書があってしかるべきだ。

リーがリストの一番手で、まず最初に線で消された。フォーリーは彼と面識があり、どこに住んでいるかを知っており、豪華なアパートの前を足を引きずりながら往復する姿を見たときにそれとわかった。実際、リーはフォーリーを、または事件を待っていたようにも見えた。フォーリーは彼をすばやく殺した。生まれてはじめての殺人だった。

フォーリーは唐突に銃で撃ち殺した。近くにいた女性が息をのみ、通りから悲鳴が聞こえた。だが、同じくらい乱暴なことはいくつも起こっていたのだ。フォーリーはすばやく仲間の元へ戻った。

コンスティテューション・アヴェニューでは、兵士たちが〝学生〟の小集団を追い散らしており、双方から小火器のけたたましい殺傷音が聞こえてきた。マサチューセッツ・アヴェニューとニューヨーク・アヴェニュー沿いおよびその周辺では、かなり本格的な戦いが展開していた。「まったくの無駄働きだな、フレディ」とミゲル・フエンテスがあざ笑った。「こいつは本物じゃない。つまらんお芝居でしかない」

「あいつらがこの世界をつまらない芝居に変えたがってる。ぼくはそれをもう一度本物に戻したいんだ」フレディはトウィッチェルを探しに行った。

トウィッチェルはすぐ近くのホテルに住んでおり、フレッド・フォーリーは堂々と中に入った。赤い目をした女性がノックに答え、戸口までやってきた。

「トウィッチェルさんに会わせて下さい」とフレディは言い、押し入ろうとした。

「それはとても無理です」と赤い目をした女性は言った。「どうかお帰りください。今は説明してる時間がないんです」

「ぼくも時間がない――ちょっとお邪魔します。お時間はとらせません」

「だめ、だめ、やめて！　よりによってこんなときに」女性は突然力強くなり、フォーリーは全力をふるって無理矢理押し入った。

「お静かに、奥さん。こちらの用件は手短に、要点だけで済みます。ぼくの手元さえ確かなら」

「わたしの夫はもうなんの用件もこなせません。夫は死んだんです」

「でも、たしかにそうだと言えますか？　確認させてください、奥さん」

「この人でなし！　ついさっき亡くなったところなのよ。そんな冷たい言いぐさがありますか」だがフォーリーは押し切って奥の間に入りこんだ。

「たしかに死んでるようだ。死因はなんです？」

「今日の流行病《はやりやまい》です。疲れて少し横になると言ったんです。さっき起こしに来たら、こときれていました」

「死亡を確認する必要がありそうですね」

「お医者さんに確かめてもらいます。今こちらに向かってますから」

「今晩、お医者さんの仕事は多そうですからね。ぼくがちょっと減らしてあげましょう。誰が見ても死んでるとわかるように」

トウィッチェル夫人は短く小さな悲鳴、叫び声を幾度か発し、フォーリーはトウィッチェルが死んでいるのを確かめた。「どうやらぼくも、ボーンフェイスの自慢くらいには短いナイフを使いこなせそうだ」フレディは一種下劣なトランス状態に陥り、うなり声をあげた。ナイフを刺しても、血はほとんど流れなかった。まるで血が凍りついているようだった。この点から、さらに他の徴候からも、トウィッチェルは死んではおらず、生命停止状態にあると分かった。だが、今はもう死んでいた。

トウィッチェル夫人がひどく騒々しいので、フォーリーはさっさとそこを抜けだした。仲間たち、暴動が起きている表通りの平穏と静けさがありがたかった。

ロラスはクラムズを殺せなかったと説明した。ロラスが行ったときにはもう死んでいたのだ。

「ふむ、まあいい、まちがいなく確認したならね」

「もちろん確認したよ」とロラスは断言した。「少し恥ずかしかったけど。ぼくみたいなよそ者が、自分が何者かもちゃんと説明できないっていうのに、遺族に取り囲まれてさ。でも確かめたよ」

「どうやって?」とボーンフェイスが訊ねた。

「どうって、手鏡を口にかざしてみたんだよ。少しでも息をしてれば曇るはずだから。それに脈もなかったし、体も冷たかった。まちがいなく死んでたよ」

「いや、おれがやる」とボーンフェイス。「おれが確かめてくる」ボーンフェイスはクラムズを殺しに行ったが、ロラスは困惑顔だった。「でも、あとどんなテストで調べるっていうの?」妙なロラスは訊ねた。たんにエイリアンだからというだけじゃない。それ以上に、ロラスは時々ものがわかってないように思えた。

「ああ、確実なテストがあるんだよ」とフォーリー。「きみもぼくらの相手の性質はわかってるかと思ってたんだがな」

「だんだんわかってきたよ」とロラスは呟いた。「彼は死んでないかもしれないんだね。その秘密を知らない人は騙されてしまうわけかあ。でもぼくはあまり人殺しをやる気になれないな。きみたちとの関係はこれまでにさせてもらうよ」

ロラスはあまり人間を理解していなかった。でなければ偽物だった。ロラスはエイリアンではなく、何か別者だったのだ。

「殺すか、殺されるかだ」とフォーリーは言った。「黙って行かせるわけにはいかない」

そのとき、街の明かりが消えた。フォーリーの言葉に劇的効果がつけ加わった。

「いやいや、きみはそんなことしないはず」とロラスは抗議した。「いつだってやめたいときにやめられるのが決まりでしょ。きみたちがいなくなるまで、ぼくは篝火のそばにいるよ。きみたちだって、明かりの下でやろうとは思わないでしょ」

ボーンフェイスがもう戻ってきた。いやはや、たしかに早い！　さらに状況を把握するのも早かった。ボーンフェイスはロラスを片づけた。無造作に、すばやく手首を一閃させるだけで。「まちがってたな」とフォーリーは独りごちた。「短いナイフの腕前じゃあ、ボーンフェイスに遠く及ばない」

だがツキもそこまでだった。ローウェルは見つからなかった。ローウェル側で見つからないように手をまわしていたのだ。それにグッドフット、マンセー、ネイピア、ナッシュ、キャボット、ボトムズはただ死んでいただけでなく、積極的に死んでいた。手の加えようがないほど死に、見守られて死に、子分に囲まれて死んでいた。みな大騒ぎして死んでいた。近づくこともできない――死体は守られ、不可侵だった。トウィッチェルやクラムズのようなヘマはしでかさなかった。もしかすると、連中のあいだで素早くその話が伝わったのかも。みなもう一度甦ることができるよう、安全に死んでいるか、さもなくばすでに他の人間の中に入り、そっちで生きていたのかもしれない。

葬式に殴りこむ手もあったろう。ボーンフェイスは試そうとした。代わりに自分の身を差し出す羽目になる可能性もまるで気にしていない。ボーンフェイスはかなり唐突に姿を消したが、冬眠中の誰かを殺しに行ったのかもしれない。だが彼以外は、誰一人、敵に近づくことはできなかった。

「忘れちまえよ、フレッド、忘れちまえ」遠く地下でミゲル・フエンテスがそう言っていた。「そいつらはもう、ただのおもちゃだ。でも、明日になれば、おまえ自身がおもちゃ以上のものになるかもな」

移動しづらくなってきた。誰もが停電した家を出て、通りで群衆や篝火を見つめていた。火を眺めるのは誰だって好きだろう。割れたガラスが山となり、たくさん喧嘩が起きており、ますます混乱はひどくなった。

ついに審判の日が訪れたかのように、新たな預言者が篝火の脇で説教していた。何世紀も前に小プリニウスはこう述べた。平和な時代のローマには髭の男など一人もいなかったが、混乱の時が来れば突然髭の生えた男があらわれる。小プリニウスが生きていたのは無髭の時代だった。彼によれば、突然あらわれる髭男は生霊か凶兆であって人間ではないのだ。

今、髭をはやした凶兆が交叉点に立ち、渋滞をひどくさせていた。角ごとに車を止める者がいたのだ。この男は皮肉とヒステリー両方を交えた低い声で語り、篝火を効率的な照明に用いた。

「ついに協約は破られた。歩み寄りの妥協など、芝生に張った蜘蛛の巣ほどに薄っぺらい。おまえたちは深呼吸するより長く平和が続く、と本気で思っていたのか？　小走りで踏む薄い土壌の下に、もうひとつの大地があるのを想像しなかったのか？　あの危うい建物が、王者たちの住み処だと本当に思っていたのか？　川沿いの白い街が、三度の長い生涯のあいだ続く、と真剣に考えていたのか？　耳に届く不快な重低音が本当に人間の言葉だと思っていたのか？　それとも機械仕掛けのねじ巻き人形は決して止まらないとでも？」

燃える眼《まなこ》の預言者の話を聞いたことがあるはずだ。この男はまさしくそれだった。松明や篝火がたくさんたかれており、大きな目の中でその炎が踊って見えた。その炎は反射でなく、そこで燃えているのだ。

「誰がおまえに平和を約束した？　誰が安楽を約束してくれた？　本当に、一滴の血も流さずに全人生をまっとうできると思っていたのか？　ベッドで死ぬのが当然だと、なぜ夢見ることができた？　いつまでも昼が続き、決して夜はこないと空想していたのか？　大地はじっと動かず、波風すら立たないと？　だが弱々しい幕間はもう終わり、我々は今生命そのものに到達した。あるいは死へと」

「あの男は預言者のような預言者だ」［マタイ伝16-14、マルコ伝6-15］クロールはフォーリーに言った。「パトリックの職務として、あの男にもわが庇護を与えよう」

「おまえの家に雨風が吹きこまないと、誰が言ったのか？」預言者はなおも説教を続けていた。「おまえが清潔に濡れずに生きられると誰が約束した？　孫の顔を見るまで長生きするべしと述べたのは、いかなる狂える予見者なのか？　誰がおまえに靴をはき、食べる権利があるなどと言ったのか？　おまえは知らないのか、いつ足元のなめらかな瓦礫が切り裂かれ、切り立った地割れがあらわれるかもしれないのに？　もう牙や爪を伸ばす必要はない、とおまえに言ったのは誰だ？　朝までの命を、何が約束してくれたというのだ？」

　凶兆ではない、いやとんでもない。誰も見たことないほど陽気な預言者だった。すべての高き期待が、今満たされようとしていた。砂漠に降る雪のように、枯れ木から立ちあがる炎のように、暴力と災害が退屈への答えとなるように、彼は狂える預言者、死ではなく、新しい生の預言者だった。

「人は一度は魂を失うべきだと言われる。もう一度見いだす喜びのためだけにでも。わたしは言おう、世界の終わりを見ずして死んだ者は、生きた意味などなかった！　だがここに集う多くの者の生は無駄ではなかった。檻が開かれ、獣が自由になる。後ろを振り向くな。もうそこに世界はない。ああ、だが少しの塩が欲しければ、振り向くのもよかろう。いまだかつて地に塩が足りたためしはないのだから。香具師ほどの塩も持たぬなら生きている意味はない。なぜ一度も生きたことのない者が死ぬ心配をするのか？　しかしわたしは信じている、わが新しい生命を、わが新しい欲望を。それは灰から生まれねばならないが。なんと、わたしがかつて死んでおり、今生きているというのは驚きではないか？」

「クロール、こっちの仕事に戻ろう」とフォーリーは言った。「説教自体はいずれ聞ける。網を通して伝わってくるから」

「おれもどうせ中身は知っている、パトリックの職務として」とクロールは言った。

夜闇に響く悲鳴のどれが本物かを聞き分けるのは難しかった。暗いところで大声を出すのが楽しいティーンエイジャーたちがしきりに叫んでいたからである。本物の悲鳴はいつも偽物のように聞こえる。ちょうど、本物の恐怖が、同情心のない者には、つねに滑稽で軽蔑すべき対象のように見えるのと同じだ。だがその夜は血よりも騒音が多かった。退廃の世代は、とうに道徳的な縛りを失っていたのに、すぐには大がかりな略奪と殺人に戻れなかったのだ。実際の行動に向かう新しいエネルギーがたまるまでしばらく時間がかかるだろう。

素人布告人たちは九十秒後に降ってくるミサイルの話、ボルチモアとフィラデルフィアがすでにこの世から拭い去られた話を盛大に触れまわった。そしてニューヨークでは街角に死体がうずたかく積み上がり、誰も片づけようとしないのだという。

信じがたい計画の存在を信じている者だけが、それがすでに成功したのかもと理解していた。つまり、冬眠人間たちがすでに死のうと決めたのなら、彼らはこの状況をコントロールしているか、さもなくば次の宿主に移っているはずだからだ。連中にとって、ひとつの文明が終わる苦しみ、一世代の大部分を占めるだろう陰鬱な幕間を見物するなど時間の無駄だった。

そして実際、連中の仕事はそれほど難しくない。決定的な瞬間に世界を衝突させること。もう一度昔通りの循環を確実にくりかえすように、決して上昇螺旋を描かせないこと。三つの都市、それぞれ工芸品、建築物、精神において卓越した都市である――かつては。その上に第四の都市、破壊の都市。そうしてすべてをくりかえさせよう。これこそが真に秩序なるものの本質なのだ。誕生、成長、破壊、死、そして再生の連続性を維持すること。閉じた循環。破られても開かれてもならない！

そして（古き東洋の相撲取りのように）世界は自重に耐えかねて落ちていくだろう。老いぼれ監視者どもは見守りすぎた。反発者は反発しすぎた。無法にして法を押しつける水蛇《ヒュドラ》＝網は精神エネルギーを吸い取り、自分自身にぶつける。怪物たちはお互い相打ちし、破壊の平野を築きあげるのだ。

「計画通りに行くかどうか見てみようぜ、フレッド」若きミゲル・フエンテスが地下深くから呼びかけてきた。「そのとおり、監視者たちは見守りすぎた。老いぼれパトリックたちは、見えない網を揺らしてやがる。反発者は反発しすぎるだろう。このおれも夜が明けたら猛烈に反発してやる。それから、おれとおまえに触れた水蛇《ヒュドラ》は、電磁的な毒を撒き散らし、この地下にいてもオーロラみたいに輝いて見える。しかしそれとは別の何かがあるぞ、フレディぼうや。おまえがその別の何かだ。おまえは単純な男、無垢なる者、一角獣を手なずける純潔だ。いやはや、何やら真面目な話っぽいな、フレディぼうや。おまえがこれから何をするのか、どうやってこれを変化させるのか、おれにはわからない。でも、何かはあるんだ。フレディ、おまえこそ自分が何をやるのかわかってるのか？」

「わからない」フレディ・フォーリーは三千キロの地下から聞こえてくる声に向かって短く答えた。

「パトリックは見守りすぎたりはしない。だが見てはいる」とクロール。

「我々の望みはいと高き生への飛躍のみ」遠くで預言者の声が聞こえた。「その確信を抱いていれば、決して押しならされることはないのだ」

それでも冬眠人たちの刺激物は効果を発揮しているように思われた。世界中の僻地や荒れ野で、百以上もの集団が変化の風を嗅ぎとり、埋めるべき真空が生じたのを感じて活動をはじめた。アナトリアに強力なグループが生まれ、ピレネー山中にも、チェルケス地方にも、シエラ・レオーネにも、それにリオ・グランデ川流域にもミゲル・フエンテスに率いられた一団がいた。彼ら突然誕生した軍隊は、近隣のライバルたちを食い尽くしたのち、真の力を発揮するだろう。いたるところで薪に火がともされていた。

対立党派の指導者の二重暗殺が、世界のあちこちで発生していた。まもなく少数派や被差別者、それに差別者たちの蜂起が起こる。耳ざとい者は、はやくも巨大な蜂の巣のようなざわめきを聞きとっていた。

「フレディ、この段階はとめようがない」ミゲル・フエンテスはまたしても遠くから呼びかけた。「だが明日には、おまえは違いを生み出せる、フレディ、おまえこそがその違いなんだ」

その夜はそこでお開きになった。明かりが戻った。何人かの作業員が軟弱なテロリストの輪をくぐり抜けて、電気を復旧させたのだ。がっかりするほどがらりと一変した。篝火や焚き火にはある種の正義がある。もはやそれは消え去った。

女の子の死体がどぶに倒れていた。誰一人気にも留めない。何も存在しないかのように、目をそむけて歩きすぎてゆく。女の子はそのまま放置された。今もいるかもしれない。だがそれ以外はただの一夜でしかなく、人々は帰宅の途についた。

フォーリー、クロール、オマラ、そして骨張った顔の男は〈プロヴィアント〉に行った。店はまだ開いていた、あるいは再オープンしていた。まあ、すでに別世界だったのかもしれないが、とりあえずは変わっていないように見えた。

四人はラーカーと通路をはさんだテーブルに座った（もしくはラーカーと思しき男の前に。奴はまたしても違う外見だった）。ラーカーはフォーリーの知らない顔と同席していた。フォーリーとラーカーは視線を交わし、見知らぬ同士のふりを続けた。

「出来は悪かった、見世物としても」フォーリーは仲間たちに言った。「最初から、不発に終わる計画だったんだろう。不気味さと混乱以外に、一種の英雄的反応を誘発させる意図だった。奴らは英雄的なものなど何もないと証明したかったんだ。こうしてぼくらの破滅は確実なものとなり、連中は寝ながらにして勝利する」

「世界はかくて終わりを迎える」と通路をはさんだテーブルでラーカーが言った。「明かりがついて、すべてが芝居だったと判明する。世界なんかなかった。世界という虚構があるだけ」

「ビザンチンの伝承によれば」とベンチャーが言った。「神が世界を作ったのは、それを派手に終わらせるためだという。だがどうやら狙ったようにはいかなかった。正しく盛り上げ損ねたんだ。うまくいかなかったと当人もわかっている。結末から数日、あるいは数年巻き戻して、もう一度やろうとするだろう。それは今回よりもさらに酷いものになる。大火事は作り物めいていたし、雷鳴は子供じみていたし、審判の喇叭はおもちゃのピストルのようだった。何日か巻き戻して結末をやりなおそうとし、またくりかえし、さらにくりかえす。その結果、結末は究極的にはビザンチン流になってしまう。審判の日を無駄に何度も生きつづけることになるのだ」

ベンチャーだって？　こんなところでベンチャーが何をやってる？　そしてなぜフォーリーは真っ正面から見ていたのに、彼の顔に気づかなかったんだ？　あらためて男に目をやると、たしかにまごうことなきベンチャーだった。だがそれまではわからなかった。そしてなぜラーカーと一緒にいるんだ？　いったいどこで知り合った？

「ベンチャーさん、こんなところで何をしてるんですか？」とフレッド・フォーリーは問いかけた。

「温め直したまずいコーヒーを飲みながら、世界の終わりを観察しているところだよ。いやはや、きみが狂ってるなんて思っていないよ、フレディ。あのときは、そう見せかける必要があったんだ。少し前、ビディーからきみが追いかけてるネタの話を聞かされた。でっちあげにしては荒唐無稽すぎると思えたよ。そこで調べてみたところ、まぎれもない真実らしい。調査をつづけた結果、さまざまな副産物を目にすることになった。だが、どうやらわたしは遅すぎた。もうダメージは与えられてしまった。蛇に嚙まれたあと、毒蛇が這って逃げてゆくのを仕返しもできないまま、ただ見送るようなものだ。連中はどこか安全なところにおり、氷の中で固まって冷たくあざ笑っている。もう、わたしたちには手出しできない。

ああ、しばらくはこのまま生きていけるだろう。しばらくは足場を一部取り戻したようにさえ見える。だが世界はとっくに不安定すぎる体勢になっている。世界は前にも一度破滅した。再度の破滅を止めるすべはない。これは昔ながらの循環なんだ」

「ぼくはまだ、なんとかして循環を打ち破れると思ってるんです」とフレッド・フォーリーは言った。

「なぜかね、フレディ？　循環を破るのは猶予を終えることだ。今ならそうわかる。わたしは、たとえ遠い未来だとしても、終末に直面する勇気はない。知るかぎりわたしは誰よりも勇敢な男だがね。くりかえす循環が、結局のところはいちばんなのだ。それはつまり、誰かしらはまだくりかえし生きつづけていることを意味するんだからね。わたしは循環から飛び出すのが怖い。たとえ上昇するのであろうとも。世界に警告しても意味はない。この災厄の本質は、災厄が現実のものになった今でも誰にも信じてもらえまい。そして、太古の死者たちが間を置いて再登場しては世に害をなす、と真顔で語るわたしたちはまちがいなく狂人の仲間入りだ」

「せめて残ってる奴を狩れないのか？」と骨張った顔の男は訊ねた。「今すぐ、夜が明ける前に」

「やるとも、何人かは。それにきみには今晩さらなる冒険が待っている。だがほとんどの連中は行方すらわからない。とはいえ、わたしたちはささやかな勝利を収めたぞ、フレディ。連中の真のリーダーで、最初にきみの目を引きつけた存在のカーモディ・オーヴァーラークは休眠することなく、真の死を迎えた」

「そう聞いてほっとしましたよ、ベンチャーさん。死因は？」

「溺死だ。わたしたちは奴の邸宅に向かった。カーモディはわたしたちの手から逃れようと、沼の深みへ向かった。地元じゃ底なし沼とも言われている場所だ。カーモディが浮かんできたところを狙って撃ち、もう二度と浮かんでこないと確信できるまでひたすら見張ったよ。カーモディはまちがいなく溺れた。せめてもだが、あいつはもう戻ってこない」

災厄が起きたあとに警告してもしょうがない。自分の仲間に、この件ですら失敗したと告げてもしょうがない。カーモディ・オーヴァーラークがどうなったにせよ、溺れるなんてありえない。再帰者の中でもいちばん古い者、バケツに頭を突っこんでいる奴が。撃たれたというのもありそうもない。おそらくは次に目覚めるときまで、水中に引きこもるつもりだろう。

フレディにこの話をするベンチャーの言葉には、ほんの少しあざけりの色がなかったか？　そしてなぜフレディは一目見てベンチャーとわからなかったのだろう？　上から下まで彼そのものなのに？

「ビディーはどこですか？」とフレッド・フォーリーは訊ねた。

「まもなく合流するよ、フレディ」とベンチャーは言った。「ビディーはミス・コーラ・アダムソンを追っている。世に仇なす再帰者の一人だ。そしてビディーはたしかに殺した。はっきりと感じる」

「アダムソンはぼくらのリストに載ってたはずですが」

「いくつかのリストに載っていたんだよ、フレディ。あの女は確実に仕留めておきたかったからな。奴め、巣の裏口から逃げようとしたが、裏口にはビディーが張ってたんだ。ビディーも参加したがった。このボーンフェイスと同じくらいやる気満々でね。ミス・アダムソンの死亡報告はもう出ている。おや、ビディーが来たぞ！　ビディーだって！　あれが？　ああ、そうだ。たしかにビディーだった。

「わたしがきみなら、ビディーと二人きりになりたいね」（なぜベンチャーの言葉のはしばしにお追従じみた響きを感じるのだろう？）「沈みゆく世界からでも、愛しあう若い二人は何かを救いだせるさ」

　なぜ今、ビディー・ベンチャーの姿を見て、何もかも取りかえしのつかないほどまちがってる、とフォーリーは思ったのだろう？　フォーリーにとって、ビディーは世界にたったひとつ残された正しいものだった。なんだろう、この新しい恐怖は？

「何かがひどくまちがってる」フォーリーは立ちあがりながら言った。「警告という警告が叫び声をあげてるのに、なんと言ってるのかぼくにはわからない」

「たくさんまちがってるとも」とベンチャーが言った。「だがこれは正しいままでいられる、たったひとつのことなのだ。さあ、二人とも行くがいい。きみたちの手を借りずわたしたちだけで、朝までに世界を葬るとしよう」

「おいでなさい、フレディ、ちっぽけなプードルっ歯ちゃん」とビディー・ベンチャーは言った。

「あたしたち、たっぷり埋め合わせしなくちゃ」そしてフレディは彼女についていった。空っぽだ！ ビディーが空っぽに思えたことなど一度もなかったのに。

「やっぱり何かひどくまちがってる」フレッド・フォーリーはひとりごちた。「警告という警告がぼくに向かって叫んでる。脳波網さえも叫んでる。なんでビディーは網に入ってないんだ？」

「お待ちを、閣下、お待ちを！」とクロールが呼びかけた。クロールはフォーリーに駆けより、戸口でつかまえ、両手をとった。これまでフレディは一度たりとも「閣下」なんて呼ばれたことはない。パトリックはまるで何かに取り憑かれたかのようで、別種の網を発していた。

「閣下、高潔なる君よ、我らここに集いしパトリック、ラーカーとクロール、専制君主と総主教代理、アロイシウスと首都大主教は、精神の内に集まりて、千年のあいだ空席だった地位を埋めるにいたりましてござります」クロールは朗々と語った。狂えるクロールは滑稽だった。

「その地位の話は聞いたことがある」とフォーリーは言った。「今宵、すべてのパトリックに幸運を！ クロール、誰がその地位を継いだんだい？」

「あなたです、閣下。単純陛下、無垢陛下、幸福陛下《レティシア》、あなたこそが選ばれし者です」それからクロールは爵位授与式のようにフォーリーを抱きしめ、フォーリーはその瞬間まで知らなかった特別な礼を返した。クロールは細長いストールをフォーリーの首と肩にかけた。

「だけど、これは支配者の紫色じゃないよ」フレディは微笑んだ。「愚者のラベンダー色だ」

「わかっております」とクロール。「ですが、そう命じられているのです」

ビディーがフレッド・フォーリーを引きよせた。「これはなんなの？」とビディーは訊ねた。「彼は何をしたの？」

「ぼくを皇帝に冠したのさ」

二人は大通りを歩いた。散歩道を歩きながら、たしかにすべてがビディーだった。ビディーのおしゃべり、ビディーの論理飛躍、ビディーの活力。ほんのちょっぴり、フレッドの望んでいない方向へ誘導されている気がした。でも、それはビディーがいつもやることだ。

ああ、だがなぜビディーは網にいないのか？　網は今にも爆発しそうで、その存在に不可欠だった彼女は網に入っていなかった。風景と龍景を目玉に描いたシナモン・クッキー、ビディーに足りないものはなんだろう？　ビディーは内側で戸惑っているように見えた。まるで目玉に描かれた絵が変化することを知らなかったかのよう、全身すべてを使って見ることができないかのよう、描かれた風景ごしに小さな覗き穴で外を見ているかのようだ。

これは妙だった。ビディーの目玉は網の一部であり、目玉はビディーに描かれた一部だった。だがそれ以外、ここにいる娘は膨れあがる網にこれっぽっちも参加していなかった。目玉に描かれた場面の中に、蛇とパトリック、故郷のパトリック・バグリーの部屋と、彼に仕える猿犬プラッパーガイストの姿があった。プラッパーガイストは小さな看板を拾いあげ、それをこちらに見せると、文字が独りでにその上を流れだした。**フレディ、この言葉を話してるのはビディー。あいつらはあたしの中に入ってきて、あたしを乗っ取った。あの女はあたしを追い出した。彼女の中にいるのは**

あたしビディーじゃない。あたしは網に戻るわ。あたしたちは網を破って投げ捨てるつもり。

彼のとなりにいるこの娘は、自分の目玉に描かれた絵が変化するのを知らなかったが、ビディーのようなおしゃべりをして、フレッド・フォーリーが行きたくないはずの方向に引っ張っていた。

そしてそのとき、網を打ち破る圧倒的な力が解き放たれた。

ホンドー・シルヴェリオ（あのでっかい、癒しの蛇である者）がとても力強く網に入ってきて、それを投げ捨てようとしていた。フォーリーはホンドーに網を投げつけられる期待と恐怖を感じた。とはいえ、網も今ではだいぶ清潔になっていた。そしてビディー・ベンチャーは網にいた。死んではいたが、魂はそのままに。ひどく過大評価を受けていたメンバー、悪魔のバウボーはホンドーとサルツィーとウィング・マニオンによって網から放逐されていた。悪魔は足を滑らし、落ちてゆく。すすり泣き、うわごとを言いながら。

アルーエット・マニオン、石の床でのたうつ断末魔のアミメニシキヘビは最後の闘技場にたどりついた。またたく青とオレンジ色の輝きを放ちながら死んでゆく。光はひとつにあつまって球電となり、しばし宙に浮かんだ。それからヒス音と鼻につく匂いを発して崩れはじめ、ポンと弱々しく音を立てて消えた。それがアルーエット・マニオンの魂のすべてだった。

ジム・バウアーは、舌を喉につめて窒息し顔を紫色にしながら、パティオからよろめき出て、うめき声をあげつつ、湖へ伸びる鉄の手すりつきの螺旋階段を降りていった。バウアーがチラチラ光りながら縮んでいくと、その魂は鮮やかなあぶくになって口からこぼれだした。紫色の光がパチパチいいながらバウアー越しに湖に深く飛びこみ、内なる無限の中に沈んでいった。それはバウボーという名の悪魔、網からこぼれ落ちてついに旅立ったのだ。

そしてバウアーもまた解き放たれようとしていた。その指は鉄の手すりを血が吹き出しそうなほどきつく握りしめていたが、網のメンバーがひとりずつ、彼を解き放っていった。生けるレティシアは、催眠術の呪縛を解かれ、屋内のソファーから起き上がった。そしてモラーダの館から表通りへ出ていった。今ではレティシア・バウアーにはまったく似ておらず、モラーダで過ごした数日間の記憶はまったくない。精神誘拐される以前の娘に戻り、ひどく困惑して表通りを歩いていった。彼女は網から出て行った。もともと強い存在ではなかったのだ。

死せるレティシアは網の浄めの中で解放され、死んで以来はじめての喜びを感じた。そしてホンドーはバウアーが完全にこぼれ落ちるのを待って、網をフレッド・フォーリーに投げつけようとしていた（なんでそんなものを、なんでそんなものを？）。

ビディー・ベンチャーは死んでいたものの、今なお力強く網につながっていた。そしてフォーリーと一緒にいるこの娘、ビディーのように見えるがビディーでない娘は外で起きているたいていのことに気づいていたが、網のことはまったく見えていなかった。そして目玉に描かれた絵はもう動かなかった。ただの死んだ絵だった。いや、最後の一閃、ビディーその人からの最後のメッセージが文字になって目玉の絵に浮かびあがった。

ひっかけてやったわよ、フレディ、最後の悪戯で。額についた収穫者《ハーヴェスター》のしるしは癌なのよ。あの女が盗んだのは短期の体だったってわけ。

それから目はこれを最後に動かぬ絵となり、この娘は誰か別人になっていた。

「ビディー・ベンチャーはどうなったんだ？」フレディは暗い声で訊ねた。闇の中から力強い手が伸び、フォーリーは両腕をつかまれた。フォーリーは、この娘が望む方向に向かって運ばれていくのだ。

「でも、あたしがビディー・ベンチャーよ」と女は言った。「あたし以外にいないでしょ」

「じゃあ美しく永遠の性悪女、ミス・コーラ・アダムソンはどうなった？」

「あたし、まだ綺麗でしょ？　何人もの人間になれるのっていいことよ、あなた自身もその喜びを味わえるでしょうけど。わかったのはいつ？」

「きみがぼくを〝ちっぽけなプードルっ歯ちゃん〟と呼んだときからだよ。ビディーがぼくを呼ぶあだなは数百個もあるけれど、それはぼくら二人にしかわからないパターンに従ってる。〝プードルっ歯〟なんてありゃしない。なんでぼくらは〈バグ〉に逆戻りしてるんだい？　それとビディーになにをした？」男たちはかなりの早足でフォーリーを連行していた。

「あたしがビディーになったのよ。決まってるじゃない」と美しき性悪アダムソンは言った。「それはもうわかってるでしょ。それとも、さっきまであんなに自信たっぷりだったのに、もう自分の正気を疑ってるのかしら？　ああ、あなたもそういう時期を経験するわよ、フレディ。でも向こう側へ抜ければ、あなたもまともになるって。あたしたち、誰を勧誘するかについてはヘマしないのよ」

「くそっ、アダムソン、せめて彼女の体か、きみのか、じゃなきゃ別のがどこにあるのか教えてくれ」

「街に明かりが戻ったら、それがどぶに転がってて、あなたは目もくれずに脇を通り過ぎていたことがわかるわよ。人格が流れ出したあとの空っぽの体には意味もない。みなが愛するカーモディ・オーヴァーラークから（今はしかるべき眠りをむさぼってるけど）、あたしたちはずばぬけた擬態屋だと教わったでしょ。でも、残念ながら古代の擬態術のすべてを教えたわけじゃない。だから今じゃこれが彼女の体か、あたしのものか、あなたにもわからないというわけ」

「なんでビディーなんだ？　彼女はこの世界では有名人じゃないのに」

「彼女には驚くほどの可能性が秘められてる。これまでの生涯で、こんな家に入ったことなかったわ。しかも彼女の父親は有名で大金持ちで権力もあって、これまでずっと眠ったままの強力な精神の持ち主。あたしのお父さん、今もまだ父親で今はベンチャーになってる父が、この二人を選んだの。父はここ数世紀のあいだ世界に出てこなくて、だから今まで気づかれなかった。前回この世にいたときにちょっとやりすぎて、永遠に残る悪の象徴になっちゃったわけ。でも、本当はいい人なのよ。そう遠くないうちに、あなたのお義父さんになるわけだけど」

「ぼくが最後に会ったとき、ベンチャー氏はきみの父親にのっとられてた？」

「ええ。あの直前にね」

彼らは〈バグ〉に戻ってきた。怪力の二人がフレッド・フォーリーを引きずりこんだ。ドクター・ミルハウスが出迎えた。

「ああ、スミス＝フォーリー、ガールフレンドに会おうと病院を抜け出したな」ミルハウスは嬉しそうに喉を鳴らした。「幸いにも、彼女にはきみをここに連れ戻す分別があった。どうやらきみは見抜いていたようだね、〈バグ〉が単なる〈バグ〉じゃないことを。ここは我々の司令部でもある」

「あんたは死んだはずだ」

「クロールもそう思っていたよ。いきなり乱入してきたボーンフェイスは、わたしが自分に似せた替え玉を殺して満足したんだよ（ボーンフェイスの心にはそう見えたんだ）。さて、これで万事元通り」

「でも世界はバラバラに砕けてしまった」とフォーリーは抗議した。

「そうあれかし」ドクター・ミルハウスは同意した。「まったくこれまで通りに。我々はバラバラにしつづける。やがて来るべき未来にかけらを組み立てなおせば、これまでより小さな世界が生まれるだろう。我々は定期的に世界を縮小する。それも循環の一部なのだ。きみもその一部になるよ。きみも我々の仲間なのだ、フォーリー。きみの浄化《カタルシス》はまもなくはじまる。そうそう、きみは気が狂うことになる。ごく短時間だがね。修復のあかつきには、ずっとおとなしい性格になっているだろう。すべて決まりきった手順で進行する」

　だが、ひとつだけ決まりきっていないものが、怖ろしい痙攣と変化を起こしつつあった。


　ひとつの読み方をすれば、ジェームズ・バウアーは千鳥足で鋼鉄の螺旋階段を降りきり、かかとまで湖の水に浸かって立ちつくし、最後の命のかけらにしがみつきながら倒れてうめいていた。だがもうひとつの読み方を取るなら、バウアーはモラーダの脇にある世界の崖をくだっていた。この底なしの崖をくだり、壊れた階段をてっぺんから十段以上降りられた者はこれまでいなかった。コンクリートの段は頑丈な岩肌から剝がれ落ち、かつて巨人たちがとりつけた鋼鉄の手すりは、今では虚空で揺れていた。段はさらに狭く、さらに勾配がきつく、段の間隔はますます広がり、すでに降りて来た段は頭上はるかに消えて、もう見えなくなっていた。

バウアーは最初の切れ目を飛び越えて石にかじりつき、石段のなごりと、錆びついた鋼鉄の手すりのかけらさえも利用し、あえて次の岩棚まで滑り落ちると、しばし血の滲む指でしがみついた。下を見ると、階段はどこまでも続き、眩暈がするような角度で崖の下に入りこんでいる。バウアーは下にぶらさがり、指を離し、足場を求めてごつごつした岩肌をさぐり、足をふみはずして突然冷気と水気を感じ（通常の見方では湖に落ちたことを意味する）そして下に落ちて、下へ、下へ、いつまでもしわがれ声で叫びつづけながら落ちてゆく。

「新しい網が生まれた」とホンドー・シルヴェリオは言った。この強い、ますます強くなる男ですら、黒い雷光のようなバウアーの落下に動揺を隠せなかった。「新しい網だぞ。そら、フレディ、絡まりを受けとれ！　おまえが支配するんだ！」

生涯にわたり、フレディは頼まずとも価値あるものをもらいつづける——権力、生命、世界。それは彼にまた別のものを打ちこんだ。ホンドーとサルツィー・シルヴェリオ、ウィング・マニオン、死せるレティシア・バウアーと死せるべデリア・ベンチャー、すべてが彼の中で絡まりあって、新たな侵入者よりはるかに強かった。

だが、退屈な生霊もたしかにフレディに侵入していた。男たちがすばやくフレディを押さえつけ、他の男たちがフレディに注射をし、ドクター・ミルハウスが指揮をとるあいだに。

「彼がきみを乗っ取るよ、フォーリー」と医師は言った。「だが彼は年老いて不完全だ。きみの大部分にも生き残ってもらわねばならん。いずれきみの中で和解が成立するだろう。さあ、狂え！　ただし長い狂気が過ぎ去ったとき、きみは我々の仲間になっている。きみの中で残ったものがね」

そしてドクター・ミルハウスは時計を手にして、時間をはかりはじめた。

「何を見ている？　くそっ、何を見てるんだ？」暗闇に呑みこまれながら、フレッド・フォーリーは問い詰めた。

「秒針だよ」と医師は言った。「すべて決まりきった手順だよ」

「なぜだ？　なぜなんだ？　ぼくはどうにもなってないぞ」フレディは宣言した。「わが内なる力を、おまえたちは知るまい」（パトリックのプライド、脳波網の怪物的収穫、鷹の飛翔）「ビディー——うう、くそっ！　コーラ・アダムソン、こいつは何を待ってる？」

コーラ＝ビディーは奇妙な貝殻型の耳、聖書に書かれた痒い耳をつけていた。その耳は彼女のふたつの構成要素両方から受けついだものだった。脳波網の面々も、再帰者と同じくらい新しもの好きだったのだ。

「瘋癲性喘鳴《ストライダー•ヴイサンス》よ、フレディ」とコーラ＝ビディーは言った。「ちょっと待ってなさい。すぐに来るから」

「何が来るって？」フレッド・フォーリーは訊ねはしたが、自分ではもうわかっていた。墓所の第二夜は、必ずもっともおぞましいものになる。今にも来る、今にも二番目の譫妄から何かが出てくる。そして最後の浮遊する蜘蛛の糸がフレッドにとりついた。フレッドは蜘蛛の巣に囚われていた。

「悲鳴よ、フレディ」美しき永遠の性悪女、コーラが言った。「いつも時間通りなの」

やがて、ドクター・ミルハウスが時計から顔を上げると、フォーリーの精神は屈服した。彼は悲鳴をあげた。年老いた再帰者が彼に侵入し、心と体に混ざりあった。フォーリーは叫びつづけ（墓における最後の屈辱）、拘束衣を着せられて運ばれていった。それがそれまでのフレッド・フォーリーの最後であった。


だがそれは、これからのフレッド・フォーリーの最後ではなかった。フレッドは、たしかに彼らが知らなかった力を持っていたのだ。

フレッドは網の支配者であり、もはや網は無秩序である必要もない。ひとこと発するだけで彼は鷹の支配者となれた。鷹を飛ばすことも、地に降ろすこともできた。彼はパトリックの友であり、彼自身パトリック以上のものだった。彼はクロールやアロイシウス以上のものだった。彼は皇帝だった。

彼は今では再帰するカミナリヒキガエルを心と体に宿しており、ヒキガエルは叡智の宝石をつけていた。

彼は万人であった。蛮人であった。

これまで素朴の門から入って、四つの怪物すべてに参加した者は誰もいなかった。これまであんなにいい目の持ち主はおらず、世界のすべて、すべてのレベルを見通した者は誰もいなかった。これまで誰一人、すべての原型を統合して完全な意識に到達したことはなかった——注射で誘発された無意識状態でも。

彼は呼ばれた。パトリックは呼ばれず、収穫者《ハーヴェスター》たち自身も呼ばれず、すべての外部の生き物たちが呼ばれなかったが。収穫者《ハーヴェスター》たち、網を作る人々は、真に変異したわけではなかった。彼らにはできなかった。それをするのに必要な、聖なる素朴さがなかったからだ。収穫者《ハーヴェスター》たちの変異は偽物、未熟なものだった。フレッド・フォーリーこそが新たなる変異の最初の者、特別な人間だった。

そして翌朝——


（彼の内なる緑色のまだらなユーモア、螺旋式の情熱、聖なるセクシーダイナマイト、灰色の死の喜び、ケルベロス犬用シナモン・クッキー——

彼の内なるパトリックの自尊心、ニューヨークとナイロビの黒人パトリック、モスクワとラサの黄色パトリック、バタンガスとペンリンの褐色パトリック、高貴なる首都大主教と単純なるクロール、イエレヴァンの総主教代理とダブリンのアロイシウス——

彼の内なる老いた大海、その狂いはばたく爬虫類の生霊は、正しい生き物は持ちえない偶然のたまものであり、そして再帰する宝石冠をかぶったヒキガエル人が新たに内なる客としており——

彼の内なる鷹の飛翔「おまえは鷹に命令できるんだ、フレディ、目覚めたときには」地下からミゲルの声がした。「おまえなら、鷹に翼をたたむよう命じられる」——

すべての枷を打ち破る、彼の内なる素手の素朴。すべての地下のものが彼の内に根づき——

灰色のレティシアその人は、どうやったのか、我々が名前を知らぬ流儀と場所で、真に美しく光あふれる子供をはらんだ。そこで——

彼の内なるレティシアの幸福。彼の内なる貪欲な悪魔——）

——そして翌朝、彼はそのすべてから目覚めるだろう。円環の軌跡を調整するときに、再帰者たちが計算しなかった新しい要素だった（再帰者もまた彼の内にいた）。

そんなちっぽけな要素のおかげで、すべてが変わったかもしれない。それはどんなかたちで、どちらを向いているのだろう？　まだくりかえしの循環だろうか、それとも上昇する螺旋だろうか？

次の館はふたたび最初に戻るのだろうか？　それとも第五の館だろうか？

訳者あとがき

とってもいい目をしているが、おつむが足りない若者、フレッド・フォーリーがいた。新聞記者のフォーリーはテレパシーでつながって人間を越えた存在になろうとする七人組の〈収穫者《ハーヴェスター》〉にそそのかされ、さる政界の大物が五百年前に実在したマムルーク朝の政治家と同一人物ではないかと思いつく。この眉唾物の記事を追いかけるうちに、フォーリーはいくつもの超自然的友愛会が世界に陰謀をめぐらしていることを知り、その争いに巻きこまれていく……

本書はR・A・ラファティが一九六九年に発表したラファティの第四長篇 *Fourth Mansions* の全訳である。一九七一年のネビュラ賞長篇部門の候補作ともなっており（受賞したのはラリイ・ニーヴンの『リングワールド』）、ラファティの長篇中では『トマス・モアの大冒険』とも並び称される最高傑作である。そう、これはまぎれもない傑作だ。同時に、ラファティがただの「気のいいホラ吹きおじさん」ではないことを、はじめて本気で日本の読者につきつける小説かもしれない。

日本のラファティ・ファンにとって、ラファティと言えば酔っぱらって人に“Bang!”とぶつかる「ぶつかりおじさん」である。伊藤典夫が〈SFマガジン〉に書いた、一九七五年の北米SF大会でラファティに遭遇したときのエピソードがあまりに鮮烈だったからだ。『九百人のお祖母さん』(ハヤカワ文庫SF)の浅倉久志による訳者あとがきに引用されているが、ラファティは人見知りでほとんど話をせず、パーティでひたすら酒を飲み、何を話すわけでもなく肩から人にぶつかって"Bang!"というだけ。奇人としか呼びようのない様子に伊藤氏はいたく感銘を受け、そのことをジュディス・メリルに話した。するとメリルは「『年刊SF傑作選』をつくってたころ、ラファティの小説に感心して、会うのを楽しみにしていたの。ようやくあるコンベンションで会うことができて、どんな閃きのある言葉がとびだすかと期待していたら、全然あてはずれ。知性のかけらも感じられない」と言ったという。

たしかにラファティはそんな楽しい酔っぱらい、奇想と巧みな語り口で読者を心地よく楽しませてくれる太古の語り部である。伊藤典夫と浅倉久志というすばらしい翻訳者に恵まれた日本のラファティ・ファンたちは、ひたすらその話芸に魅せられていればよかった。だが、ここで気になるのはジュディス・メリルが「全然あてはずれ。知性のかけらも感じられない」と言った意味である。メリルは、ラファティの小説から、どんな人物を想像していたのだろう? メリルはそこにすばらしい知性を読み取っていたはずである。だからメリルはがっかりすることになったのだが、あるいは彼女の読解力は、実際の人物評よりも正しかったのかもしれない。つまりラファティは酔っぱらいの見かけの下に、実は思いがけぬ知性と博識の刃を隠していたのかもしれない。『第四の館』はそのベールの下をちょっぴりのぞかせている作品なのかもしれない。

ラファティのすべての小説がそうであるように、『第四の館』もまた多層的な読みを求めている。まず第一に、これは人類進化テーマのSF小説である。〈収穫者〉たちは意識を融合させることで人類の限界を超えて神になろうとする。シオドア・スタージョンの『人間以上』、アーサー・C・クラークの『幼年期の終り』といった名作のアイデアをラファティ流に料理した小説だとも言えるだろう。だが、ラファティはただのSF作家ではない。ラファティにとっての神は比喩ではなく、文字通りの、キリストが伝えた唯一の神なのである。

『第四の館』はカトリック作家であるラファティの本領が最大限に発揮された小説である。「城の外」にいる四つの種族は神の恩寵を求めて何千年ものあいだ争いつづけてきた。つまり彼らはそれぞれキリスト教的異端であり、人類の知的営為を象徴しているのである。その象徴は複雑多岐に入り組んでおり、一筋縄ではいかない。ラファティが「神の恩寵」をどうとらえているのかさえよくわからなくなるくらい複雑精妙だ。ヒントはあちこちに散りばめられているものの、答えは「ひどくねじくれたかたちで成功しちまったんで、悪魔その人でさえこの一件で自分が得したのか損したのか頭をひねった」ほどにわかりにくい。

あらゆる知識をごった煮のように貯めこむパトリックのパーティグルー・バグリーよろしく、ラファティもまたつまみ食いした知識と学問を大量に貯めこんでいる。さまざまなキリスト教神学（異端も正統も）、ユングやフロイト、世界中の神話と歴史と言語と文学をめぐるあれこれ。それは系統だったものではないかもしれないが、バグリーはときに最高の叡智である「マイケル・ファウンテンも知らないことも知っていた」のだ。さまざまな知識をつなぎ合わせ、組み上げた精巧なモザイクの迷宮。それが『第四の館』なのである。以下、その一端を記していきたい。

『第四の館』のモチーフはさるカトリック聖女の著作から借りたものである。いくつかの章でエピグラムに引用されているアビラの聖女テレサについて、簡単に紹介する。

アビラの聖テレサはカトリック教会史上もっとも有名な神秘主義者の一人である。十六世紀スペイン、カルメル会修道院の修道女だったテレサは、生前にたびたび神秘体験による神との合一を体験した。その体験を自叙伝など何冊もの本にまとめ、死後四十年を経て列聖されている。

聖テレサは一五一五年三月二十八日、アビラの裕福な金貸しの家に生まれた。たいへんな美貌の持ち主であり、十七歳のとき修道院で花嫁修行をするが、一年半ほどして重病を得て実家に戻る。その後たびたび病気に陥った聖テレサは結婚をあきらめ、二十一歳で誓願をたて修道院に入った。その後もたびたび心臓発作に襲われ、三年近く寝たきりの生活が続いた。おそらくはこれが後の神秘体験に大きくあずかったと思われる。一五五四年ごろから聖テレサは神の啓示を受けるようになる。

「ひどい耳鳴りを伴う頭痛について考えています。それは溢れるばかりの無数の川が流れているように、そして一方また、多くの小鳥のさえずる声のように耳にではなく、霊魂の最も高貴なものが存在する頭の上部に聞こえるのです。私はこのような状態を長い間体験しました。ひじょうな早さで、精神が激しく上へ向って昇っていくのが私には感じられるのです」(『霊魂の城』)

聖テレサは観想により神に近づこうとした。一五五四年、聖テレサが三十九歳になったとき、ついにその前に聖霊が出現する。聖テレサはそのときの体験を記している。「霊魂は、まったく無我夢中となったかのようで停止状態となります。意思は愛します。記憶は失われてしまったかのように見え、悟性は私の考えでは働きませんが、失われているわけでもなく、ただ推理の様式では働きません。それは自分の見ているすべてに驚いているかのようです」（『イエズスの聖テレジア自叙伝』）。思考の停止と圧倒的な多幸感。これこそが神の現前であると聖テレサは信じた。神秘体験はその後も長く続き、神とのより深い合一を経験することになる。

カルメル会アンダルシア管区長であるグラシアン師の求めに応じ、聖テレサは初学者に向けた本で、みずからの経験した頂上体験を解き明かした。ラファティがモチーフを得た『霊魂の城』である。『霊魂の城』の中で、聖テレサは人の霊魂を美しい水晶の宮殿に喩え、神との合一に至る道を説明している。聖テレサはその宮殿を七つの部屋（住《すま》い）を持つものとして語る。奥へ進むほどに霊魂は研ぎ澄まされ、喜びは深まってゆく。祈りによって第一の住いに入り、最終的には第七の住いで神との霊的結婚にいたる。では、第四の住い（館）とはどこなのか。それは「霊魂の城」の転換点にあたり、神秘体験のはじまりに位置する。

「第四の住い」に到達した霊魂は、ついに聖霊を垣間見る。「私が今語ろうとするこの住いは、王の住いにもうすでに近くなっているので素晴らしく美しいのです。そこには私たちが見たり、理解したりするにはあまりにも崇高なものがあるので、悟性はそれらをただ何か言葉をもって明らかに表現することはできないのです」（『霊魂の城』）。そのとき、言葉が停止し、精神はただ喜びに満たされる。「霊魂は喜びを味わい、心は感動し涙が流れます。時としてはむりやりに自分で涙を流させるように思えます。他の時には、聖主が私どもを強制なさるかのようで、私どもは涙をおさえることができません」(『イエズスの聖テレジア自叙伝』)

すなわち「第四の館」とは人が神の前に立つ瞬間なのである。そのとき、人はどうすべきなのか？　いかにすれば第五の館に進めるのか？

それこそが本書『第四の館』の問いかけである。ラファティは、人がいかにして神になるかを問いかける。『第四の館』には四つの種族、超自然的友愛会が登場する。彼らはそれぞれもっともな根拠を持ち、みずからがもっとも神に近い存在であると思いこんでいる。いったい誰が正しいのか？　あるいは四集団のすべてが誤っており、正解は他にあるのかもしれない。

第三章でパトリックのパーティグルー・バグリーが説明するように、四つのグループはそれぞれ動物の象徴を持つ。蛇、ヒキガエル、アナグマ、鷹の幼鳥である。一見するとラファティ的な出鱈目にも見えるが、実はそれぞれ象徴としての意味を持っている。

脳波網の編み手たる〈収穫者〉たちは蛇である。蛇はもちろん悪魔、反キリストの象徴である。だが、同時に知恵と力の象徴でもある。ギリシアの泥棒と嘘の神、ヘルメースは二匹の蛇が巻きついた杖を持っている。蛇はグノーシス派のシンボルでもある。すなわち、敬虔なカトリックであるラファティからすれば最悪の異端だとも言える。グノーシス派は人がみずから神となる道を求めた。

フレッドが追いかける〈再帰人〉たちのシンボルであるヒキガエルは古代エジプトにおける復活の女神ヒキットをあらわす（カエルの頭を持つ)。冬眠して春になるとあらわれるカエルは復活の象徴とされたのだ。だが同時にヒキガエルは貪欲の象徴でもある。

バグリーたちパトリックはアナグマである。アナグマは決意と独立を象徴する。穴を掘って地面にもぐるので、パトリックたちは塹壕戦を挑む。ラファティはパトリックたちに肩入れしているように見える。

空を飛ぶ鷹は王者の象徴である。エジプト神話では天空の神、太陽神ホルスは鷹の顔をしている。鷹は福音書記者ヨハネの象徴ともされる。ヨハネによる福音書は、鷹が太陽に向かって飛び立つように、意識のもっとも荘厳で崇高なる領域へ舞い上がってゆくからである。

鷹（鷲）がヨハネ伝と結びついたのは、旧約聖書に登場する預言者エゼキエルの有名な幻視のためである。「わたしが見ていると、北の方から激しい風が大いなる雲を巻き起こし、火を発し、周囲に光を放ちながら吹いてくるではないか。その中、つまりその火の中には、琥珀金の輝きのようなものがあった。その有様はこうであった。彼らは人間のようなものであった。それぞれが四つの顔を持ち、四つの翼を持っていた。脚はまっすぐで、足の裏は子牛の足の裏に似ており、磨いた青銅が輝くように光を放っていた。また、翼の下には四つの方向に人間の手があった。四つとも、それぞれの顔と翼を持っていた。翼は互いに触れ合っていた。それらは移動するとき向きを変えず、それぞれ顔の向いている方向に進んだ。その顔は人間の顔のようであり、四つとも右に獅子の顔、左に牛の顔、そして四つとも後ろには鷲の顔を持っていた」（エゼキエル書一章四―十節）。この異形の生き物がうごめく炎の雲にエゼキエルは神の声を聞いた。そこから四つの生き物がそれぞれ四福音書の作者と結びつけられたのだ。エゼキエル書から直接に影響を受けたヨハネの黙示録には

「この玉座の中央とその周りに四つの生き物がいたが、前にも後ろにも一面に目があった。第一の生き物は獅子のようであり、第二の生き物は若い雄牛のようで、第三の生き物は人間のような顔を持ち、第四の生き物は空を飛ぶ鷲のようであった」（ヨハネによる黙示録四章六―七節）と記されている。神の玉座にかしずく四種の生き物は、そのまま四福音書とその作者の象徴とされた。すなわち、人間はマタイであり叡智、獅子はマルコであり勇気、雄牛はルカであり思慮、ヨハネは鷲であり正義をそれぞれ象徴する。これらはテトラモルフ（四形態）と呼ばれる。

四つの種族がテトラモルフに対応していることを明かすのが第十一章のマイケル・ファウンテンによる講義である。ファウンテンは質問に答えるかたちで、この四種族はテトラモルフの一変形であることを示す。もちろん、彼らが神の玉座である「第四の館」に入ろうとしているならば当然のことである。「第四の館」が精神の場所であり、テトラモルフが象徴であるなら、それは神の国に入るための精神のありかたを示していることになる。あくまでも象徴を精神機能として解釈するファウンテンはそういう立場をとる。だが、世界にあるのはそれだけではない、とラファティは笑いとばす。象徴は決して象徴で終わるものではなく、その裏には実体も存在しているのかもしれない。それがラファティ流の宗教小説である。

ところで、物語の結末では街に疫病が撒き散らされ、暴動が引き起こされる。今読めば普通の物語上のクライマックスだが、この本が一九六九年に発表されたことを思えば興味深い。発売当時に読めば、暴動は若者たちの反乱のこととしか読めないだろう。「対立党派の暗殺」や「兵士よりも年上の学生」など、それをほのめかす表現はあちこちに散りばめられている。ラファティが頑固な反共主義者で、ヴェトナム戦争支持派だったことはよく知られている。それならば、若者の反乱をこのように描いても無理はないかもしれない。『第四の館』は風俗小説でもあるのだ。もちろん、だからといって高度な象徴に満ちたこの小説の価値がいささかも減じるわけではない。物語はさらなる読みに向けて広く開かれている。

作中引用はそれぞれアビラの聖女テレサ『霊魂の城　神の住い』高橋テレサ訳（聖母の騎士社）、ルドヤード・キップリング『続ジャングル・ブック』西村孝次訳（学習研究社）、C・G・ユング／M-L・フォン・フランツ『アイオーン』野田倬訳（人文書院）、『旧新約聖書』（日本聖書協会）による（文を補った部分もある）。

本書の編集は国書刊行会の樽本周馬氏が担当された。

二〇一三年三月

柳下毅一郎

著者　R・A・ラファティ　R.A.Lafferty
1914年、アメリカ・アイオワ州でアイルランド系の家庭に生まれる。タルサ大学夜間部で数学とドイツ語を学び、四年間の兵役後、電気技師として就職。60年、“Science Fiction Stories” 掲載の短篇「氷河来たる」でデビュー。68年、初めての長篇を立て続けに三作発表（『トマス・モアの大冒険』『地球礁』『宇宙舟歌』）、一躍脚光を浴びる。『トマス・モアの大冒険』はヒューゴー、ネビュラ両賞の候補にのぼる。72年、『素顔のユリーマ』でヒューゴー賞受賞。以降、84年の休筆まで200篇を超える短篇、20冊を超える長篇作を発表。短篇集に『九百人のお祖母さん』『どろぼう熊の惑星』『つぎの岩につづく』『昔には帰れない』、長篇に『悪魔は死んだ』『イースターワインに到着』『蛇の卵』などがある。独特の奇想とユーモア、同じカトリック作家としてチェスタートンやラブレーに通じる諧謔性、アイルランド伝統の神話・法螺話的な破天荒極まる語り口に熱狂的ファンをもつ。2002年オクラホマにて死去。

訳者　柳下毅一郎（やなした　きいちろう）
1963年生まれ。東京大学工学部卒。特殊翻訳家・映画評論家。著書に『興行師たちの映画史』（青土社）、『愛は死より冷たい』『新世紀読書大全　書評1990―2010』（共に洋泉社）など。訳書に『クラッシュ』（J・G・バラード／創元SF文庫）、『地球礁』（R・A・ラファティ／河出書房新社）、『悪趣味映画作法』（ジョン・ウォーターズ／青土社）、『フロム・ヘル』（アラン・ムーア、エディ・キャンベル／みすず書房）など多数。

未来の文学
FUTURE/LITERATURE

第《だい》四の館《やかた》

2013年4月25日初版第1刷発行

著者　R・A・ラファティ
訳者　柳下毅一郎
発行者　佐藤今朝夫
発行所　株式会社国書刊行会
〒174-0056　東京都板橋区志村1-13-15
電話03-5970-7421　ファックス03-5970-7427
http://www.kokusho.co.jp
印刷所　株式会社シナノパブリッシングプレス
製本所　株式会社ブックアート

ISBN978-4-336-05322-0

国書刊行会SF

未来の文学

第Ⅰ期

60〜70年代の傑作SFを厳選した
SFファン待望の夢のコレクション

Gene Wolfe / The Fifth Head of Cerberus

ケルベロス第五の首

ジーン・ウルフ　柳下毅一郎訳

地球の彼方にある双子惑星を舞台に〈名士の館に生まれた少年の回想〉〈人類学者が採集した惑星の民話〉〈訊問を受け続ける囚人の記録〉の三つの中篇が複雑に交錯する壮麗なゴシックミステリSF。

ISBN978-4-336-04566-9

Ian Watson / The Embedding

エンベディング

イアン・ワトスン　山形浩生訳

人工言語を研究する英国人と、ドラッグによるトランス状態で生まれる未知の言語を持つ部族を調査する民族学者、そして地球人の言語構造を求める異星人……言語と世界認識の変革を力強く描くワトスンのデビュー作。ISBN4-336-04567-4

Thomas M.Disch / A Collection of Short Stories

アジアの岸辺

トマス・M・ディッシュ　若島正編訳
浅倉久志・伊藤典夫・大久保寛・林雅代・渡辺佐智江訳

特異な知的洞察力で常に人間の暗部をえぐりだす稀代のストーリーテラー：ディッシュ、本邦初の短篇ベスト。傑作「リスの檻」他「降りる」「話にならない男」など日本オリジナル編集でおくる13の異色短篇。ISBN4-336-04569-0

Theodore Sturgeon / Venus plus X

ヴィーナス・プラスX

シオドア・スタージョン　大久保譲訳

ある日突然、男は住民すべてが両性具有の世界レダムにトランスポートされる……独自のテーマとリリシズム溢れる文章で異色の世界を築きあげたスタージョンによる幻のジェンダー／ユートピアSF。

ISBN4-336-04568-2

R.A.Lafferty / Space Chantey

宇宙舟歌

R・A・ラファティ　柳下毅一郎訳

偉大なる〈ほら話〉の語り手：R・A・ラファティによる最初期の長篇作。異星をめぐって次々と奇怪な冒険をくりひろげる宇宙版『オデュッセイア』。どす黒いユーモアが炸裂する奇妙奇天烈なラファティの世界！　ISBN4-336-04570-4